LA JEUNE FILLE
BIEN ÉLEVÉE

« *Tirage limité* »

collection dirigée par Olivier Barrot

Déjà parus

Nélida, par Daniel Stern (comtesse Marie d'Agoult)
Présentation et notes de Charles F. Dupêchez.

Un célibataire, par Emmanuel Bove
Avant-propos d'Olivier Barrot *(épuisé)*.

Mémoires d'un homme singulier, par Emmanuel Bove
Lettre-préface de Marcel Arland.

Aziyadé, par Pierre Loti
Préface de Roland Barthes.

La Terre qui meurt, par René Bazin
Préface de Maurice Genevoix.

JULES LEMAITRE

DE L'ACADÉMIE FRANÇAISE

Jean Racine

PARIS

CALMANN-LÉVY, ÉDITEURS

3, RUE AUBER, 3

RENÉ BOYLESVE
de l'Académie française

LA JEUNE FILLE

BIEN ÉLEVÉE

Présentation de
JEAN JOSÉ MARCHAND

C · L

PARIS
CALMANN-LÉVY, ÉDITEURS
3, RUE AUBER, 3

ISBN 2-7021-1620-5

Imprimé en France

A

PAUL HERVIEU

PRÉSENTATION

Romancier libertin, romancier de la province, romancier de la bourgeoisie, ces trois étiquettes trahissent René Boylesve bien qu'elles soient justifiées par le contenu de ses romans; l'unité de l'œuvre, il faut la chercher dans sa complexe personnalité. Flaubert, romancier « historique » *(Salammbô, Hérodias)* et peintre des mœurs, du romantisme bourgeois autour de 1848 ? Proust, peintre des salons et du snobisme vers 1895, romancier de l'homosexualité ? Indubitablement, mais l'essentiel est ailleurs.

Boylesve, ce prétendu « modéré », a écrit : « Comme il arrive trop aisément aux gens de notre pays [...] (il parlait du terroir d'origine de Rabelais et de Descartes), je n'admettais que l'extrême en chaque genre. » (*La Touraine*, pp. 95-96.) Fasciné par l'ordre et cependant le moins soumis des hommes, Boylesve n'a trouvé la vraie dimension de son œuvre que dans une « révélation » qui l'apparente à Henry James et à Proust : « Je n'étais ni bien disposé ni à mon aise; je n'étais capable que de bien petites réflexions; et cependant à maintes reprises, a couru dans mon dos ce frisson qui ne trompe pas et qui veut dire qu'un des esprits ailés que j'imagine présider à ma vie, passe au-dessus de moi. » Cette transcendance, nous la verrons exprimée encore mieux par Madeleine, héroïne de l'étonnant diptyque *la Jeune Fille bien élevée* et *Madeleine jeune femme.*

L'œuvre de Boylesve est une tentative pour transmettre concrètement (et lyriquement) aux lecteurs son expérience fondamentale.

René Tardiveau est né le 14 avril 1867 à La Haye-Descartes, gros bourg situé exactement à la frontière de la Touraine et du Poitou, resté célèbre comme lieu de naissance du plus grand philosophe français. Boilesve était le nom de sa mère (il changea plus tard le i en y pour des raisons que l'on suppose purement esthétiques). Les Boilesve étaient beaucerons et fort à l'aise. Les Tardiveau étaient angevins d'origine. Boylesve s'est cependant toujours proclamé tourangeau à cause de son enfance entièrement tourangelle et parce que la famille de sa mère habitait depuis longtemps dans la région de Chinon. La vérité est que sa mère (1835-1871) avait été élevée au célèbre Couvent des Oiseaux à Paris et qu'elle y avait pour amie préférée une jeune fille qui devait devenir la femme de l'écrivain polisson Gustave Droz (ce dont René se souviendra plus tard); elle parlait l'anglais, ce qui n'était pas courant vers 1855; c'était donc en réalité une Parisienne du second Empire : sa figure idéalisée hantera l'esprit de son fils. N'ayant qu'une petite dot, elle fut obligée de se marier avec le notaire Tardiveau, qu'elle avait rencontré chez sa tante Clémence Jeanneau, fille du plus important marchand de grains de Langeais (et sœur de l'épouse du grand-père Boisleve). Cette Clémence Jeanneau, personnage balzacien, âpre au gain, fort peu religieuse (ayant même pour amant le juge de paix selon les cancans de l'époque) eut une énorme influence sur René, qui en a fait l'héroïne de son roman *la Becquée.*

Si Me Tardiveau n'avait tenu aucun compte de la faible dot, c'est qu'il était vraiment amoureux de sa fiancée. Celle-ci, devenue son épouse, a-t-elle souffert de la vie provinciale ? Elle fut très vite enceinte de son fils René, puis d'une fille, prénommée comme elle Marie, née le 26 septembre 1869.

La petite Marie sera le modèle de Madeleine, l'héroïne de *la Jeune Fille bien élevée* et de *Madeleine jeune femme.* La santé de Mme Tardiveau déclina vite; Clémence Jeanneau recueillit même les deux enfants plusieurs mois avant la mort de leur mère à l'âge de trente-six ans. C'est cette grand-tante Clémence, modèle de la tante Félicie de *la Becquée,* qui les éleva jusqu'en 1876, faisant même venir chez elle un instituteur pour leur enseigner le rudiment. Resté seul, Me Tardiveau, qui était trop jeune pour la solitude, se remaria avec la sœur d'un de ses confrères de Ruffec. Puis Clémence Jeanneau mourut en 1876 et presque aussitôt, M. Jeanneau, son mari, se suicida d'un coup de fusil dans le visage. Prévoyant peut-être ce désespoir, Clémence avait légué tous ses biens à René et Marie Tardiveau; on peut dire que c'est grâce à elle que Boylesve put disposer d'assez d'argent pour faire ses débuts d'écrivain.

Il fallut revenir vivre à La Haye-Descartes, auprès du père et de la belle-mère, femme belle mais extraordinairement indolente et désordonnée, elle-même affligée d'une mère un peu folle. Me Tardiveau, qui n'aimait que l'ordre, compliqua encore sa vie en se mettant à dos le notable le plus puissant du pays. Cette lutte a été racontée par Boylesve dans *l'Enfant à la balustrade,* véritable chef-d'œuvre de la littérature française et du roman mondial (qui fut, dès cette époque, traduit aux États-Unis). Ce fut la ruine; mais il fallait se décider à faire faire des études à René qui avait dix ans en 1877. Me Tardiveau, bonapartiste, se méfiait des Jésuites. C'est donc chez les frères des Écoles chrétiennes de Poitiers qu'il mit son fils en pension. René découvrit la cruauté enfantine; ses petits camarades le surnommèrent « l'andouille ». Il fut attiré et repoussé, à la fois, par le côté militaire des établissements d'enseignement, aussi bien laïques que religieux, à cette époque. En 1878, Marie, qui se sentait mal à l'aise avec les trois demi-frères et sœur que lui avait donnés la nouvelle Mme Tardiveau, fut à son tour envoyée en pension. Il n'existait en Indre-et-Loire qu'un seul couvent pour les jeunes filles de haut rang. Me Tardiveau, malgré ses difficultés financières grandissantes ne voulait pas que sa fille se retrouve avec des filles d'huissiers et de pharmaciens! Le couvent du

Sacré-Cœur à Marmoutier, assez onéreux, s'imposait donc. C'est la vie de Marie au couvent et jusqu'à son mariage que décrit Boylesve dans *la Jeune Fille bien élevée.* Me Tardiveau, brisé par l'hostilité des propriétaires fonciers de La Haye-Descartes décida de vendre son étude et fut agréé comme avocat au tribunal de Tours. N'ayant plus assez d'argent pour maintenir deux enfants en pension, il décida que René serait externe au lycée Descartes à Tours (1882). C'est à cette époque que René entendit sa grand-mère parler avec une de ses vieilles amies, Mlle Blacque, de la lutte menée à l'intérieur du parti catholique entre les partisans de la reconstruction à l'analogue de la basilique Saint-Martin, qui datait de 1008 et qui avait été détruite par le vandalisme des révolutionnaires, et les partisans d'une basilique plus petite, protégés par l'évêque Meignan (qui selon Albert Houtin avait eu ce mot digne de Julien Sorel : « Je suis entré dans l'Église sans le vouloir. ») C'est évidemment Meignan qui triompha, obtenant même le chapeau de cardinal (car le pape était partisan du Ralliement); la nouvelle basilique fut construite par Victor Laloux, l'architecte (futur) de la gare d'Orsay et de la mairie de Roubaix; monument intéressant, d'ailleurs, où Laloux a laissé libre cours à son baroquisme presque démentiel. Boylesve, qui était totalement incroyant (et même un temps nietzschéen) a dépeint le combat de *Mademoiselle Cloque* dans un de ses meilleurs livres et a proclamé : « Mademoiselle Cloque, c'est moi », ce qui signifie seulement qu'il fut toujours du parti des rêveurs, de ceux qui croient en un grand dessein, contre les réalistes et les opportunistes.

Le 17 mai 1883, Me Tardiveau se trancha la gorge devant sa femme; René avait seize ans depuis un mois; à Marie on cacha la vérité, malgré ses quatorze ans, comme on peut le lire dans *la Jeune Fille bien élevée.* Le spectacle du suicide fut insoutenable pour Mme Tardiveau qui se réfugia dans la famille de son mari, à Vendôme, plutôt que dans la sienne, après ce qu'on appelle actuellement une « dépression ». Elle garda les meilleures relations avec son beau-fils jusqu'à sa mort, encore jeune, en 1892. Boylesve resta en amitié avec sa demi-sœur et ses deux demi-frères (l'un d'entre eux, Pierre Tardiveau, devait être tué à Verdun en 1916).

Le grand-père maternel Boilesve devint tuteur de ses petits-enfants, à soixante-dix-sept ans. René – une fois Marie retournée à son couvent, grâce aux prix des fermages de la grand-tante Jeanneau – se retrouva terriblement solitaire, malgré l'affection des bons vieillards. Il s'était épris d'une jeune femme un peu plus âgée que lui, Louise Renaut, et n'osait pas se déclarer. Fuyant dans la littérature il avait pris un abonnement de lecture rue de la Scellerie, où l'on trouve encore aujourd'hui (1987) les librairies d'ancien de Tours. Il proposa son premier conte, sous un pseudonyme, à un journal local. Son grand-père apprécia ce récit, paru sous un nom inconnu; mais dès qu'il sut que son petit-fils en était l'auteur, il l'admonesta sévèrement : « Tu fractures les armoires de la famille! » Plusieurs romans de Boylesve, en particulier *la Jeune Fille bien élevée* et *Madeleine jeune femme,* devaient provoquer plus tard en Indre-et-Loire ce type de réactions.

René était donc bien seul, réconforté seulement par le naïf et profond amour d'une vierge ignorante des réalités, sa sœur. En 1884, il passa le baccalauréat, obtenant 9 sur 10 en dissertation française – et 9 sur 10 en version latine. Il avait perdu la foi et n'allait plus à la messe que pour ne pas choquer des grands-parents vénérés. Il plaisait aux femmes et devint même le béguin passager d'une femme entretenue : expérience qui l'ancra dans une conception janséniste de la séparation du corps et de l'âme, de l'amour et de la sensualité. Sa vie à Paris où il est étudiant en lettres, puis en droit, sera celle d'un hédoniste et même, comme on disait alors, d'un « mauvais sujet ». Le personnage du frère dans *la Jeune Fille bien élevée* et celui d'Alex, héros du *Bel avenir* ont été inspirés par sa vie d'étudiant : dans le *Bel avenir,* Alex a trois maîtresses à la fois, et épouse une jeune fille de la noblesse : ce livre brillamment enlevé, très réussi littérairement, est peut-être moins profond que les autres; mais il vaut par la peinture très aiguë des mères, ces mères de la bourgeoisie française, dont la dictature invisible sur toute la société le fascinait : ce n'était pas par hasard celui des romans de Boylesve que préférait Mauriac. En 1886, il se fait inscrire à la Société parisienne d'études spirites et tente vainement pendant plusieurs mois d'établir un contact avec sa mère, cette « sainte », cet « ange », qu'il avait en réalité à peine connue. Mlle Blacque (Mlle Cloque) ne cessait de lui faire des remontrances, ayant su qu'il se livrait à des pratiques condamnées par l'Église. Il revint au rationalisme cartésien, mais cet épisode assez court, survenant chez un homme de dix-neuf ans, nous permet de comprendre la puissance de l'image maternelle dans sa vie. L'opposition quasi complète entre des romans comme *Sainte-Marie des Fleurs* et *la Leçon d'amour dans un parc,* entre *Mon amour* et les érotiques *Bains de Bade,* a probablement sa source dans cette divinisation d'une morte.

En 1886, Marie sort enfin du couvent. Il fallait désormais envisager de « la marier ». Mais, peu de temps après, leur grand-mère meurt d'une attaque d'hémiplégie. Son agonie servira de modèle pour celle de « Mlle Cloque ».

A l'automne 1887, René s'inscrit aux Sciences Po et rêve même de devenir sous-préfet! Enfin il obtient en 1889 sa licence en droit, après plusieurs échecs.

Marie n'était toujours pas mariée. La fille du notaire qui avait précédé Me Tardiveau à La Haye, et qui l'aimait beaucoup, prend alors l'affaire en main et la présente à un monsieur beaucoup plus âgé qu'elle, un industriel très sérieux, Émile Mors, qui allait se lancer avec succès quelques années après dans la construction automobile. Le mariage sera décrit plus tard dans *la Jeune Fille bien élevée,* ce qui fut assez peu apprécié de la famille, mais comme Boylesve ne s'est pas ménagé, en se peignant sous les traits de Paul Doré, il n'y eut pas de scandale. Marie tente une dernière fois de se révolter, mais tout le monde, *y compris René,* lui ayant représenté que cette solution est la meilleure, elle finit par accepter de partager la couche d'un monsieur qui ne lui inspire absolument rien. C'est à son mariage que René voit pour la première fois la nièce du marié, Alice, une petite fille de neuf ans. Il la remarque à peine au début; mais il va devenir l'ami intime de ses parents, les Louis Mors.

La grande affaire pour lui, en 1890-1891, c'est d'entrer « en littérature » comme d'autres entrent dans les ordres. Ayant rencontré Henri Mazel, qui vient de fonder *l'Ermitage,* il va devenir un des « piliers » de cette revue, l'une des plus importantes du symbolisme. Les rentes médiocres de la propriété de la grand-tante Jeanneau lui permettent en effet de subsister, logeant même dans la convenable rue Crébillon, près de la place de l'Odéon. Il est « avocat » jusqu'en 1896 mais ne plaide aucune cause. Après la mort de son grand-père, il renonce à cette carrière.

A *l'Ermitage,* Boylesve rencontre le seul homme de sa génération qui ait eu vraiment de l'influence sur lui : Hugues Rebell (1867-1905). Celui-ci, né donc la même année que Boylesve, est exactement son contraire : shakespearien, homme de la Renaissance, atteint de boulimie sexuelle et flagellant disciple du Marquis de Sade. Il écrit à ce moment, les *Chants de la pluie et du soleil* (1894) qui inspireront André Gide pour ses *Nourritures terrestres;* ce n'est que plus tard qu'il publiera ses deux chefs-d'œuvre, *les Nuits chaudes du Cap Français* (1902) et le *Diable est à table* (1905) où l'humanisme et la démocratie sont tournés en dérision au nom de l'esprit aristocratique. Rebell dégage son ami de ses fausses pudeurs mais ne le convertit pas aux violences de la « perversion ». Boylesve écrira plus tard de Rebell : « C'est l'esprit le plus mûr, le plus réfléchi, le plus libre de notre temps. »

Et c'est au moment où l'influence sur lui de Rebell (qui ne disparaîtra jamais tout à fait) est à son zénith, que Boylesve engage une intrigue absolument chaste avec une jeune fille, Marie, qui lui servira de modèle pour *Sainte-Marie des Fleurs,* publié seulement en 1897. Le secret du charme de cette Marie, Boylesve l'a défini en deux phrases : « Elle s'efforçait de penser et de juger par elle-même. Comme elle y avait beaucoup de difficultés, ayant été élevée comme toutes les autres jeunes filles, il se livrait en elle de perpétuels combats qui étaient de l'effet le plus charmant. » Marie est d'ailleurs fiancée et René choisit un objet qui lui semble impossible à atteindre. Aussi bien, c'est la jeune fille (dix-neuf ans) qui fait les premiers pas; et Boylesve recule! Cette situation se produira souvent dans sa vie. En définitive rien ne se passe. On comprend que Marie n'ait pas été tellement satisfaite des sentiments trop sublimes de ce bizarre amant.

A court d'argent, Boylesve revend à sa sœur, Marie Mors, sa part du domaine hérité de Clémence Jeanneau. Le dos au mur, il met au point un roman, *le Médecin des dames de Néans,* pour lequel il accumulait depuis longtemps esquisses et brouillons. Ce *Médecin des dames de Néans* aurait pu être un livre capital car on imagine après l'avoir relu que Boylesve était sur le point d'inventer une nouvelle forme de roman; des paragraphes entiers en semblent extraits de l'œuvre de Proust, à un moment où Proust lui-même n'a pas encore trouvé son propre univers. Boylesve – particulièrement dans les rapports des deux amants – abandonne complètement le modèle flaubertien, auquel il reviendra à partir de 1900. Le roman paraît en 1894 dans *la Cocarde,* quotidien que dirigeait alors Maurice Barrès, et qui était le seul journal français à publier régulièrement à côté de sa chronique littéraire et de sa chronique théâtrale une chronique stendhalienne. (Outre Barrès, tous les collaborateurs du journal – Belugou, Maurras, Baragnon, Amouretti, Fournière, etc. – étaient des beylistes fanatiques). Malheureusement une opération politicienne aboutit à l'élimination de Barrès, avec qui Boylesve se solidarise, et la publication du roman est interrompue en 1895. Il ne sera édité qu'en 1896. Le livre, trop en avance sur son temps, n'a d'ailleurs qu'un demi-succès malgré de belles critiques, en particulier le suffrage d'Alphonse Daudet, qui demande à voir l'auteur et lui dit une phrase déjà entendue par Boylesve (prononcée dans son enfance par son confesseur) : « Mon enfant, quelle mère exquise vous devez avoir ! » Le sujet du livre est l'éveil de la sensualité d'une femme; le protagoniste n'est autre que Boylesve lui-même et son conseiller, le Dr Grandier, a des traits de Rebell. Dans sa recension critique, Charles Maurras a vu, dès 1896, donc sans connaître l'œuvre future, qu'il se dégageait de ce roman audacieux « une espèce de chasteté supérieure, qui n'est qu'une forme du goût ». Mais ceci, tout en demeurant exact, n'est plus ce qui nous intéresse aujourd'hui; nous y voyons à travers le langage des personnages, tous typés dans leur couche sociale, et les notations infinitésimales des mouvements secrets du corps et du cœur, une préfiguration de la *Recherche du temps perdu,* voire de Nathalie Sarraute. Seul Duranty, dans la *Cause du beau Guillaume* et *le Malheur d'Henriette Gérard,* avait, avant Boylesve, tenté d'engager le roman français dans cette voie – sans succès lui non plus.

Boylesve avait gardé en manuscrit plusieurs nouvelles consacrées à son enfance; il entreprend à la demande d'Hugues Rebell en décembre 1893 de la raconter dans le style du *Médecin des dames de Néans;* il songe même à écrire un immense roman, *la Fin d'un monde,* vaste comme le sera *la Recherche;* le premier volume s'intitule *les Bonnets de dentelle;* Boylesve le porte au directeur littéraire de *la Revue de Paris,* Louis Ganderax, ce qu'on appelait alors un « grand critique », espèce disparue depuis que l'édition est devenue avant tout publicitaire. Ganderax est irrité par le style inhabituel des œuvres de Boylesve; pour lui il existe des modèles classiques du roman et toute cette subtilité lui paraît un fatras obscur et illisible. Bien que Ganderax n'ait que douze ans de plus que lui, Boylesve cède au « goût infernal des Français pour la pionnerie » (Baudelaire) et récrit son roman. Ce sera, un peu plus tard, en 1901, *la Becquée.*

Les Bonnets de dentelle, après avoir été admirablement conservés avec tous les autres manuscrits par l'exécuteur testamentaire de Boylesve, E. Gérard-Gailly (1882-1974), ont été édités par le prince actuel des boylesviens, M. l'abbé

Georges Marchais, qui, à quatre-vingt-douze ans, continue en 1897 à amasser une prodigieuse documentation, l'esprit critique toujours aussi vif et aussi brillant. Cette collection unique se trouve maintenant à la bibliothèque de Tours *. Dans sa thèse de doctorat, l'abbé Marchais a établi très exactement toutes les différences des deux livres, ce qui nous permet de mesurer les méfaits de Ganderax.

En 1894 et 1895, Boylesve avait été, en compagnie du ménage Louis Mors, beau-frère et belle-sœur de Marie sa sœur, à Aix-les-Bains et en Italie; il y retourna en 1897; et en 1898 seulement à Aix-les-Bains. L'Italie l'avait subjugué : il aimait beaucoup ce pays, craignant seulement d'y rencontrer des Anglais, « atroces », et des Allemands, qu'il appelait « Prussiens » ou « Teutons ». En revanche les Italiens l'ont conquis complètement, et surtout les Italiennes. En 1895, il avait écrit des notes de voyage aux îles Borromées, dont il tira en 1896 une nouvelle, qu'il développa en 1896-1897 pour la première version du *Parfum des Iles Borromées,*

* Je tiens à dire avec quelle obligeance et quelle compétence la conservatrice, Mme Laurent, et la bibliothécaire, Mme Dinzart, m'ont secondé dans mes recherches. Je dois aussi beaucoup aux livres du professeur canadien Ménard et du professeur américain Bourgeois (de Houston). Que tous soient remerciés ici.

que publiera Ollendorff en mai 1898. Plus tard, toujours atteint du syndrome Ganderax, Boylesve devait réduire le volume de moitié! Ceux qui ont lu la première version la préfèrent. Le plus curieux est que ce roman, récit de l'aventure d'une femme, fort à l'aise entre son mari et son amant, Boylesve le vécut à Aix-les-Bains en août, quelques semaines après sa publication : une femme d'une beauté de déesse, oranaise et juive, le conquiert, malgré sa timidité; mais cette fois il n'a garde de jouer les Joseph. Simultanément il compose presque d'un trait *Mademoiselle Cloque,* un livre qui ne déroutera pas le public, à cause de son caractère balzacien, mais reste parmi les mieux venus. En 1899, il finit de récrire *les Bonnets de dentelle* sous leur forme nouvelle, *la Becquée.* Ce livre sera un vrai succès.

1900 est une année de pause. Depuis plusieurs mois, Alice, la fille de ses amis Louis Mors (et la nièce par alliance de sa sœur) est éprise de lui. Boylesve, après lui avoir représenté la différence d'âge (quatorze ans), finit par céder et l'épouse.

Comme Alice est très riche et fort désirable, le changement d'existence de Boylesve est complet. Les Mors possèdent entre la rue des Vignes et la rue des Marronniers un parc superbe où Watteau s'est, paraît-il, promené. Après avoir vécu Chaussée de la Muette de 1902 à 1906, les Tardiveau-Boylesve viendront y habiter dans un hôtel « Louis XVI-1900 » offert par les Mors au jeune couple. Chaussée de la Muette, Boylesve composa son roman longtemps le plus connu, *la Leçon d'amour dans un parc,* d'un libertinage élégant (et très loin des *Nuits chaudes du Cap français* de Rebell, qui paraissent la même année), divertissement d'un érotisme de bon ton, un chef-d'œuvre, *l'Enfant à la balustrade* (1902-1903), et le *Bel avenir* (1904), le livre préféré de l'auteur, « le dernier qu'il ait écrit avec joie ».

Rue des Vignes, Boylesve, qui vient d'avoir quarante ans, reçoit les jeunes comme François Mauriac et Jean-Louis Vaudoyer aussi bien que la ravissante Gérard d'Houville et des hommes déjà arrivés tels qu'Henri de Régnier et Henry Bordeaux.

Les livres qui suivront, *Mon amour* et *le Meilleur ami,* raffinent encore sur le masochisme moral (car ce n'est plus là du jansénisme : ce sont bien les romans d'un homme qui disait : « Moi heureux ? j'aurais honte. ») En 1910 et 1912, Boylesve publie une de ses œuvres les plus fortes : le diptyque *la Jeune Fille bien élevée* et *Madeleine jeune femme.* Dans cet ensemble il s'est mis tout entier.

La guerre de 1914 devait être fatale au couple Alice-René. Elle était mondaine, aimait le bridge et les salons; lui, s'intéressait à peu près uniquement à l'exercice de l'intelligence et aux problèmes de la création littéraire (la musique, sauf Beethoven, l'ennuyait); et ils n'avaient pas d'enfant. La guerre les surprend à Deauville. Alice, qui n'a que trente-trois ans, devient immédiatement infirmière, et se consacre aux blessés avec un tel dévouement qu'elle ne pense plus qu'à cela. Boylesve, réformé depuis longtemps, et d'ailleurs presque quinquagénaire, essaie de se rendre utile comme... secrétaire aux écritures. Mais son action lui semble privée de sens. Sa femme lui présente une toute jeune infirmière, née en 1892, étrangère mais ressortissante d'une puissance alliée, puisque juive russe, qui tout de suite s'éprend de lui. Boylesve résiste, semble-t-il, comme il peut; les *XXI poèmes pour Betty,* qui ont été publiés aux États-Unis par le Pr Bourgeois, communiqués par Betty H. elle-même (nous ne donnons pas le nom, n'ayant pu prendre contact avec la famille), ne laissent aucun doute sur la flambée sensuelle qui de part et d'autre s'empare des amants. Boylesve rentre à Paris, mais cette liaison durera jusqu'à sa mort. Aussi les époux décident-ils de garder seulement les apparences et Alice est présente lors de la réception de son mari à l'Académie française, bien qu'elle vive auprès d'un grand blessé qu'elle épousera après la mort de son mari. Betty de son côté habite Auteuil et sert de secrétaire à Boylesve. Que pense-t-il en son for intérieur? On lit dans ses notes intimes : « Ce n'est pas leur maîtresse que les hommes aiment mais l'esclavage où ils sont tenus par elle; et *ce n'est pas tant l'esclavage que le service régulier, que l'obligation quotidienne à heure fixe.* » On remarquera que la deuxième partie de cette phrase est dirigée contre le couple en lui-même, régulier ou irrégulier. Dans les *Nouvelles Leçons d'amour dans un parc,* il met dans la bouche du baron de Chemillé un éloge de la mort qui va le délivrer de l'amour.

Dans son dernier livre, très différent de tous les autres, *Souvenirs du jardin détruit,* inspiré en partie par la vente du parc de la rue des Vignes par sa belle-mère à un agent immobilier, il revit la douleur de l'homme qui aime deux femmes sans pouvoir choisir l'une ou l'autre.

Il y avait là peut-être l'amorce d'une *vita nuova,* quand le cancer l'emporta en quelques jours.

L'existence lui avait infligé le pire des supplices pour un écrivain : depuis 1919, il se demandait s'il ne s'était pas complètement trompé en se rendant aux objurgations de Ganderax. Il avait lu Marcel Proust pendant la guerre, et, après quelques mois de résistance, s'était rendu compte qu'il avait lui-même été précurseur mais s'était laissé dévoyer. Il alla jusqu'à écrire, avec une lucidité presque sans exemple : « Tout ce qu'on a fait en littérature depuis cinquante ans se trouve annulé par cette œuvre-là. » La correspondance entre Proust et Boylesve (qui lui survécut plus de trois ans) a été publiée; elle fait honneur encore plus au second qu'au premier, qui cependant ne ménage pas ses éloges.

La postérité contredira Boylesve. Comme le note Charles Du Bos dans sa belle préface aux *Feuilles tombées* (posthume), son œuvre demeure un chaînon absolument nécessaire entre *l'Éducation sentimentale* et la *Recherche du temps perdu.*

Jean José MARCHAND.

LA JEUNE FILLE BIEN ÉLEVÉE

I

Qu'elle est amusante et jolie, la rue Saint-Maurice à Chinon! Elle s'en va, de-ci, de-là, sans plus d'assurance que la trace argentée d'un limaçon dans une allée de potager; c'est comme un sentier à mi-côte, qui sait parfaitement où il mène, mais a bien l'air de l'oublier, qui ne saurait vous égarer, mais à tout instant vous laisse croire que vous êtes perdu; elle a des centaines d'années, la rue Saint-Maurice, elle a été raccommodée, rapetassée par endroits; mais de cela même, il y a très longtemps : ses plus récentes maisons datent de Louis XIV; la plupart sont du XVIe et du XVe siècle, les unes en bois, à colombage, ornées de sculptures naïves, les autres construites avec la pierre tendre du pays, flanquées d'une tourelle d'angle que coiffe un éteignoir un peu bosselé, et percées de souriantes fenêtres à meneaux; tantôt c'est une de ces vieilles bicoques qui vient en avant, tantôt c'est un petit hôtel qui s'efface, discrètement, derrière une courette et un portail où rampent la vigne vierge, la glycine et le jasmin de Virginie, et dont un des vantaux, entr'ouvert, laisse apercevoir les cannas, en pots rangés au pied de la façade, et la vieille bonne en bonnet blanc, qui a l'air d'être du même âge que la ville; et si vous levez les yeux pour examiner le détail d'une lucarne ou d'un pignon, vous êtes étonné et ravi de voir, là-haut, bien au-dessus de l'objet qui attirait vos regards, des rocs à pic, adoucis çà et là, d'une touffe d'ormeaux ou de jeunes chênes, et qui portent l'admirable écroulement des trois châteaux où Jeanne d'Arc a passé.

Tout au bout de cette rue Saint-Maurice, après l'église, le sol s'incline, comme celui d'un torrent raviné, jusqu'au quai, et c'est là, dans une maison d'angle, au-dessous de la dernière tour, qu'habitaient mes grands-parents Coëffeteau. De leur premier étage, on apercevait les tilleuls du quai, la Vienne, les peupliers des îles; et l'on voyait, les jours de marché, les carrioles des paysans déboucher par la route d'Azay-le-Rideau, et prendre leur tournant en projetant sur la droite les têtes ahuries des pauvres petits veaux.

Ensuite le coteau se relève, et une autre voie, non moins tortueuse que la rue Saint-Maurice, conduit, entre des murs de clos et bientôt en pleins champs, jusqu'au vieux monastère de Saint-Louans. Je suis née à l'entrée de ce chemin rustique, dans une maison d'aspect singulier, parce qu'elle semble avoir été enfoncée presque jusqu'à sa toiture, sans qu'on lui ait fait seulement grâce d'une porte ou d'une fenêtre. A trente pas plus loin, on trouvait une grille de fer par où l'on pénétrait chez nous en traversant le jardin. Il y fallait compter, par exemple, cinq ou six bonnes minutes, quelquefois plus, avant qu'on ne vînt vous ouvrir, car le trajet, sous bois, pour arriver là, de l'office, par une allée en pente et coudée, et brisée à deux reprises par des degrés, était long. Les familiers savaient que la clef de cette grille était dissimulée dans une cachette et qu'il ne s'agissait que de passer la main entre deux des barreaux de fer, pour la prendre au clou où elle pendait.

Il est vrai que ceux qui venaient sonner pour la première fois ne devaient pas regretter d'avoir attendu, car la vue, au tournant de l'allée sous bois, leur faisait pousser invariablement des exclamations d'enthousiasme : elle était franchement belle. Devant la maison, assez simplette et ordinaire, adossée au sol du chemin, et à demi couverte d'ombrages, il y avait un petit parterre allongé, et malheureusement un peu étroit, où l'on se heurtait trop vite à un mur bas, crevé en sortes d'embrasures où l'on avait ajusté des balcons; mais de là on possédait tout Chinon et la vallée de la Vienne.

J'ai passé à ces balcons bien des heures, étant petite, quand la maison nous appartenait, et plus tard, lorsque maman, après son malheur, la loua à M. Vaufrenard. Ces balcons, même pour une enfant, avaient un grand attrait; malgré le charme du sous-bois, de la source qui y alimentait un petit bassin, et quels que fussent aussi les plaisirs du Clos, du fameux Clos où l'on grimpait par un escalier, sous le chèvrefeuille, et qui contenait des bosquets de noisetiers, une salle de verdure avec des bancs de pierre, plusieurs tonnelles, un belvédère, des citernes, des celliers dans le tuffeau et cinq ou six arpents de vignes, je me souviens surtout de ces balcons d'où l'on découvrait, à gauche, la ville de Chinon, comme un joujou, surmontée de son château de conte de fées, les tilleuls de ses quais, son beau pont suspendu, l'horizon infini et, au-dessous de soi, immédiatement, des terrains échelonnés en terrasses.

En me penchant, je voyais un grand œil rond qui me regardait; il était quelquefois profond, sombre, un peu effrayant, quelquefois à fleur de terre et voilé d'une taie verdâtre; c'était la citerne commune du père Sablonneau, tonnelier, et de Tondu, l'homme à tout faire. Sablonneau et Tondu négligeaient un peu leur vignoble, l'un à cause de la politique, l'autre parce qu'il travaillait partout et comme un nègre, pour nourrir ses huit enfants, de sorte que ce terrain, à mes yeux, avait l'agrément d'être à peu près en friche; j'y mesurais la croissance des orties, des ronces et des boutons-d'or ; j'y regardais les lézards courir dans la pierraille ou s'arrêter longtemps, immobiles, avec des palpitations de leur petit cœur ; j'y comptais les montagnes soulevées par le dos des taupes et des mulots, et je lançais le soir des cailloux dans la citerne, pour y faire plonger les grenouilles.

Mon Dieu, comme tout cela est loin!

Tout à fait dans les premiers temps, je me souviens que mon pauvre papa venait s'asseoir là et fumer après les repas. Je le vois presque toujours environné de cinq ou six messieurs très distingués et très préoccupés. Ils s'entretenaient d'affaires graves auxquelles je ne comprenais rien; mais trois noms revenaient constamment dans leur conversation : « Thiers », « Bismarck » et « Monsieur le comte de Chambord » qu'on appelait aussi « Monseigneur », ce qui me faisait croire que ce dernier était un évêque. Mon père était de tous le plus animé; il se levait tout à coup et faisait deux ou trois pas sur sa mauvaise jambe qui avait été traversée par une balle à l'armée de la Loire, et il parlait, en étendant le bras vers cette grande plaine étalée devant nous. Cela se répétait presque tous les jours. Quelquefois, on appelait le père Sablonneau, qui habitait, sous sa vigne, un logement de troglodyte, dans le roc, et Sablonneau émergeait peu à peu par un escalier invisible, et s'approchait lentement, les pieds lourds, entre les sarments enchevêtrés, pour venir enfin se planter, au pied du balcon, chapeau bas. Très fier alors, il s'en allait porter les instructions de ces messieurs, des papiers, des journaux, des lettres. C'était un agent électoral d'un zèle ardent et de toute sécurité.

J'ai su plus tard qu'il s'était agi là des élections à l'Assemblée Nationale, et après, qu'on avait travaillé, chez nous, tant qu'on avait pu, à faire monter un roi sur le trône, ce qui n'avait pas réussi du tout; et que tout cela avait coûté énormément d'argent. Ils étaient deux de ces messieurs, le marquis de Coudrey-Ligueil et mon père, qui y avaient englouti leur fortune dans la propagande directe et dans un journal. Ai-je assez entendu répéter cela, Seigneur! Ce bon marquis de Coudrey-Ligueil, un grand vieillard sec qui était si gentil pour moi, se sont-ils moqués de lui, après le coup manqué, même ceux qui avaient le plus péroré avec lui sur cette terrasse!...

Chez nous, c'était le marquis de Coudrey-Ligueil qu'on daubait, pour ne point dire ouvertement son fait à mon père de qui le cas était exactement le même. Je n'ai démêlé ces sous-entendus qu'après beaucoup d'années, en éprouvant, pour mon compte personnel, et dans des circonstances fort différentes, des impressions certainement analogues à celles que dut subir mon pauvre papa avec qui je crois avoir beaucoup de ressemblance. Mes grands-parents maternels avaient pourtant toujours admiré et soutenu leur gendre; leurs principes essentiels étaient communs, et ils avaient été très fiers quand tout un monde qui se tenait éloigné de notre bourgeoisie, sous l'Empire, était venu chez nous prodiguer des « cher ami » à papa et, en le poussant et l'entraînant, sembler se laisser guider par lui dans une lutte ardente où le malheureux apportait ses sentiments loyaux, sa générosité, sa bravoure, son talent de parole et finalement, — l'événement le prouva, — toutes ses ressources personnelles et sa vie même. Car il mourut bel et bien de chagrin, non parce qu'il était ruiné, — son âme était au-dessus de cela, — mais parce qu'on ne lui pardonnait pas de l'être pour une cause qui n'avait pas réussi. Je me souviens de mots qu'il prononçait souvent, à table, en s'adressant à son beau-père et à sa belle-mère, pendant les quelques années qu'il traîna son désenchantement; il répétait : « Vous n'êtes pas logiques!... » Sa logique, à lui, c'était que lorsqu'on a jugé qu'un parti est le bon, il faut l'adopter coûte que coûte et ne s'en pas repentir après échec. La logique de mes grands-parents, comme de beaucoup de braves gens, d'ailleurs, qui n'y regardent pas de si près, était que les beaux principes et l'adoption d'une noble cause sont l'ornement de la vie, indiscutablement, mais que, si la vie s'en trouve compromise, c'est tout de même regrettable. Il dut leur exprimer cela, à maintes reprises, et par là il les blessait et les fâchait, car ils ne croyaient point penser ainsi, bien entendu ; mais que de compromis, entre nos idées et nos actes, avons-nous adoptés souvent, les yeux clos, que nous n'aurions pas signés !

Aussitôt après la grande faillite de ces messieurs, nous nous étions retirés dans la maison des parents de maman, rue Saint-Maurice, pendant que mon père s'en allait reprendre son ancien métier d'avocat, à Tours, tout seul, pour plus d'économie.

J'avais un frère, de quatre ans plus âgé que moi, nommé Paul, qui se réjouissait d'habiter avec sa grand'mère, d'abord parce qu'elle le gâtait toujours, ensuite parce que c'était un changement. Nous ne gagnions pourtant pas au changement, puisque nous allions perdre nos aises, le Clos et la belle vue ; mais le changement !...

C'était, certes, une excellente femme que ma grand'mère ; mais elle commandait sans cesse, à tout le monde, et de haut. Son autorité m'en imposait énormément et m'a causé de violents troubles de conscience. Du temps que son gendre était grand homme en la maison, et comme il avait volontiers le mot pour rire, il l'avait, par aimable taquinerie et innocent calembour de Palais, appelée « la Mère-Loi », ce qui, pour nous autres enfants, qui n'en comprenions pas le sens auguste, signifiait « la mère l'Oie », des contes de ma mère l'Oie! Je crois volontiers qu'elle avait dû s'en froisser un peu, d'abord; mais la force du jeu de mots avait prévalu contre tout, et l'impérieux commandement en chef de madame Coëffeteau était resté tempéré pour tous les gens de la maison par ce nom familier de « la mère-Loi ».

Ma grand'mère possédait des formules toutes préparées pour chaque circonstance. Pour elle, le plan de la vie était établi, une fois pour toutes par un anonyme dont on ne s'enquérait jamais, et il devait être suivi, de mère en fille, sans distinction de personnes et à la lettre. Elle savait, par exemple, exactement, l'année où j'entrerais en pension, celle où j'en sortirais, le jour où je porterais ma première robe longue, celui où je ferais ce qu'on appelait dans ce temps-là mon entrée dans le monde, et, à une année près, quand je serais mariée, à moins donc qu'il n'y eût, à cette époque-là, ou bien la guerre, qu'on redoutait toujours, ou bien disette de jeunes gens comme il faut.

Elle se méfiait de tout ce qui n'était pas conforme à ce qu'elle avait vu précédemment. Selon elle, une fille n'avait rien de mieux à faire que de ressembler à sa mère. Et il y avait des langues de vipère pour lui dire :

— Et un fils à son papa, sans doute, madame Coëffeteau ?...

Ce qui la faisait pester en dedans, car il ne s'agissait tout de même pas que Paul ressemblât de point en point à son père, si l'on ne voulait pas que la famille, avant quinze ans, mendiât son pain.

Et, pour mon malheur, moi, je n'avais rien de commun ni avec le caractère, ni avec le physique de maman, laquelle maman, d'ailleurs, ne rappelait aucunement sa mère.

Mon grand-père, je l'ai toujours vu habillé d'une redingote de drap noir et d'un gilet très ouvert sur une chemise à petits plis, à devant souple et immaculé; il ne prisait pas, ne fumait pas, ne prenait ni cognac ni liqueurs; on le disait sans défauts. Il avait été, autrefois, juge au tribunal civil de Tours; il gardait quelque chose du magistrat de ce temps-là, c'est-à-dire une sorte de religion de la propreté morale. On était chez lui fort sévère sur les mœurs, et les gens douteux n'en menaient pas large dans ses environs. Maman, qui était la bonté même, le chamaillait quelquefois sous le prétexte qu'il s'attachait, à ce propos, trop aux apparences, aux surfaces, aux signes extérieurs convenus : un vagabond ne valait pas la corde pour le pendre; un domestique renvoyé d'une maison était un voleur; un condamné méritait exactement sa sentence. Notez bien que, dans la pratique de la vie, il corrigeait la rigueur de ces principes; il faisait l'aumône à tous les chemineaux ; il achetait des paniers, des corbeilles, des guéridons tressés aux bohémiens de passage; il se laissait voler avec une indulgence dérisoire.

Pour moi, je le vois presque toujours au coin de son feu, l'hiver, ou sur son banc, au pied de la treille, l'été, n'en finissant pas de lire, à l'aide d'énormes lunettes d'écaille à verres ronds *le Gaulois* ou *le Figaro*, qu'on se passait de famille à famille. Il ne boutonnait jamais le dernier bouton de son gilet, ce qui m'agaçait beaucoup, parce que je ne comprenais pas pourquoi ; et il donnait toujours raison à sa femme, même quand il était évident, aux yeux de tous, qu'elle avait tort ou commettait des abus de pouvoir, et cela me paraissait inadmissible de la part d'un juge, fût-il retraité. Pour le bouton, j'en ai eu l'explication, puisque la mode en est revenue depuis; pour la soumission au jugement de grand'mère, c'était aussi une coutume de ce temps-là que les parents avaient raison à proportion de leur âge et de leur dignité : elle reviendra peut-être !

Mon grand-père donnait raison à sa femme,

c'était encore une formalité convenue, mais, en définitive, il n'en faisait qu'à sa guise; seulement, par quels subterfuges! et à la suite de détours de quelle prodigieuse complexité!

Je me souviens d'avoir assisté à cette lutte civile et sournoise, surtout lorsque la maison de papa fut louée à M. Vaufrenard.

D'abord, l'idée de grand'mère était qu'il ne fallait louer cette maison qu'à quelqu'un du pays et, sous aucun prétexte, à un étranger. Le grand-père opinait dans le même sens, cela va sans dire, malgré maman qui, d'accord avec son mari, objectait que les gens du pays se déplacent peu, habitent chez eux et ne louent guère; qu'un nouveau médecin, un nouveau notaire, seuls, pourraient être à l'affût d'une maison vacante, et que la nôtre était située beaucoup trop loin du centre pour satisfaire à leurs exigences; en outre, que des Parisiens payeraient plus cher. L'idée de louer à un inconnu, arrivant de Paris, parut à grand'mère plus redoutable que celle d'être privé du loyer. Grand-père disait pis que pendre de ces gens de Paris, la plupart du temps dépourvus de conduite, et sans goût pour leur foyer, qui ont coutume, l'été, de s'en aller coucher dans le lit et manger dans la vaisselle d'autrui pour le seul plaisir de n'être plus chez eux; mais quand un saute-ruisseau vint, de l'étude du notaire, avertir qu'un « monsieur et une dame » désiraient visiter « la maison Doré », il plia son journal, prit sa canne et son panama, sans mot dire à sa femme, et fit lui-même visiter la maison de son gendre, le jardin et le Clos, au « monsieur » et à la « dame » qui étaient des Parisiens, de purs Parisiens de ce temps-là, c'est-à-dire des gens ébaubis à la vue de trois arbres non poussiéreux et d'une rivière. Qu'on imagine leur impression devant le tableau qui s'offre à vous du haut des coteaux de Chinon!

Grand-père fut de retour, une heure après, chez lui, très ému. Grand'mère, informée de ce qui s'était passé sans son assentiment, avant que son mari eût parlé, s'était écriée :

— Qu'est-ce que c'est que ces gens-là?...

Grand-père expliqua que « ces gens-là » étaient en tout cas des gens pour le moment complètement enthousiasmés de la maison, du Clos, de la vue, de tout, et pour qui la question d'argent paraissait secondaire.

— C'est cela! dit grand'mère, ma fille va louer sa maison à un banquier véreux, je suis sûre, ou à quelque Prussien déguisé!...

Les renseignements qu'on eut, par l'intermédiaire du notaire, sur les personnes qui avaient visité la maison, furent excellents. Monsieur et madame Vaufrenard étaient des « rentiers » habitant le faubourg Saint-Honoré, amateurs de musique, et affligés récemment par la perte d'un fils unique âgé de dix-sept ans.

— Les pauvres gens ! dit grand'mère.

La mort de ce fils la retourna momentanément en faveur des inconnus. Pendant une bonne demi-journée, on calcula l'avantage d'une location rapidement conclue, d'un long bail, et d'un prix inespéré. Puis, tout à coup, voilà grand'mère qui s'avise de se demander, à propos de rien, et sans attacher plus d'importance à sa question :

— Mais, de quoi donc est mort ce pauvre garçon ?

Grand-père, à qui madame Vaufrenard avait conté toutes les péripéties de son malheur, dit :

— D'une mauvaise scarlatine, contractée au lycée, paraît-il.

— Au lycée ! fit grand'mère.

L'éducation laïque était fort mal vue dans notre bourgeoisie provinciale ; le lycée faisait horreur. Grand-père eut beau affirmer qu'à Paris, c'était différent, qu'au surplus, le jeune homme n'était qu'externe, etc., les négociations avec les Vaufrenard furent retardées de plusieurs semaines ; papa se fâcha ; il vint de Tours, un dimanche, déclara que la maison était à sa femme, qu'il voulait la louer, qu'il avait besoin d'argent ; grand'mère était inflexible. Le notaire se présentait, à chaque courrier, de la part de M. Vaufrenard, afin de presser la conclusion de l'affaire. Grand'mère déclarait qu'elle aimait mieux vendre une de ses trois fermes pour procurer à sa fille de quoi vivre en attendant une occasion meilleure. Enfin, le notaire annonça que M. Vaufrenard, à défaut de la maison Doré, lui donnait pleins pouvoir pour louer celle de madame Clouzot, moins spacieuse, mais voisine. Grand'mère s'adoucit tout à coup et dit que la chose ne la regardait point, que c'était son gendre qui louait et qu'il le pouvait faire à qui bon lui semblait.

On ne se fit pas répéter la formule ; les Vaufrenard, avertis par télégramme, arrivaient dans les quarante-huit heures avec domestiques et bagages : des gens ivres de s'installer au grand air, de fouler un sol rustique et de mouiller leurs chaussures à la rosée du matin.

II

Ils vinrent nous faire visite dès le premier jour. Grand'mère ne se montra pas, sous le prétexte que c'était pour sa fille, leur propriétaire, qu'ils accomplissaient cette démarche de politesse et non pour elle. Ils me parurent, à moi, gamine, comme tous les gens que je voyais pour la première fois, admirables. C'étaient des Parisiens, c'étaient des musiciens, c'étaient des gens qui avaient le moyen de louer la maison que nous n'avions plus, nous, le moyen d'habiter... Ils me comblèrent de gentillesses et me dirent que je serais toujours chez moi quand je serais chez eux, qu'ils ne voulaient point que je fusse privée de la belle terrasse, ni du Clos certainement plein d'attraits pour les enfants. Ils me parlèrent tout de suite d'un certain M. Topfer, un violoncelliste remarquable, de leurs amis, qui habitait Angers, qui viendrait dès la fin de juillet, et qui m'aimerait beaucoup. Pourquoi un M. Topfer, violoncelliste, m'aimerait-il beaucoup ? Comment le savaient-ils d'avance?... Cela me parut extraordinaire. En attendant, rien ne fit meilleure impression, à la maison, que ce simple fait : les Vaufrenard connaissaient intimement quelqu'un habitant Angers, c'est-à-dire une ville pas trop éloignée de chez nous, une ville où aucun de nous, d'ailleurs, n'avait jamais mis le pied, mais qui était de notre région, de notre pays. Grand'mère, surtout, en fut fort satisfaite ; les Vaufrenard n'étaient plus tout à fait, pour son instinct de vieille provinciale, les « étrangers » tombés de la lune : ils avaient des accointances dans la contrée ! Et, comme les Vaufrenard s'étaient aimablement informés d'elle, elle se décida à aller avec nous leur faire visite.

C'était un beau fouillis dans toute notre ancienne maison ! On déballait, sur le parterre, un piano à queue, un harmonium ; on éventrait des caisses ; la paille, le foin, les planchettes hérissées de longs clous aux bords, couvraient tous les compartiments du buis ; les robes de madame Vau frenard pendaient aux fenêtres. Nous surprîmes nos nouveaux locataires, lui, en bras de chemise, et sur la tête un grand chapeau de pêcheur à la ligne, elle revêtue d'un sarrau de toile bise, pareil à un sac de blé. Ils se confondirent en excuses, ils dirent qu'ils étaient en plein travail ; mais la vérité était qu'ils ne faisaient rien que de contempler, toujours stupéfaits, le panorama qui était à eux pour trois, six ou neuf ans.

Une telle admiration paraissait puérile à grand'-mère qui s'exténua à détourner leur esprit vers les détails pratiques de la maison, vers les greniers, les caves, les celliers, qu'ils n'avaient seulement pas explorés, elle en était certaine. Comme monsieur et madame Vaufrenard en revenaient toujours à la vue, elle leur dit :

— Oh ! oh ! l'on s'aperçoit que vous avez le goût des belles choses !...

Ils se récrièrent, comme à un compliment trop flatteur. Ce n'en était pas un dans la bouche de madame Coëffeteau, ma grand'mère. Elle jugeait du coup les Vaufrenard : c'étaient des esprits légers ; elle n'en voulut plus jamais démordre. Cependant, elle les estima « comme il faut », distingués même, quoique lui, surtout, parût un peu « hurluberlu ».

C'était, à la vérité, un grand diable d'homme au visage rasé, portant une broussaille de cheveux blancs. Il n'avait pas l'esprit désordonné, mais il parlait avec fougue d'un tas de gens et de choses qu'il croyait connus de tout l'univers et qui ne l'étaient que de quelques quartiers de Paris. La musique surtout était son affaire, et il ne paraissait pas concevoir que quelqu'un pût vivre sans être nourri de symphonies et d'opéras.

— Il a eu l'air aussi scandalisé, dit grand'mère, que Madeleine n'ait pas commencé le piano, que si, à son âge, elle ne savait pas son *Pater !*... Mais ta mère, mon enfant, ajoutait-elle, n'a pas appris à déchiffrer une note de musique avant sa première communion !

— Il faut reconnaître aussi, — dit maman en souriant, — que je n'ai jamais joué que comme une mazette !...

Il y eut, le soir, à la maison, une discussion à ce propos. « Qu'est-ce qui prenait aux Vaufrenard, de se mêler de ce qui ne les regardait pas ? La musique ! Qu'avait-on, en somme, besoin de la musique, sinon pour faire danser les jeunes gens et tuer le temps les jours de pluie?... Je me mettrais au piano dès mon entrée au couvent, comme maman. » Cependant, on fit observer à grand'-

mère que madame Vaufrenard avait offert, obligeamment, de me faciliter les commencements, qui sont difficiles : son mari avait une méthode à lui, qui était une grande économie de temps et de peine...

— Et d'argent !... — fit observer grand-père, — puisque madame Vaufrenard donnerait gracieusement ses conseils !

Comme en mainte autre circonstance, cette considération, d'ordre tout positif, fit céder l'opposition de grand'mère. Elle ne confessait jamais sa reddition ; ses opinions étaient sauves ; mais elle ne disait plus rien, semblait abdiquer toute responsabilité, et assistait, en étrangère impuissante, à ce qu'elle appelait « les tristes nécessités de la vie ».

III

De plus en plus, les Vaufrenard furent pour moi des personnages miraculeux, tombés du ciel. Ils ne ressemblaient à aucune figure de Chinon; ils ne parlaient presque pas politique; ils semblaient enflammés pour quelque chose de supérieur même à ce qui, alors, divisait, troublait et soulevait tous les hommes. Je n'avais qu'une notion très rudimentaire de ce que pouvait être la musique, qu'ils vénéraient tant; mais en attendant, je les tenais pour dépositaires d'un trésor mystérieux, incomparable. Il fallut qu'on me menât tous les jours chez eux; eux-mêmes s'habituèrent à m'avoir, de sorte que je continuai pour ainsi dire à habiter notre ancienne maison, à vivre à mes balcons, au-dessus de la citerne et de la vigne de Tondu et du père Sablonneau, ou dans le Clos que M. Vaufrenard arpentait chaque jour, pendant des heures, en poussant des rugissements d'extase.

Je savais bien que notre clos était remarquable ; mais je ne l'avais considéré que comme un endroit favorable au jeu de cache-cache, à cause des inégalités du terrain, et des celliers creusés dans le tuffeau ; il faut dire aussi, qu'étant encore petite, je ne voyais pas les trois quarts des choses lointaines qui faisaient s'exclamer les grandes personnes. A force d'y accompagner M. Vaufrenard et de l'entendre accumuler les épithètes sur la beauté de Chinon ou des couchers de soleil sur la Vienne, qu'il m'obligeait d'ailleurs à admirer comme lui, en me hissant sur son épaule, je finis par acquérir, si gamine que je fusse, une certaine aptitude à m'émouvoir de la beauté de ces paysages. N'était-ce que l'émotion, si grande et si sincère de M. Vaufrenard, qui me gagnait ? et ne m'eût-il pas aussi bien communiqué par là son admiration pour n'importe quoi ? C'est bien possible.

Quelquefois, au bout du Clos, où nous nous arrêtions, M. Vaufrenard se mettait à chanter. Il avait eu, paraît-il, une très belle voix, et j'ai su plus tard qu'étant jeune, il avait chanté, mais chanté, ce qui s'appelle chanté, c'est-à-dire sur un vrai théâtre, à Paris. Naturellement, à Chinon, il ne se vantait pas de cela ; cela ne transperça que petit à petit, et, heureusement pour lui, quand sa situation dans la ville fut, grâce au nombre des années, tout à fait assise. Mais il chantait dans le Clos. Ah ! que c'était joli ! Il semblait ne chanter que pour le beau paysage. C'était ordinairement vers le soir. Et cela me faisait un étrange effet. Je sentais quelque chose dans ma poitrine, qui gonflait, et qui avait l'air de vouloir s'élever hors de moi, en même temps que je voyais l'échine de Tondu se redresser au-dessus de la vigne : Tondu, sensible au chant, lui aussi, Tondu toujours courbé vers la terre, à la voix de M. Vaufrenard, se reposait sur sa pioche et demeurait rêveur...

Mais ce fut quand arriva M. Topfer, vers la fin de juillet, que la musique commença sérieusement chez les Vaufrenard. Nous étions déjà assez liés avec eux; maman, si facile, si bonne, était devenue tout de suite la confidente de madame Vaufrenard, un peu bavarde et exubérante, et la grand'mère s'était laissé apprivoiser, malgré toutes ses réserves.

M. Topfer était un professeur de violoncelle, ancien camarade de M. Vaufrenard, mais qui paraissait beaucoup plus vieux que lui ; il était petit, un peu courbé ; il portait une paire de favoris blancs, ronds comme des houpettes à poudre de riz, et il avait en lui quelque chose de plaisant, qui le faisait sympathique sans qu'on démêlât d'où cela venait au premier abord ; c'étaient ses yeux bleus, des yeux candides, purs, des yeux de joli bébé. On m'avait promis qu'il m'aimerait beaucoup, et, dès que je le vis, j'en fus très heureuse : ce bonhomme-là était tout à fait à mon goût.

Nous fûmes en effet amis tout de suite. Il m'embrassa et bavarda avec moi, dès les premières minutes, comme si nous nous étions quittés la veille, et il m'appela familièrement « Mougeasson ». Mougeasson, dans sa pensée, cela correspondait à l'idée d'une petite fille qui ne reste pas aisément en place. Et cela, hélas ! correspondait aussi à cette idée : « Voilà une petite fille que j'aime bien, mais qu'il faudra mettre dehors quand on fera de la musique. »

Il n'y a que les gens qu'on aime bien, pour nous faire vraiment de la peine. Ce M. Topfer, qui me plaisait tant, fut cause d'un de mes premiers grands chagrins : il me conduisit le plus gentiment du monde à la porte, le jour où l'on sortit le violoncelle d'une noire boîte énorme. Et il me dit, le vieux coquin :

— Ah ! par exemple, voilà le moment d'aller jouer dans le Clos !...

Il ne plaisantait pas, M. Topfer, lorsqu'il s'agissait de musique !

Il ne fallait pas entendre un bruit, un chuchotement ; et il faisait fermer les portes intérieurement au verrou, ce qui était un bien fâcheux système, car si quelqu'un, voulant entrer, les poussait et les heurtait, il faisait plus de bruit que s'il eût ouvert tout bonnement.

La musique, mon Dieu ! je ne savais pas encore ce que c'était ; mais d'abord, j'étais vexée de n'être pas jugée digne de l'entendre ; ensuite, je sus que grand'mère, à la première séance, avait failli se trouver mal parce que M. Topfer, de la pointe de son violoncelle, piquait le parquet du salon. Cela amusait follement ma pauvre maman, qui était pourtant la propriétaire du parquet, mais qui n'avait pas, au même degré que sa mère, la manie conservatrice. Et grand-père, tout en donnant raison à sa femme, comme de juste, racontait à tout venant ses angoisses étouffées, sa terreur lorsque la redoutable pointe, par sept fois,

— sept fois ! — avant que d'être bien calée, paraissait-il, avait troué le parquet, en y dessinant un disque de la dimension d'une écumoire !... C'était moins l'envie d'entendre la musique que celle de voir la tête de grand'mère, qui me démangeait !

Un jour je parvins à me dissimuler. Par l'intermédiaire de ma famille, les Vaufrenard avaient fait des connaissances dans le pays ; ils aimaient à voir du monde, et il y avait bien déjà une vingtaine de personnes réunies dans ce salon. Je parvins à me dissimuler, mais j'avais si peur que je n'osais remuer, et, de l'endroit où j'étais tapie, je ne pouvais voir ni grand'mère, ni M. Topfer, ni le violoncelle. Ce n'était pas de chance. J'attendis patiemment, dans l'espoir qu'on s'agiterait quand le premier morceau serait fini. Oh ! j'étais bien loin de me douter de ce qui allait arriver !

Madame Vaufrenard faisait courir ses doigts au trot, au trot, au galop, au galop, sur le clavier du piano à queue ; puis elle s'arrêta tout à coup et donna le *la* ; « la... la... la... la ! » M. Topfer raclait les grosses cordes de sa basse, qui rendaient un bruit grave, solennel, et il me sembla, je me souviens, que toute ma peau tremblait. Je ne voyais qu'une de ses mains, là-haut, là-haut, qui tournait les clefs d'ébène. Cette main descendit tout à coup et parut courir comme une souris le long du grand manche, et l'on entendit des notes pressées et légères ; dans le genre de celles que madame Vaufrenard tirait du piano. Un arrêt ; et puis, la voix de M. Vaufrenard se mêla aux sons du piano et à ceux de la basse. Elle chantait la romance que tout le monde connaît :

Plaisir d'amour ne dure qu'un moment :
Chagrin d'amour dure toute la vie !...

Ce n'était pas le sens si mélancolique et si vrai de ces mots qui pouvait me toucher, à l'âge que j'avais, mais le son des instruments, la voix, la musique m'avaient bouleversée, et je faisais une figure de l'autre monde. Une dame qui était devant moi et me bouchait tout, s'était retournée, la romance achevée, et disait : « Mais cette enfant est malade !... » Cela signala ma présence. Ma grand'mère, que j'aperçus enfin, dit : « Tu devrais être à jouer dehors, Madeleine !... » Maman me fit sortir en me grondant pour avoir sans doute mangé trop d'abricots dans le Clos. Personne, pas même M. Topfer, n'avait seulement remarqué que je n'avais pas fait de bruit pendant la séance de musique...

Je remontai dans le clos où se trouvaient les

autres enfants : Henriette Patissier, Suzanne Pallu, Yvonne Bridonneau, les deux petites de la Vauguyon et mon frère Paul. Ils ne mangeaient pas d'abricots, mais ils jouaient à un jeu stupide inventé par ce diable de Paul : cela consistait à lancer de loin des cailloux ou des mottes de terre par-dessus le dos toujours courbé de ce pauvre Tondu dissimulé par les cépages. On pariait que jamais on n'atteindrait Tondu, parce que, en effet, Tondu se redressait très rarement ; mais il n'eût fallu qu'une fois pour qu'il fût lapidé.

Il se passa alors en moi une chose assez curieuse, c'est que je me trouvais tout à coup plus âgée que ces gamins fous, avec qui je faisais d'ordinaire toutes les sottises sans arrière-pensée. J'étais encore tout émue de ma séance de musique, et ce que faisaient là mon frère et mes petites amies, m'apparaissait inepte et barbare. J'essayai de leur en inspirer de la honte et j'allai avertir Tondu, qui, lui, sourit, bénévolement : quand il travaillait, il travaillait, et n'avait pas souci de ce qui se passait par derrière !... De sorte que ce fut moi qui fus houspillée ; on me poursuivit à coups de mottes de terre ; on m'enferma dans un des celliers où j'avais cherché refuge. Il fallut, pour me délivrer, l'arrivée des parents qui, après la musique, venaient faire le tour traditionnel du Clos. J'espérais au moins que Paul serait fortement grondé; maman et grand-père mis au courant de ma mésaventure, se disposaient à le sermonner ; mais grand'mère prononça que ce qui m'arrivait m'était bien dû et que cela m'apprendrait à me séparer de mes jeunes camarades pour me cacher au salon derrière les grandes personnes. Elle avait peut-être raison, en somme, car ce que j'avais appris, dans ce salon, prématurément, c'était à ne plus être une enfant, et il eût mieux valu, pour moi, jeter des pierres par-dessus le dos de Tondu.

J'avais dix ans, je devais entrer au couvent au mois d'octobre prochain. J'étais comme une de ces poupées que de mon temps on nommait « folies », emmanchées au bout d'un petit bâton et ornées d'une pèlerine à longues dents pointues dont chacune portait un grelot : j'avais bien l'aspect d'une petite écervelée, mais je venais de perdre mes grelots. Est-ce que je ne me payai pas, à ces vacances-là, le luxe de « rêvasser », comme disait grand'mère? oui, de rêvasser à mes balcons en regardant la citerne du père Sablonneau, au lieu de m'amuser à cracher dedans!... Et, en regardant, maintenant, dans la citerne du père Sablonneau, il y avait deux choses qui, tour à tour, ou confusément, tournoyaient dans mon esprit : c'était l'air de la romance *Chagrin d'amour*, avec les beaux sons du violoncelle de M. Topfer, et la voix, si désolée et si ardente de M. Vaufrenard ; et c'était la pensée que mon pauvre papa, que l'on ne voyait presque plus, devait être très malheureux.

Une grande tendresse pour papa m'envahit, je m'en souviens très bien. Je comptais les jours qui nous séparaient d'une de ses courtes apparitions à Chinon, car il venait rarement, et encore il restait peu à la maison ; il y avait grand froid, c'était clair, entre lui et ses beaux-parents. C'était maman, plutôt, qui l'allait voir à Tours, le samedi soir et le dimanche, et je pleurais parce qu'elle ne m'emmenait pas. Maman, surtout quand elle revenait de Tours, défendait son mari ; elle disait : « Enfin, c'est un homme qui a eu le courage d'aller jusqu'au bout de ses idées, il a tout sacrifié à ses principes !... » A quoi l'on répliquait : « Oui, sacrifié sa famille, sa femme et ses enfants !... » Puis l'on entendait les mots, toujours les mêmes : « le salut national », « son pays », « la bonne cause... » et d'autre part, le mot qui terminait toutes les discussions : « ruiné, ruiné, ruiné ! »

Mon pauvre papa ruiné, comme j'aurais voulu être près de lui pour le consoler ! Le consoler, comment? Je ne savais pas trop; en lui disant des choses douces qu'il me semblait que je trouverais si j'étais assise sur ses genoux : en l'embrassant tendrement, tendrement; en refaisant la raie dans ses épais cheveux qu'il ébouriffait dès qu'il se mettait à parler; j'aurais voulu aussi lui faire entendre de la musique : je croyais que le violoncelle de M. Topfer lui eût fait du bien; j'avais même envie de gagner de l'argent pour lui glisser dans toutes ses poches des pièces de cent sous!... Comment gagner de l'argent? Et je rêvais, en regardant les araignées d'eau sautiller dans la citerne, je rêvais à des choses entendues de la bouche des Vaufrenard, à ceci, par exemple : qu'on avait dit à la Patti, toute jeune, qu'elle avait des millions dans le gosier!... Et je rêvais que je serais peut-être — oh! c'était bien pour rendre service à papa! — une grande cantatrice... Et les araignées d'eau, minces et dégingandées, sautillaient à la surface de l'eau profonde, en faisant naître autour d'elles des cercles mobiles, auréoles éphémères qui s'en allaient mourir contre la taie verdâtre fermant à demi, comme une paupière, le gros œil rond de la citerne...

IV

C'était donc pour l'automne qui devait suivre ma dixième année accomplie, que mon entrée au couvent, de toute éternité, était décidée. Cette date, d'ailleurs, paraissait être déterminée moins par l'opportunité de commencer des études sérieuses, que par la nécessité de préparer la première communion, ce qui n'aurait su se faire en de bonnes conditions dans une petite ville, — du moins, ainsi pensaient nos familles, — à cause des promiscuités qu'exigent les leçons du catéchisme, et à cause même de la vie de famille, toujours et malgré tout profane, si on la compare à celle des maisons d'éducation religieuse.

Notre situation de fortune était bien modeste.

J'ai su plus tard que la dot de maman, qui était de cinquante mille francs, seule, demeurait intacte. Le revenu de ce minuscule capital, joint au prix de la location de notre maison aux Vaufrenard, constituait tout l'avoir de notre budget. Les grands-parents possédaient leur maison et trois petites fermes rapportant plus de tracas que d'argent. Eh bien ! l'état d'esprit était tel, chez nous, que l'on se fût condamné au pain sec plutôt que de ne pas confier les enfants aux institutions les plus en renom dans la contrée. Là-dessus, papa était pleinement d'accord avecses beaux-parents : il était logé comme un étudiant, à Tours, et il essayait, à quarante-huit ans, de s'improviser une clientèle d'avocat, afin que son fils fût élevé au collège des Jésuites et sa fille au couvent du Sacré-Cœur, de tous les pensionnats, les plus chers. Quant à cela, sous aucun prétexte on n'eût transigé. Le point d'honneur le plus ferme, chez nous, et le plus héroïquement soutenu, était d'avoir des enfants « bien élevés ».

Je ne sais si personne pourrait, aujourd'hui, se figurer l'importance que notre monde, de sens moral assez fin, accordait à ces questions d'éducation. Parce que les parents d'Henriette Patissier, — gens, d'ailleurs, assez riches, — l'avaient confiée, à Tours, à un couvent de religieuses picpuciennes, des propos aigres-doux avaient été échangés entre la maman Patissier et ma grand'-mère, et j'entends encore cette excellente madame Patissier :

— Nous n'avons pas un nom, madame Coëffeteau, à faire figurer, dans les palmarès, à côté des « *de* ceci » et des « *de* cela ! » comme il en foisonne au Sacré-Cœur...

— Il ne s'agit pas de cela, — disait madame Coëffeteau, — mais nos enfants-sont dignes, autant que ceux des familles titrées, de recevoir la meilleure éducation !

Parmi la plupart de nos connaissances, on ne concevait pas le parti adopté par les Patissier ; on les piquait en leur disant :

— Est-ce que la fille de Coquemar, l'huissier, ne se trouve pas dans la même classe que mademoiselle Henriette ?...

Nous autres, ne tarissions pas en descriptions du couvent renommé où j'allais recevoir la meilleure éducation. On m'y avait menée dès la fin du mois d'août, pour me présenter à la Supérieure. J'en étais restée tout étourdie. Ce couvent était situé à Marmoutier, au bord de la Loire, à environ deux kilomètres de Tours. On y pénétrait par une véritable cour de château princier, puis par une sorte de poterne dans un noir monument gothique ; on gravissait un étroit escalier de pierre, dans une vieille tour, et une porte s'ouvrait tout à coup sur un salon immense, au parquet poli comme un miroir, ayant pour tous meubles des chaises de paille, et ouvrant par trois grandes baies sur des jardins coupés de charmilles qui fuyaient à perte de vue.

Maman, qui était simple, en fut intimidée. Elle n'avait point été élevée au Sacré-Cœur, parce que ce n'était pas la mode, encore, dans sa jeunesse. Elle dit à sa mère qui nous accompagnait :

— C'est trop beau.

Mais grand'mère, elle, était flattée, et se redressait, là-dedans, de toute sa taille.

On nous fit attendre assez longtemps ; maman bâilla. Sa mère lui dit :

— Ma fille !...

J'avais bien envie d'aller jusqu'aux fenêtres, regarder au dehors, mais une si vaste étendue de parquet ciré me faisait peur ; en outre, je sentais que m'écarter de mes parents, eût été, ici, d'une liberté inconvenante. Je contemplais deux grands cadres dorés dont on m'avait dit dès en entrant : « Voilà les tableaux d'honneur ! » et deux autres dont l'un contenait un portrait de Pie IX, et l'autre une image coloriée du Sacré-Cœur de Jésus ; et je me demandais : « Par où la Supérieure va-t-elle arriver ? » car il y avait beaucoup de portes. Une d'elles fut ouverte tout à coup, sans qu'on eût entendu aucun bruit ; c'était la plus éloignée de nous, et nous vîmes une religieuse, qui, de si loin, paraissait toute rabougrie, venir à nous. Ma réflexion de gamine fut : « Elle va s'étaler sur ce parquet ! » Mais ce fut ma dernière idée de ce genre, car, pendant le temps que la Supérieure mit pour franchir la distance de la porte jusqu'à nous, quelque chose de tout à fait nouveau me pénétrait.

Je ne sais pas pourquoi ni comment. Cela tombait-il des murs de la large pièce quasi nue, cela émanait-il de cette petite femme dont le visage, complètement encadré d'une cornette tuyautée, semblait d'une autre planète par son étrangeté, sa dignité, son air d'idole ? Elle avançait à pas menus, les deux mains croisées et cachées sous les manches très amples, et elle nous regardait, en marchant. Je me souviens que lorsqu'elle fut au milieu de la pièce, je vis, en même temps qu'elle, le grand crucifix qui occupait tout le trumeau, sur la cheminée, en guise de glace. Et j'eus encore une espèce de frisson comme le jour où j'avais entendu pour la première fois M. Vaufrenard chanter, au bout du Clos, à la tombée du soir. Ce n'était pas la même émotion, mais c'étaient aussi des choses nouvelles qui m'imprégnaient. Trois ou quatre fois dans ma vie, j'ai senti cela : je me suis trouvée pareille à une éponge qui s'apercevrait que l'eau l'envahit.

Cette chose nouvelle ne me faisait pas peur, ne m'était pas antipathique. Au contraire. Je vais faire une comparaison qui paraîtra bizarre : quand j'étais enfant, j'avais la manie de collectionner des cahiers de papier blanc, bien réglé, et que je jugeais que c'était un massacre de maculer avec des gribouillages. Eh bien, comprenne qui pourra !... ce visage régulier dans la cornette, cette pièce nue, ce parquet reluisant, cette effigie divine, me donnaient l'impression de quelque chose de parfaitement pur et d'impeccablement réglé. Quand on me demanda, après, comment j'avais trouvé madame de Contebault, la Supérieure, je déclarai, ce qui était la vérité pour moi, qu'elle m'avait fait l'effet de belles piles de cahiers de papier blanc ; à quoi il me fut répondu :

— Tu n'es qu'une petite imbécile !

Quant à ce que madame de Contebault, la Supérieure, dit à grand'mère et à maman, j'étais trop émue pour en avoir gardé le moindre souvenir. Je sais seulement qu'elle me parut extrêmement distinguée, et m'en imposa par cela même beaucoup plus qu'elle n'eût pu faire par des paroles.

J'ai cru remarquer, longtemps après l'époque dont je parle, qu'il y a des tempéraments qui sont subjugués, à première vue, par le spectacle de l'ordre établi ; et le curieux est que ce ne sont pas toujours les tempéraments les plus soumis. Je pourrais bien être de ceux-ci. L'image du couvent de Marmoutier et de madame de Contebault me demeura, pendant le reste de ces vacances, comme la vision d'un monde infiniment supérieur à celui que je connaissais. Tout, à Chinon, me sembla devenu mesquin et misérable, même le Clos, qui n'était pas la dixième partie des jardins de Marmoutier, même la musique chez les Vaufrenard, car madame de Contebault nous avait fait visiter la chapelle du couvent, où un orgue jouait un air admirable qui semblait tenir anéanties, immobiles comme un troupeau qui dort, une vingtaine de religieuses prosternées. Je m'enorgueillissais déjà de faire partie de cette maison.

Et voilà-t-il pas que je me trouvais prise, presque aussitôt après avoir repassé la porte de Marmoutier, d'un scrupule assez singulier pour mon âge : j'étais assise, dans le fiacre qui nous avait menées là-bas, sur le strapontin, vis-à-vis de maman et de grand'mère, et je faisais une figure si chagrine que l'on me dit : « Voyons ! voyons ! Madeleine, il ne faut pas te désespérer, tu ne seras pas malheureuse, ces dames ont l'air d'excellentes personnes !... » Je me contraignis quelques instants sans répondre parce que j'avais envie de pleurer, sans savoir précisément pourquoi. Le soir, je tombais dans les bras de maman en lui demandant pardon de m'être, jusqu'à présent, « aussi mal conduite ! » Maman n'en revenait pas ; elle éclata de rire. Mais, moi, j'étais très sérieuse : mon malaise, à la sortie de Marmoutier, et qui durait encore, l'idée m'était venue tout à coup de l'attribuer à ceci que ma conduite jusqu'à cette heure et depuis ma première enfance, avait été tout bonnement indigne !

C'était ce Salon nu, au parquet si luisant, cette religieuse aux traits corrects et nobles, c'étaient ces longs corridors, ces jardins déserts, la blancheur et la rectitude de tout cela, qui, par contraste, me faisait paraître médiocre et tortueux tout ce qui n'était pas semblable à cela.

Et je disais à maman, presque en pleurant de honte pour « ma vie passée » :

— Mais maman, songe donc que c'est moi, avec Paul, qui ai fait les rats dans le grenier, il y a trois semaines, souviens-toi... Le pauvre grand-père qui s'est levé !... les pièges qu'il a tendus !... et il était si ennuyé de n'avoir seulement pas pris une souris !... Nous lancions des noix et des haricots secs, à la volée... ça court, ça trotte : pototo! patata!...

Maman riait de tout son cœur :

— Comment ! c'était toi ? c'était vous, petits gredins ?...

J'étais bien sûre de n'être pas grondée par maman ; elle ne pouvait pas : elle était trop bonne... et je lui faisais une espèce de confession générale, qui me soulageait. J'avais un besoin à présent, de me conformer à l'esprit d'idéal nouveau qui m'était apparu, même à n'avoir vu les choses que par le dehors, au couvent du Sacré-Cœur.

Quand j'y fus entrée définitivement, je fus plus sérieusement conquise.

V

Je me trouvai rangée tout de suite au nombre des enfants sages.

C'est assez étonnant : je n'étais pas sage naturellement ; il ne faudrait point du tout que l'on me crût une « momie »; l'histoire des rats, chez nous, ne figurait nullement un méfait isolé ; mais j'avais tant entendu parler de « bonne éducation », tant entendu prêcher la nécessité d'être « une jeune fille bien élevée, » sans avoir compris jusqu'alors en quoi cela consistait exactement, que, tout à coup, ce couvent, avec son impérieuse rectitude, s'imposait à moi comme un moule pour lequel eussent été préparées, pétries, assouplies depuis dix ans, la matière et la substance mêmes dont j'étais faite.

Je voulais aussi faire plaisir à mon malheureux papa, qui ne cessait de me répéter, chaque fois qu'il me voyait : « Sois sage, fillette ! »

Mon Dieu, que je fus donc sage !

Tout ce qui devait être fait, je le fis, scrupuleusement, ponctuellement et, bientôt aussi, machinalement. De tout ce qui ne devait pas être fait, je m'abstenais comme de crimes odieux.

Les premières notes adressées à ma famille furent enthousiastes, bien que je fusse une des dernières de ma classe en composition. Mais la conduite, ici, je le vis aussitôt, dominait le savoir. Mon nom, pour la conduite, fut au tableau d'honneur, dans le Salon, dès le premier trimestre. Et pour le congé du jour de l'an, quand mes parents vinrent me prendre au couvent, un « ruban vert » ornait ma poitrine.

Je ne causais point pendant la classe, ni à la chapelle, ni dans les rangs, ni au dortoir, ni pendant les repas, où l'on nous faisait une lecture, ni même pendant les récréations, où il est recommandé de jouer. Aux récréations, je jouais à perdre haleine. Je ne me tenais pas trop penchée sur mon pupitre en écrivant, ni les deux coudes appuyés et les paumes bouchant les oreilles, en apprenant mes leçons ; je pris vite l'habitude d'avoir le corps droit comme chez le photographe, en classe, à l'étude, au réfectoire ; aux offices, je ne tournais la tête sous aucun prétexte. Je m'habillais et me lavais, le matin, très rapidement, très décemment ; le soir j'étais la première au lit. Mon pupitre était ordonné comme un plan de ville américaine ; la maîtresse en l'ouvrant, souriait avec béatitude, et elle me disait :

— Dieu vous aimera ; aimez-le.

On m'avait aussi conseillé d'aimer Dieu, à la maison, cela va sans dire ; mais bien que ma grand'mère et maman fussent fort pieuses, bien que personne ne manquât la messe du dimanche, cette recommandation, je ne sais pourquoi, ne m'avait jamais touchée profondément. « Aimer Dieu », à Chinon, cela se confondait pour moi avec une multitude d'autres préceptes que les parents rabâchent aux enfants, tels que : « Tiens-toi bien... N'appuie pas les coudes sur la table... Allons ! réponds, s'il te plaît, quand madame te parle !... Mouche-toi, mon enfant... » ou : « Ne marche pas les pieds en dedans ! » On entend cela tous les jours ; on s'y accoutume ; on finit par s'y soumettre en effet. Aimer Dieu, d'ailleurs, est encore plus facile que tout le reste, et je m'imaginais que j'aimais Dieu très suffisamment. Entre nous, c'était avec froideur. Dieu ne me disait rien de rien. Dieu, c'était la prière du matin et du soir à genoux sur le « renard dévorant une poule » de ma descente de lit, les yeux fixés sur les compartiments du couvre-pied, — le carré où il y a un petit trou percé par les mites, le carré où une araignée a déposé quelques taches de rousseur, etc., — figures saugrenues où, durant des années, mon imagination puérile se reposait tandis qu'on la croyait au ciel. Dieu, c'était la messe, les vêpres, le salut, pendant le mois de Marie, la procession de la Fête-Dieu, et la grande préoccupation des menus de table, les vendredis, les Quatre-Temps, le Carême ; cela se confondait avec la vie, avec les visites obligatoires, les dîners, les concerts profanes chez M. Vaufrenard : les devoirs religieux s'accomplissaient aussi régulièrement, plus simplement même, avec moins de frais, certes, et moins d'embarras que les obligations mondaines ; rien, dans nos relations avec notre église de petite ville, n'était propre à nous donner quelque idée de majesté ou de grandeur ; il y avait même, dans la façon dont on traitait le curé, si brave homme, et toutes les choses de l'église, — sermons, musique, pain bénit, baptêmes, — un je ne sais quel laisser aller, un peu familier, une certaine manière

« de haut en bas », qui était plus proche de notre attitude vis-à-vis des fermiers, ou des vieux serviteurs, que de celle dont nous honorions les gens « de notre monde ». Je n'avais point, étant enfant conscience de démêler cette nuance un peu subtile, et cependant, je vois à présent, que je la démêlais très bien. J'aimais Dieu, c'était entendu, comme devait faire un enfant qui a un peu de savoir-vivre ; mais, — je demande bien pardon de l'irrévérence, — je n'aimais pas Dieu d'une façon très différente de ma façon d'aimer ma vieille bonne !

A Marmoutier, la figure de Dieu m'apparut d'une autre couleur ! D'abord nous eûmes, presque aussitôt après la rentrée, une retraite de cinq jours, avec conférences d'un Révérend Père de la Compagnie de Jésus, brandissant un crucifix à bout de bras, et qui m'ébranla comme une canonnade. Les premiers jours, Dieu me parut immense, impitoyable, foudroyant, — impression nouvelle, terrible, ineffaçable ; — je me vis écrasée, mes pauvres petits os broyés et jetés dans un abîme enflammé ; je me crus une grande pécheresse pour n'avoir point jusqu'à présent eu connaissance de ces vérités et n'avoir pas plus tôt commencé de faire pénitence et de pratiquer la vertu. Puis, comme la retraite touchait à sa fin, tout cet appareil terrifiant s'abattit et se résolut en douceur et en suavité; le Dieu courroucé sembla se retirer dans le lointain, comme le tonnerre, quand son grand fracas est produit; et, à sa place, ce fut Notre-Seigneur Jésus-Christ, tout indulgence, tout douceur, tout amour. Ah! ce Jésus, comme on nous le peignit charmant! Je n'avais pas eu jusque-là la moindre idée d'un être si beau, si pur et si aimant. Auprès de lui, que tout semblait vulgaire, disgracieux, pitoyable! C'était lui qui régnait ici, dont l'image était partout, dont le cœur débordant d'amour, uni à celui de sa Sainte Mère, était collé ici sur les murailles, sur les portes, les fenêtres, les sièges, les pupitres. Il avait une prédilection pour les enfants sages : j'avais, me disait-on, tout ce qu'il fallait pour lui plaire.

Je n'y tenais pas absolument, tout d'abord, cela même me gênait un peu; je me trouvais bien, toute seule, accomplissant mes devoirs correctement, méritant les éloges et les récompenses et me conformant surtout à cette belle rectitude qui était le caractère de la maison. Jésus n'eût pas fait attention à moi, que je n'en eusse pas moins été sage, appliquée, tendant à me rendre irréprochable. Mais peu à peu je me soumis à cette tendre figure montrant son cœur avec insistance; ce fut, de ma part, presque de la bonté pour elle : je ne voulais pas lui faire de la peine. « Puisque vous le voulez, Seigneur Jésus, eh bien! je vous aimerai comme je pourrai. » Et je faisais de très sincères efforts pour atteindre ce but. Je m'exerçais à dire : « Je vous aime! Je vous aime! » Ensuite le remords me prit, parce que je disais à Jésus sans cesse : « Je vous aime », alors que je n'étais pas sûre du tout de dire vrai. Aimer Dieu? Je pensais : « J'aime ma grand'mère, j'aime mon grand-père, j'aime mon frère Paul, malgré ses vilains tours, j'aime celui-ci, j'aime celui-là... Mais ça n'est pas cela; aimer Dieu doit être autre chose! Avec quoi aime-t-on Dieu? Et il faut que je me dépêche, car maintenant que j'ai commencé de lui dire : « Je vous aime », cesser serait l'outrager, et en lui mentant, tout de même, je l'outrage! » J'étais très malheureuse.

Et la plupart de mes petites camarades qui étaient si tranquilles! qui avaient si peu l'air de se tourmenter de cela!...

Il y en avait une, nommée Jacqueline-Jeanne de Charpeigne, qui avait eu dans sa famille une sainte, une authentique sainte, honorée dans une église de Tours. Elle était très pieuse et je m'imaginais qu'à cause de la sainte, à qui dans ses prières elle eût pu dire : « Ma chère grand'tante », elle possédait des lumières spéciales sur les choses de la religion, ou tout au moins, qu'elle pouvait intercéder pour moi. Elle fut seulement très étonnée de ce que je lui osai dire ; elle s'en indigna presque. Comment ! Je n'étais pas sûre d'aimer Dieu ! mais cela était inouï ! Elle me crut possédée du démon, me demanda si je n'avais pas d'attaques. Je lui dis que, de ce côté-là, j'étais très calme. « Ouvrez-vous, me dit-elle, à madame du Cange, — qui était la Maîtresse générale, — où à monsieur l'aumônier, en confession.

M. l'aumônier me faisait moins peur que madame du Cange, et c'est à lui que je confiai mon tourment. On ne distinguait presque pas sa figure, à travers le grillage du confessionnal, mais je sentis qu'il souriait ; c'est en souriant que, de sa voix chuchotante et douce, il me dit :

— Mon enfant, vous êtes une toute pure colombe, et votre angoisse délicate est agréable à Dieu ; il vous a choisie pour vous éprouver... Lui, il vous aime, n'en doutez pas.

Pourquoi l'aumônier avait-il souri ? C'était donc naïf ce que j'avais été lui raconter là ? Je ne voulais cependant pas être prise pour une sotte ! Je sortis du confessionnal très mécontente, très irritée. Qu'était-ce que tout cela? Jacqueline-Jeanne, parce que je n'étais pas certaine d'aimer Dieu, me croyait perdue; M. l'aumônier se moquait de moi! Car on ne m'ôtera jamais de l'idée qu'il s'est moqué de moi. Je n'avais pas onze ans; mais on se fait de tels raisonnements à cet âge. Dans le feu de mon tourment, je vainquis ma timidité et courus m'ouvrir à madame du Cange à qui je racontai tout, mon tourment, les paroles de Jacqueline, celles de M. l'aumônier, son sourire.

Oh! quelle femme, que madame du Cange! Elle était de la plus pure beauté. Même aujourd'hui, après avoir vu bien des femmes jolies, quand je me souviens de son visage, je crois qu'aucune figure ne me parut jamais contenir tant de grâce. Elle n'avait pas du tout ce qu'on est convenu d'appeler la beauté angélique, mais la beauté qui séduit les hommes et qui surmonte la jalousie naturelle des femmes. Et elle possédait ce charme, dans le cercle étroit de la cornette tuyautée et ingrate des Dames du Sacré-Cœur! Qu'eût-elle été, la tête libre et parée du cou et de la chevelure! Elle avait des yeux d'un noir de jais, allongés et profonds, avec des cils d'une longueur qui en doublait l'ombre, et une bouche, Seigneur Dieu!

Quand je dis que madame du Cange me faisait peur, c'est parce qu'elle était trop belle; mais c'était elle qui détenait la direction morale du pensionnat et qui connaissait toutes les élèves, une par une, et jusqu'en les replis les plus secrets de leur jeune âme, madame de Contebault, la Supérieure, ayant un peu, ici, le rôle de Dieu le Père, qui consiste à gronder dans les fortes circonstances, à se montrer rarement, pour en tirer plus de grandeur, enfin à administrer toutes choses, mais de haut.

Madame du Cange ne rit pas, elle, quand je lui fis ma confidence; elle ne s'indigna pas non plus; elle ne me crut pas possédée du démon. Elle m'affirma que celle de mes compagnes qui m'avait dit cela était une ignorante et que, quant au sourire de M. l'aumônier, il n'appartenait ni à aucune de ces dames, ni à moi-même de l'interpréter, que j'avais pu me tromper d'ailleurs. D'accord avec l'aumônier, elle tenait mon scrupule pour infiniment agréable à Dieu, qui m'accorderait la grâce de l'aimer quand il lui plairait et probablement à l'époque de ma première communion. Mais elle me conseilla de chercher sans cesse le Dieu qui se dérobe...

— Peut-être, — me dit-elle, de sa bouche charmante, — parce qu'il vous a choisie entre toutes!...

A partir de ce jour-là, madame du Cange parut bien, en tout cas, m'avoir choisie, elle, entre toutes, du moins entre toutes les petites filles de mon âge, et je me demandais pourquoi. Je sentais son attention attirée particulièrement vers moi, et une attention affectueuse; il ne se passait pas de semaine sans qu'elle me parlât au moins une fois, tout à coup, en passant dans un corridor, ou bien quand elle paraissait dans les jardins, aux récréations; alors elle me faisait du pouce, un petit signe de croix sur le front, elle me disait : « C'est dommage d'interrompre une enfant qui joue si bien! » et elle me confiait une commission, marque d'estime, qui me signala à mes différentes maîtresses que je n'aurais sans doute guère captivées par ma médiocrité en toutes matières. Et madame du Cange me dit à plusieurs reprises :

— J'ai promis, mon enfant, à madame votre grand'mère, que nous ferions de vous une jeune fille tout à fait accomplie...

Naturellement, bon nombre de mes compagnes m'avaient prise en grippe à cause de ma faveur près des maîtresses et de la Maîtresse générale. Celles qui me tournèrent le dos n'étaient pas des élèves les mieux notées, mais c'était parmi elles que se trouvaient les deux ou trois « premières » en composition, et j'étais vexée de n'être pas de leurs amies. Elles m'eussent méprisée à cause de mon ignorance! Et j'avais des envies de travailler et de leur montrer, à celles-là surtout, si je n'étais qu'une bête.

Comme on le pense, j'étais adoptée et choyée par toutes celles qui faisaient la cour aux autorités, je voyais autour de moi tout un troupeau de péronnelles qui espéraient par moi obtenir les faveurs de madame du Cange ou de telle maîtresse près de qui j'avais du crédit, et d'autres aussi qui étaient de fort gentilles fillettes et qui se groupaient autour de moi sans arrière-pensée, mais avec cette docilité qui fait que tant de bonnes gens se mettent à la remorque du premier venu qui semble prendre la tête. Je m'étonne et m'amuse à penser que j'aie éprouvé un premier sentiment de responsabilité devant ces enfants qui me prenaient pour guide. Lorsque les mouvements de ma nature un peu prime-sautière et indépendante m'agitaient à la sourdine, c'est l'idée que j'étais un chef et qu'une quinzaine d'enfants me suivaient, qui m'a retenue prisonnière; je n'osais plus, j'étais engagée dans une certaine voie; à dix ans, j'étais vouée à la sagesse!...

VI

C'est là-dessus qu'un beau jour madame du Cange m'arrêta dans le corridor, un samedi soir, veille de grande fête, et me dit que ces dames me jugeaient apte à faire ma première communion, et qu'il était bon pour moi de m'y préparer avec la plus grande piété.

Jamais je n'eus de plus grande démangeaison de me dissiper qu'à cette époque-là. Voilà que j'étais saisie d'une envie folle de parler, de parler au réfectoire, au dortoir, en classe et dans les rangs ; j'avais à dire, à dire, et à toutes, à mes amies, à mes ennemies aussi. Il y avait une certaine Gillette Canada, une des deux premières de la classe, qui était fine, comique, amusante au possible, qui faisait constamment rire ses voisines, et était presque toujours punie, mais qui avait une facilité de travail, une mémoire, une vivacité d'intelligence surprenantes. Je l'enviais. Je jalousais jusqu'à son courage à affronter les réprimandes, les punitions, parce que, moi, je ne l'avais pas. Ne pas posséder l'estime parfaite des personnes qui m'entourent m'était, dès cet âge-là, insupportable; mais je me disais : « Que cela doit être bon de casser les vitres, de faire des niches, de causer à sa fantaisie, ou de lancer des fléchettes mouillées au plafond! » On accusait Canada d'avoir le diable au corps. Le charmant petit diable! La coquine de Canada! Elle voyait bien que j'étais jalouse d'elle, avec tous mes rubans, ma sagesse, mes honneurs; et elle sentait, en même temps, qu'elle me plaisait, que j'enrageais de ne pas pouvoir être son amie. Ah bien! en voilà une avec qui je ne me serais pas ennuyée, une journée de sortie, comme avec cette cruche de Jacqueline-Jeanne! Quand Gillette Canada s'apercevait que je la regardais d'un œil songeur et sympathique, elle me tirait une langue longue comme la main, ou bien parfois elle-même me regardait en classe ou à l'étude, et, me désignant mon ruban vert, mon beau et large ruban de sagesse qui me couvrait la poitrine, elle faisait semblant de se cracher au creux de la main et de m'envoyer cela sur mon honorable insigne. Elle avait plus de joie à braver le danger d'être punie et à se moquer de moi, que moi à demeurer confite en mon inertie récompensée.

Je me préparai consciencieusement à la première communion; j'approchai de ce grand jour et le touchai enfin. Nous fûmes prêchées par un Père de la Compagnie de Jésus encore, qui parlait fort bien, mais comme un homme du monde, et ses instructions n'évoquèrent en nous aucune image, aucun sentiment. Je regrettai le premier, le terrible, qui m'eût troublée. Quelques mots de madame du Cange furent encore ce qu'il y eut de mieux, autant qu'il m'en souvienne, mais je ne peux plus me rappeler ses mots : c'était peut-être son admirable et charmant visage qui me fit croire qu'elle me disait quelque chose de très bien. Je m'excitai tant que je pus; mon cœur même battait très fort en approchant de la Sainte Table, et, malgré cela, il me semblait que moi, ce qui s'appelle moi, j'étais dans un état ordinaire. Je voulais fermement être toute en Dieu, et je pensais : « Que d'encens! que de paroissiens en cuir de Russie! que de cierges! » et j'avais aussi un peu mal au cœur.

Je n'étais pas satisfaite, quelque chose d'important pour moi me manquait : c'était un idéal.

Alors, je me trouvais un peu désemparée ; j'étais tiède ; tout me paraissait sans saveur ; je n'aimais pas les petites camarades qui m'aimaient ; j'aimais Gillette Canada qui me détestait, et peut-être aussi madame du Cange, mais trop haut placée. Je m'ennuyais. On atteignit pourtant encore assez rapidement les vacances. J'eus toutes les récompenses qu'on accorde aux élèves remarquables par leur absence de tout défaut : pour le reste, je n'étais pas parvenue à être classée parmi les dix premières. Mes parents ne furent pas très contents ; mon ruban vert, qui me valait tant de considération au couvent, — sauf de la part de Canada, — était sans aucun effet sur la famille ; quand mon frère le vit, ah ! quel succès !... Je dus cacher ces deux mètres de moire pour éviter les quolibets et les sarcasmes, et faire comme si je les dédaignais moi-même absolument. Ils étaient portés, par surcroît, sur la note adressée à mes parents, les deux mètres de moire, pour douze francs et je ne sais combien de centimes !

Moi qui comptais sur ces vacances pour reprendre ma vie d'autrefois, je fus bien désappointée. Rien n'était changé à la maison, et cependant, il me semblait que je n'y retrouvais rien en place. Et tout pour moi y était rapetissé, décoloré, tout m'y parut étroit et méprisable. Je n'étais point devenue très pieuse au couvent, n'est-ce pas ? Eh bien! je jugeais que se mettre à table sans dire le *Benedicite*, c'était un peu agir en animaux. Je proposai, le soir, de réciter la prière en commun : « Ce serait mieux », osai-je dire. Mon grand-père se croisa les bras en me regardant : « Mais de quoi se mêle-t-elle ?... » Je fus confuse et persuadée que la vie de mes parents était peu digne de chrétiens. Je remarquai, pour la première fois, le dimanche, à la messe, que mon grand-père n'usait pas de paroissien et se tenait presque tout le temps debout. « Mais c'est inconvenant! » pensai-je. Toute cette malheureuse petite messe, d'ailleurs, me faisait pitié : cette façon de parler qu'avait notre curé de campagne! ces enfants de chœur, mal habillés, et qui jouaient avec les burettes et avec leur petite calotte rouge! ces vieilles dames qui allaient à la Sainte Table sans ordre, et non en rang, comme les dames du Sacré-Cœur, avec des figures de vitrail et des yeux clos! enfin, cette débandade au dernier évangile! ces causeries de chaise à chaise avant d'avoir quitté l'église! quelle misère ! Je voulus retourner à la grand'messe. On me jugea folle; les boutiquières, les paysannes, seules, allaient à la grand'-messe; est-ce que je prétendais bouleverser les usages? est-ce qu'il est obligatoire d'aller deux fois à la messe? Je ne répliquai que par un petit sourire entendu et dédaigneux, et, à part moi, je disais : « Pardonnez-leur, mon Dieu, car ils ne savent ce qu'ils font! »

En si peu de temps, j'avais été gagnée par le couvent bien plus que je ne le croyais moi-même; et tout ce qui se faisait au couvent, qui ne m'enchantait déjà plus, pourtant, quand j'y étais moi-même, me semblait néanmoins fort supérieur à la vie profane. Les gens de Chinon? mais ils étaient pour moi un peu comme ces peuplades sauvages qu'il faut des missionnaires héroïques et barbus pour aller conquérir à la Foi! Le plus curieux était que mon frère, qui n'était qu'un mauvais élève des Jésuites, et un pur vaurien, jugeait de même le monde par rapport à son collège. Il était méprisant; à tout usage local ou familial qu'il voyait, il appliquait un : « Chez les Pères!... » qui flagellait les institutions et les coutumes de son pays.

Me croirait-on si je disais que la musique ne m'était plus de rien? J'entendis chanter, chez les Vaufrenard, et *Plaisir d'amour* et beaucoup d'autres choses que je sais aujourd'hui fort belles; M. Topfer en vain tira de son violoncelle des sons à faire tressaillir les êtres les plus rudimentaires; je me rebellais, avec mauvaise humeur, contre ce charme qui m'assaillait; l'idée que tout cela n'était que des airs d'opéra, c'est-à-dire propres aux divertissements mondains, et la plupart immoraux, sinon scandaleux, enfin tels qu'un prêtre n'est pas autorisé à les aller entendre au théâtre, suffisait à me les rendre détestables, et je songeais, par contraste, à des *Kyrie*, à des *Pie Jesu*, à des *Tantum ergo*, chantés par nos voix fraîches à la chapelle de Marmoutier, qui ne m'avaient pas émue durant que je les chantais, — pourquoi ? je n'en sais rien, — et qui, à distance, et par un besoin de réaction contre notre petit monde médiocre, me semblaient seuls dignes, seuls beaux, seuls admirables, et créaient, par leur seul ressouvenir, une sorte de nostalgie en moi, la nostalgie du couvent.

Ma grand'mère était stupéfaite de me découvrir ces sentiments. De son temps on ne s'avisait pas, pendant les vacances, de penser uniquement à l'année scolaire : elle gardait bon souvenir des religieuses qui l'avaient élevée : bon souvenir, mais froid. Elle disait volontiers :

— La vie d'une femme ne commence qu'à la sortie du couvent.

Je revins donc à Marmoutier avec les meilleures dispositions à m'y plaire : cependant, j'ai conscience d'y avoir traîné une année grise, insipide, suivie d'une autre qui ne valut guère mieux. Il me semble que tout était arrêté en moi, le cerveau comme le cœur. J'ai une photographie de moi, prise en ce temps-là, qui montre que j'étais laide et que j'avais l'air bête. Je continuais à être une élève dite « exemplaire », avec des notes de conduite superbes. En composition, je ne gagnai guère qu'une place, et ce fut par une triste occasion : une des premières, une pauvre petite qui avait toujours eu assez mauvaise mine, nommée Michèle de Laraupe, mourut, chez ses parents. Cette disparition soudaine d'une des nôtres, non pas une amie, pourtant, me donna un commotion qui opéra une révolution dans toute ma personne. On chanta, je m'en souviens, une messe des morts, solennelle, à l'intention de Michèle de Laraupe. Cette pompe funèbre, inusitée dans notre chapelle, le chant nouveau pour moi du *Dies iræ*, ce catafalque, ces flammes verdâtres, et la place, laissée vide, partout, de notre compagne appelée devant le tribunal de Dieu, me pénétrèrent d'une émotion si profonde et si ineffaçable, qu'un frisson me parcourt aujourd'hui encore à seulement en évoquer la mémoire. Et tout à coup, dans la même semaine, pendant une bénédiction du Saint-Sacrement, je fus envahie par l'amour de Dieu.

Ce ne fut pas une lumière éclatante, un réveil brusque, une surprise; non, et je m'en aperçus à peine. C'est plus tard, quand je pus réfléchir au changement opéré en moi, que j'en ai pu placer le début au moment de cette bénédiction. Je faisais jusqu'alors le geste d'adorer l'hostie rayonnante exposée sur l'autel : ce jour-là, je me prosternai comme si un poids énorme me pesait sur les épaules, et je sentis que quelque chose dans ma poitrine, mon cœur peut-être, semblait fondre et m'inonder d'une chaleur douce et délicieuse. Et quand la sonnerie nous invita à relever la tête, j'aurais voulu rester plus longtemps prosternée; et je n'avais pas d'autre désir que de demeurer là, abîmée, en disant, non des lèvres, mais intérieurement, par toute mon âme : « Mon Dieu!... mon Dieu!... »

Je ne crus pas tout d'abord à ce qui était arrivé en moi; je ne me dis pas du tout : « Voilà ce que l'on m'avait promis, ce que j'ai tant souhaité »; non; je ne me fis aucune réflexion, mais, peu à peu, l'heure de la prière et de toute station à la chapelle fut attendue par moi et me procura une intense et magnifique joie. J'adorais Dieu. J'avais l'impression d'une grandeur, d'une puissance et d'une beauté sans égales, et qui était là, véritablement là, et mon bonheur était de m'anéantir, sans formuler de prière, mais en disant ou pensant : « Mon Dieu ! mon Dieu !... »

Madame du Cange, à qui rien n'échappait, me dit, à l'époque de cette crise, en m'arrêtant, selon sa coutume, ces simples mots : « Mon enfant !... mon enfant !... » sur un ton qui s'accordait si parfaitement avec celui dont je disais, moi, au pied de l'hostie : « Mon Dieu !... mon Dieu !... » que je pus croire que c'était Dieu qui me répondait par sa bouche. Je n'eus rien à dire à madame du Cange, pas plus qu'à Dieu ; elle me prit une main dans ses deux mains ; ses beaux yeux plongèrent dans les miens ; elle se mêlait par là à mon bonheur nouveau ; et moi, je laissais, silencieusement, mon bonheur se révéler à elle ; et elle était si ravie de sentir qu'enfin ce bonheur m'était échu, qu'elle sourit ; pour la première fois, devant moi, la gravité de son merveilleux visage se détendit, ses lèvres découvrirent ses dents pures, et elle me quitta, elle s'en allant, d'un côté, dans ce long corridor solitaire, moi de l'autre, — deux âmes heureuses.

Alors ma vie s'emplit : l'idéal dont j'avais eu tant besoin, je le touchais! Celui-ci dépassait tout; on n'en imagine pas de plus haut, de plus beau; et lui-même contient tous les autres : les merveilles de la nature et de l'art, c'est lui; la musique, c'est lui; la beauté morale, c'est lui!

Je recouvrai une humeur égale et bonne, je sentais en moi une allégresse, une ardeur inconnues, et il me semblait que je devenais comme une fée douée de facultés surprenantes et d'un pouvoir anormal sur les choses. Il n'y avait en réalité rien d'anormal ni de surprenant, mais quantité de portes s'ouvraient, comme d'elles-mêmes, dans ma cervelle, qui, jusque-là, étaient demeurées closes; le rayon magique qui les ouvrait, c'était ce grand contentement intérieur.

VII

Vers cette époque, madame du Cange vint me demander un jour en pleine classe. Je sortis, très émue, car jamais pareille chose n'était arrivée. Aussitôt dans le corridor, madame du Cange me dit qu'il se pourrait que Notre-Seigneur m'eût choisie pour une douloureuse épreuve et qu'il s'agirait alors pour moi de montrer que je savais déjà ce qu'est la résignation chrétienne. Je pensai immédiatement à mon cher papa, et je dis :

— Papa ?... je suis sûre ?...

— Votre papa, en effet, est très malade, mon enfant, et monsieur votre grand-père vous attend au salon...

Tout à coup, me voilà en pleurs; aveuglée à ne

pouvoir me diriger, je n'apercevais pas madame de Contebault au bout du corridor. Madame de Contebault me dit simplement :

— Ma chère petite enfant, vous allez monter au dortoir changer de robe, parce que monsieur votre grand-père est autorisé à vous emmener pour plusieurs jours...

Ce « ma chère petite enfant » m'apprit que mon pauvre papa n'était pas seulement très malade, mais qu'il était mort. Jamais la Supérieure n'employait des termes si tendres. Alors j'eus une crise de chagrin, folle. Je pleurais, je pleurais ; madame du Cange dut me conduire par la main, me soutenir pour me faire monter au dortoir; je ne voyais plus rien, j'étais incapable de m'habiller ; je me souviens de la sœur converse, attachée à la lingerie, qui se mit à pleurer presque autant que moi. Et madame du Cange, au pied du lit, nous parlait des souffrances de Notre-Seigneur, pour que, en comparaison, les nôtres parussent plus légères.

Grand-père était au salon. Il me dit qu'il était venu, et non pas ces dames, parce qu'elles étaient plus utiles à la maison que lui. Je sanglotais toujours, et il ne trouva rien pour me consoler, ni dans la voiture, ni dans le train qui nous conduisait à Chinon, car c'était là que mon pauvre papa en avait fini avec ses peines.

Mon pauvre papa! Et dire que, bien que je fusse si certaine qu'il était mort, tant que personne ne m'avait dit : « Il est mort », je conservais un secret espoir de m'être abandonnée au pessimisme!... Eh bien! non, je n'avais pas vu trop noir!... Mon pauvre papa était couché dans la chambre de maman; il avait encore sa jolie et bonne figure, presque pas plus pâle qu'elle ne l'était ces dernières années, et ses cheveux gris ébouriffés comme s'il venait d'y passer la main en parlant. On se répétait les paroles qu'il avait prononcées pendant une sorte de délire, le mot qui revenait sans cesse à ses lèvres était « la France », « la France livrée... la démagogie... la société chrétienne... » Et il avait dit encore, comme autrefois : « Vous n'êtes pas logiques... vous ne pensez qu'à votre bien-être présent... » Enfin, tout le monde rapportait que ses dernières pensées avaient été pour moi qu'il chérissait particulièrement, et qu'il avait dit : « Ma consolation est que Madeleine sera bien élevée ! »

Et, au milieu de mon grand chagrin, cette pensée dernière et ce souhait essentiel de mon père mourant, me hantèrent et me communiquèrent je ne sais quel triste courage. Il me semblait qu'avec l'âme héroïque de mon père, tout ce qu'il y avait pour moi de beau et de solide en ce monde avait croulé, que Dieu seul me restait, mais que j'avais un rôle à jouer, une tâche de tout premier ordre à accomplir... Qu'était ce rôle, qu'était cette tâche? Personne ne m'en avait fourni la définition. Ce but demeurait vague pour moi, car dans ma famille, comme au couvent, on ne m'avait jamais parlé que d'une chose, et c'était celle-là même que mon père, en mourant, semblait considérer comme suffisante : « Madeleine sera bien élevée!... »

Être une jeune fille bien élevée...

Tout était donc là; c'était un modelage qu'il s'agissait de laisser exécuter sur soi plutôt que d'accomplir soi-même, car on ne vous demandait point, en somme, d'initiative; on la redoutait même; et lorsqu'on vous avait donné ainsi la figure qu'il convient d'avoir, tout devait aller comme sur des roulettes dans la vie, pour une jeune fille et pour une femme.

Je me souviens d'avoir pensé à cela, en conduisant mon pauvre papa au cimetière, car une grande douleur vous gratifie de quelques années de plus, tout à coup.

Nous suivions un chemin, entre des murs; il faisait un temps gris et froid; j'entendais, à côté de moi, maman qui sanglotait; et je me disais : « Tout est perdu, oui, tout est perdu, mais il faut que je sois une jeune fille bien élevée... »

C'est dans ces dispositions que je rentrai au couvent. Ma piété, qui était née dans l'appareil funèbre de la pauvre petite Michèle de Laraupe, fut tout naturellement favorisée par le plus grand deuil qui pût m'affliger. Pendant des mois, je ne pensai qu'à l'âme de mon père, et je m'abîmai en prières pour son salut. Et il me semblait, d'autre part, que, par une conduite tout à fait exemplaire, j'accumulais quelques mérites qui lui pouvaient profiter. Être docile et pieuse, n'était-ce pas ce qui constituait essentiellement la jeune fille bien élevée?

Ma docilité et ma piété, accrues par mon malheur, m'attirèrent plus de tendresse de la part de ces dames et d'un grand nombre d'élèves. Le visage même de madame de Contebault, la Supérieure, si serein, si imperturbable, s'adoucissait et se fondait à mon approche. Il y avait, dans le regard de madame du Cange, comme une entente secrète avec quelque partie de moi que j'ignorais moi-même; ce regard fin, pénétrant et charmant semblait m'avoir trouvée et me connaître, moi qui ne me connaissais pas. Je m'abandonnais à lui, en toute confiance; j'avais un grand besoin d'être aimée.

Et que n'eussé-je pas fait pour être aimée davantage de ceux qui voulaient bien m'aimer déjà! Pour Notre-Seigneur Jésus-Christ, qui m'aimait, je redoublais de ferveur; pour toutes ces dames qui m'aimaient, je redoublais de docilité!

En classe, il est vrai, je n'étais toujours pas brillante, mais personne ne songeait à me le reprocher; mes maîtresses elles-mêmes, touchées de ma conduite, paraissaient toutes admettre que j'avais mieux à faire que de battre mes petites camarades en géographie ou en calcul. Dans notre division, c'était une chose bien connue : il y avait Gillette Canada qui était la plus intelligente, et il y avait Madeleine Doré, qui « était une perfection ».

Plusieurs de mes petites amies avaient tenu à honneur de me faire connaître à leurs familles. Avec la permission de mes parents, j'avais été présentée, au salon, aux père, mère, frères et sœurs de Jacqueline-Jeanne de Charpeigne, celle qui avait eu une sainte dans sa famille. Et, comme mes parents, à moi, ne venaient qu'assez rarement de Chinon, on m'avait autorisée à « sortir » avec Jacqueline-Jeanne. Ses frères, au nombre de cinq, dont l'aîné avait quinze ans, étaient, comme le mien, chez les Pères, et telle était l'excellence de ma réputation, que les Charpeigne faisaient aussi « sortir » Paul, en toute confiance. Je tremblais que ce garnement de Paul ne commît quelque sottise énorme, selon sa coutume, et je ne sais en vérité pas comment cela n'arriva pas. Il était le plus âgé de nous tous, et il s'ennuyait beaucoup au milieu de tout ce monde-là, je crois. Jacqueline-Jeanne avait encore deux sœurs aînées, d'un autre lit, qui étaient mariées, fort laides toutes deux, et avaient chacune deux bébés. Le plaisir de ces jours de sortie consistait à aller, après déjeuner, faire un tour en ville sur le mail, tous ensemble, y compris les nourrices, et aussi les deux maris des sœurs aînées, qui étaient officiers de chasseurs à cheval, et M. de Charpeigne, le papa : dix-sept ou dix-huit personnes !... Après quoi, on entrait généralement dans une église, s'agenouiller cinq minutes, puis on envahissait la boutique de Roche, le pâtissier de la rue Royale.

La première fois que je sortis avec Jacqueline-Jeanne, nous étions allés tous, en masse, à la chapelle de Saint-Martin, où la sainte avait son portrait, à côté d'un autel. C'était une grande toile, fumeuse, à peine éclairée par la lueur de quelques cierges, où l'on discernait une femme agenouillée sur la dalle, et dont la tête, extasiée, se révélait seule, en lumière. Jacqueline me tenant la main, et madame de Charpeigne nous poussant doucement par derrière, nous nous étions approchées du portrait, pendant que toute la famille et mon frère Paul s'agenouillaient sur les prie-Dieu.

Jacqueline-Jeanne et sa mère, en m'indiquant du doigt la vénérable parente, prononcèrent en même temps ce simple mot :

— Voilà !...

Et cela était dit sur ce ton qu'on emploie en indiquant à un saint-cyrien les effigies de Turenne ou de Bonaparte : « Voilà !... » c'est-à-dire : « Vous êtes de la partie, jeune homme : voyez par cet exemple où l'on peut aboutir ! »

Et nous étions restés, agenouillés là, tous, le temps qu'eût pu durer une visite chez une grand'-tante âgée, un peu cérémonieuse.

A la sortie, mon frère Paul, qui s'était tenu aussi patiemment que toute la famille, vint à côté de moi et psalmodia :

— Sainte Madeleine Doré, priez pour nous !... Sainte Madeleine Doré, priez pour nous !...

Et les cinq gamins, frères de Jacqueline-Jeanne, qui l'environnaient, de pouffer de rire. Puis Paul dit seulement :

— Sainte Madeleine Doré !...

Et les autres répondaient en chœur :

— Priez pour nous !...

Jacqueline-Jeanne gourmanda fortement ses cinq frères, mais elle ne pouvait elle-même s'empêcher de rire. On me vénérait, oui ; mais, dans le secret, toute cette jeunesse se moquait de moi.

Ma famille, à moi, appréciait diversement les résultats de ma conduite excellente. Maman, sans façons, trouvait que j'avais besoin de me « dégourdir » un peu. Grand-père, quand il était chez les Vaufrenard, souriait, je le sais, de mon zèle ; une de leurs paroles m'avait frappée : « On a fichtre bien le temps d'être sage !... » Mais quand il était vis-à-vis de sa femme, il ne l'osait contredire, et grand'mère se montrait satisfaite à l'extrême de la « jeune fille modèle » que j'étais, au dire de toutes ces dames. Elle tirait surtout son plus vif orgueil des attentions dont j'étais l'objet de la part des « meilleures familles » de mes compagnes, et particulièrement des Charpeigne. Cette famille, si digne, si nombreuse, le saint rayonnement qui l'auréolait, les compliments éperdus qu'elle faisait de moi, soit au salon du couvent, soit par correspondance, tournaient positivement la tête à ma pauvre grand'mère, et quoiqu'elle eût toujours eu, dans son affection, une préférence marquée pour mon frère, elle concevait à présent pour moi une sorte d'admiration dont j'étais flattée, et qui me rapprochait d'elle.

Depuis que mon père était mort, bien qu'on l'eût tant contristé dans ses dernières années, on honorait et on exaltait sa mémoire, ma grand'-mère surtout; et l'on m'apprenait et la dignité de sa vie et les sacrifices qu'il avait faits; on voulait que je fusse fière de lui, et l'on m'affirmait que, s'il eût vécu, il eût été fier de moi. Je me souvenais bien que mon père était d'accord avec sa belle-mère sur l'éducation des filles. J'étais donc dans la bonne voie, malgré les hochements de tête et les mots couverts entendus chez les Vaufrenard, malgré le rire blagueur de mon frère et de la marmaille des Charpeigne, malgré les quolibets que ne m'épargnaient pas, au couvent même, et Gillette Canada et la bande des fortes têtes de la classe, et au salon, les dimanches, maints frères et cousins d'élèves qui « se payaient » mes rubans de sagesse et mes médailles. Toute cette « ferblanterie », comme disait Paul, se heurtait, et produisait, à chacun de mes mouvements, le bruit d'un galérien secouant ses chaînes, et ne suscitait pas, à mon naïf étonnement, l'applaudissement du monde entier ; les messieurs, les jeunes gens, des mamans elles-mêmes, en nous voyant au salon, ne se montraient préoccupés que de notre coiffure et de la façon, le plus souvent désastreuse, dont nous seyait notre infortunée robe d'uniforme : « Oh ! cette natte !... Mais on ne vous permet donc pas de vous relever les cheveux en casque !... Si seulement elle avait la nuque découverte !... Comment ! on n'autorise pas de glaces plus grandes que cela !... Et cette batterie de cuisine qu'elle porte sur la poitrine, la pauvre fille, est-ce qu'elle s'en sert pour boire et manger ?... Et en récréation, pour jouer, accroche-t-elle son bazar à un arbre ?... »

J'avais quinze ans, je me développais beaucoup, je crois que je commençais à n'être plus trop laide, et cela m'agaçait que l'on se moquât de la façon dont j'étais accoutrée. J'en vins à redouter l'heure du salon, les jours de sortie, les mois de vacances où les gens et leur vie me semblaient si différents de ma vie et de moi-même. Je me retournai avec plus de ferveur vers l'intérieur du couvent et vers Dieu. Je devins de plus en plus pieuse : M. l'aumônier et madame du Cange même y durent mettre le holà.

M. l'aumônier me gourmanda pour mon ardeur immodérée, et m'infligea comme pénitence de ne pas m'approcher du confessionnal plus d'une fois par mois. Je ne pus lui dissimuler que j'étais terrorisée de rester tout un mois avec mes péchés sur la conscience. Et encore une fois, je vis qu'il souriait quand il me dit : « Allons ! allons ! mon enfant, n'allez pas vous imaginer que vous commettiez de bien gros péchés !... » Madame du Cange me dit qu'il fallait en toutes choses avoir de la mesure ; « même dans la perfection », ajouta-t-elle.

Je ne comprenais pas cela. Qu'il fallût s'arrêter, même dans le plus beau chemin, voilà qui dépassait mon entendement. J'osai objecter à madame du Cange :

— Mais, madame, et les saints ?...

— Les saints, dit-elle, il faut les tenir pour nos modèles ; mais c'est une présomption orgueilleuse que de vouloir atteindre à leur perfection ; sachons rester modestes...

Les excès qu'on me reprochait me rappelèrent ceux dont on avait fait grief à mon pauvre papa, de son vivant, tout au moins. Lui aussi, il avait été trop loin : il avait perdu le sens de la mesure; il avait donné sa fortune pour sa cause, c'était « un emballé », comme disaient de lui ses beaux-parents. Depuis sa mort, il est vrai, son « emballement » passait pour admirable. Pour les saints, il devait en être de même... On les avait sans doute traités d'insensés, du temps qu'ils accomplissaient cela même qui, après coup, les avait mis sur les autels.

De si grandes vertus, il ne convenait pas de les imiter tout à fait...

Ah! cet incident avec l'aumônier et madame du Cange fut une de mes plus vives contrariétés de jeunesse. J'étais tentée de m'écrier, comme papa, naguère : « Vous n'êtes pas logiques! La sainteté, l'héroïsme, la vertu, qui sont le fond de ce qu'on nous enseigne, eh! bien, eh! bien, il ne faut donc les atteindre que dans une certaine mesure? Ce sont des mots dont la beauté nous fouette, et en pleine course, est-il possible vraiment qu'il nous faille nous arrêter tout à coup?

VIII

Je vis venir les vacances de cette année-là sous un jour assez singulier : le plaisir que je me promettais était d'être plus libre qu'au couvent de m'abandonner à cette grande piété que, pourtant, l'on m'avait inspirée au couvent même. J'espérais, du moins, avoir plus de facilités à la maison pour dissimuler mes divines joies, car je n'allais pas jusqu'à croire que l'on me permettrait de me singulariser ! A la maison, comme au couvent, je commençais à comprendre, — quoique personne n'en formulât le précepte, — qu'il fallait, avant tout, ne pas s'éloigner de la commune mesure, et demeurer, autant que possible, pareille à tout le monde.

Mais, à la maison, qui est-ce qui m'empêcherait de faire de longues prières dans ma chambre? et, grâce à la complicité de ma vieille Françoise, qui est-ce qui s'apercevrait qu'en allant chez les Vaufrenard, par exemple, je faisais un petit détour par l'église Saint-Maurice?

Maman vint me prendre, accompagnée de grand'mère qui voulait toujours parler elle-même à ces dames, à la Maîtresse générale, à la Supérieure, pour se rendre un compte exact des progrès de mon éducation. Je vis à sa figure, après divers colloques, que l'on était même plus content de moi qu'on ne voulait bien me le dire, et que, si l'on me reprochait quelque chose, c'était uniquement mon excès de zèle. Ma grand'mère pensait certainement : « Oh! oh! voilà un défaut qui tombera de lui-même... » Maman me complimenta, elle, sur ma bonne mine : c'était ce qui l'intéressait le plus. Je demandai des nouvelles de Paul, qui faisait sa première année de droit à Paris. On me répondit d'une drôle de façon, maman en souriant à demi, grand'mère en redressant la tête d'un air de justicier : Paul, il allait bien; oui, oui, il allait bien!... Cela suffit à m'intriguer et ne m'apprit rien de mon frère. Dans le train, nous ne pouvions d'ailleurs pas parler de nos affaires personnelles, car nous nous trouvions avec plusieurs personnes de Chinon parmi lesquelles était un jeune homme que je ne connaissais pas et qui me regarda tout le temps d'une façon fort gênante. Je ne comprenais pas du tout pourquoi il me regardait ; et je croyais très sincèrement que c'était en se moquant de moi parce que j'étais mal coiffée, mal habillée. Mon embarras était grand je me sentais rougir, je m'agitais pour donner quelque prétexte à mes couleurs ; mais je sentais toujours le regard de ce garçon passer et repasser sur moi, comme le rayon du soleil qui entrait, disparaissait et revenait, dans ce compartiment, nous caresser les genoux, selon les sinuosités de la voie. Je sus, quand nous fûmes descendues, par quelqu'un qui le reconnut sur le quai de la gare, que ce jeune homme était le fils d'un notaire de Richelieu ; il avait une figure agréable, mais il m'avait bien incommodée. Je dis à maman :

— Ce garçon est tout à fait inconvenant ! Il a une façon de vous regarder...

Cela la fit rire, tout simplement. Grand'mère, qui m'avait entendue, dit :

— Les jeunes gens, de nos jours, sont en effet très mal élevés ; mais une jeune fille doit baisser les yeux et ne pas s'apercevoir de leur audace.

Moi, j'en revenais à mon idée :

— Mais, enfin, qu'est-ce que j'ai sur moi de ridicule? est-ce cette robe qu'on a fait teindre?... c'est mes cheveux, je parie?...

Maman disait, en souriant encore :

— Qui est-ce qui te dit que tu as quelque chose de ridicule?...

Et me voilà, à peine arrivée à la maison, préoccupée de ma toilette et de ma coiffure!

Dès le premier soir, au lieu de consacrer, comme je me l'étais promis depuis longtemps, une ou deux longues heures à la méditation et à la prière dans ma chambre, savez-vous à quoi j'employai ma liberté nouvelle? à chercher une manière de disposer mes cheveux qui ne s'éloignât pas trop de la mode! J'avais des cheveux blonds très abondants et assez longs pour que je pusse m'asseoir sur leurs extrémités quand ils étaient dénattés; il m'était, dans ces conditions, à la fois très facile d'en tirer parti et très difficile de ne point effaroucher ma grand'mère dont je savais les austères principes sur la décence d'une jeune fille bien élevée. Je fus, quant à moi, très satisfaite de la coiffure que j'obtins; très dépitée, rétrospectivement, que quelqu'un eût pu remarquer ma ridicule coiffure de pensionnaire : — un filet, y pensez-vous! un filet, horreur d'autant plus monstrueuse qu'il est plus copieusement garni ! le mien était affreux... — et enfin, très anxieuse de savoir ce que dirait le lendemain ma grand'mère. Je m'occupai aussi de mes robes. Nous étions en grand deuil, on avait fait teindre toutes mes anciennes robes; j'en essayai deux ou trois et m'aperçus, à mon grand désappointement, que les corsages étaient de beaucoup trop étroits ; alors, avant que l'on y remédiât, il faudrait donc garder ma robe d'uniforme?... Enfin, je me mis en prière, au pied de mon lit, mais je pensais à ma robe d'uniforme et je me promettais de ne pas poser le pied hors de la maison tant que mes autres corsages n'auraient pas été ajustés. Et puis, je tombai de sommeil.

Le matin, même histoire devant la glace, avec mes cheveux ; et la maison sens dessus dessous à cause des corsages !

— Comment ! tu t'es tant développée, depuis Pâques !

— Regardez-moi ces bras et cette poitrine !...

Ma grand'mère disait cela sur un ton alarmé que j'attribuai à la triste nécessité qui semblait s'imposer de renouveler mon trousseau. En effet, ce soudain « développement » tombait mal à propos.

Mon frère Paul, pour sa première année d'études à Paris, avait fait des dépenses immodérées. Ce n'était pas sans peine que l'on pouvait lui fournir une pension de deux cents francs par mois ; or, sous les prétextes les plus divers, il en avait arraché près de cinq cents, en moyenne ! Cinq cents francs par mois, c'était fou, sardanapalesque. Je crois que l'on devait, là-dessus, depuis longtemps discourir, à la maison ; mais grand'mère avait décidé que l'on ne tiendrait aucune rigueur au jeune étudiant prodigue, en ma présence, de peur que je ne vinsse à soupçonner mon frère d'avoir une mauvaise conduite et à me faire des idées sur ce qu'est la mauvaise conduite d'un jeune homme. C'est Paul lui-même qui m'informa de ces subtiles précautions. Et il m'informa, le misérable, de bien d'autres choses.

Le satané Paul ! Déjà l'année précédente, Paul, à peine sorti de chez les Pères, n'avait plus de religion et ne se conduisait pas mieux que le jeune Patissier, par exemple, ou le jeune Mingot, qui étaient au lycée. Et, à la maison, on ne s'en alarmait pas, il semblait que ce fût dans l'ordre. Moi, j'avais essayé de lui adresser des remontrances, il m'avait traitée de « cruche, imbécile, idiote » ; j'avais commis l'imprudence de rapporter toutes chaudes ces expressions à grand'mère, notre juge ordinaire, et c'est moi que notre juge avait déboutée et condamnée aux dépens... A la fin des vacances, n'y avait-il pas eu aussi une histoire que l'on m'avait cachée tant qu'on avait pu, et que je n'ai, en effet, comprise que plus tard? Paul était tout simplement l'amant de la femme du percepteur, une grosse dondon de quarante-cinq ans, qui avait des enfants du même âge que lui! Toute la ville parlait de l'aventure. Le pauvre percepteur était venu, aux abois, trouver mon grand-père, et des conciliabules avaient été tenus à la maison, les domestiques couchés, à des onze heures du soir!... C'était le percepteur, seul, qui avait ennuyé mes grands parents, non pas l'aventure de Paul; et ils disaient de leur petit-fils, en souriant, et avec indulgence, même devant moi : « Le gredin! »

Qu'avait-il fait, une fois lâché en liberté, et à Paris, « le gredin »?

On l'avait envoyé à Paris, pour la même raison qu'il avait été élevé précédemment chez les Pères et moi au Sacré-Cœur, parce que c'était ce qui se faisait de mieux. Il eût tout aussi bien pu mener à bout ses études de droit à Poitiers par exemple, et à meilleur compte.

Il brûlait de raconter ses fredaines. On eût juré que c'était pour les raconter qu'il les avait accomplies. Je vis, d'ailleurs, tout de suite, qu'il me tenait, cette année-ci, pour quelqu'un, et non plus pour la « môme négligeable » que j'avais été jusqu'alors. Il m'avait saluée, dès le lendemain de mon arrivée, et en regardant mes cheveux et ma taille, d'un certain juron familier qui était une manière de me manifester sa considération.

Ah! j'aurais autant aimé ne point mériter sa considération, car il me narra des histoires écœurantes. Le langage et les aventures d'un étudiant du quartier Latin, et qui brode! on juge ce que cela pouvait être pour une pensionnaire comme moi. Je le dis très franchement, et sans pose, cela me fit l'effet du mal de mer; c'était quelque chose d'absolument nouveau, d'inconnu, d'insoupçonné, et de tellement vilain et de tellement malpropre, que mon estomac se soulevait de dégoût. Me voyant faire la grimace, il en conclut qu'il m' « épatait », et son récit y gagna plus d'audace encore, et son langage fut plus salé et plus cru. Il ne m'épargna rien, je le crois; mais j'avais tant de mal à comprendre, que bien des choses m'échappèrent. Ce que je retins des confidences de mon frère, c'est que tous ces gamins avaient non seulement une maîtresse, mais plusieurs, et même beaucoup, et c'est qu'une femme pouvait appartenir à un grand nombre d'hommes... Cela dérangea un certain ordre qui régnait dans ma cervelle encore fraîche et me causa une sorte de douleur que je ne peux comparer qu'à celle que j'éprouve encore aujourd'hui quand je suis témoin d'une injustice flagrante. C'est assez curieux. Le mépris de ces étudiants pour les pauvres filles, l'absence de tout sentiment dans des liaisons qu'on appelle amoureuses, oh! que cela me parut abominable! Qu'est-ce que cela dérangeait donc en moi, puisque je n'avais jamais pensé à l'amour?

Je me rappelle que nous étions dans le jardin de mes grands-parents, sous une tonnelle, quand Paul donna, ainsi, à une jeune fille parfaitement bien élevée, sa première leçon de choses.

Nous étions assis sur un banc, très vieux et vermoulu, d'où je m'étais levée déjà plusieurs fois, croyant qu'il croulait sous moi. Paul fumait une cigarette et arrachait de la main les feuilles d'un pampre qui garnissait le treillage en losange. Tout d'un coup, je me sentis prise d'un gros chagrin ; mais d'un chagrin comparable à celui que j'aurais eu si l'on m'avait annoncé la mort d'une amie, et je me mis à pleurer, à sangloter. Paul me dit :

— Qu'est-ce que tu as? tu es folle!...

Je ne savais pas au juste ce que j'avais. C'était le paquet de toutes les choses que mon frère venait de m'apprendre qui m'oppressait, m'étouffait. Je lui dis :

— Ce n'est rien, ce n'est rien; il ne faut pas faire attention, je suis une sotte...

— Essuie-toi les yeux, me dit-il, on va croire que c'est moi qui t'ai fait pleurer.

— Tranquillise-toi : je dirai que c'est la fumée de ta cigarette.

Il s'en alla aussitôt fumer plus loin, et je m'essuyai les yeux. Nous devions aller, une heure après, chez les Vaufrenard, où il était convenu que je leur montrerais, ainsi qu'à M. Topfer, ce que j'avais appris en fait de piano. Bonne préparation pour une audition! je ne serais seulement pas capable de faire mes gammes. Par surcroît, ma grand'mère vint me trouver dans ma chambre, afin de me renouveler ses recommandations sur la tenue que je devais adopter dans le monde. Mon Dieu! dois-je me souvenir des soins excessifs de la pauvre bonne femme! Elle écrasa de ses propres mains mon chignon haut, comme on les portait alors, qui, à son dire, avait « des allures provocantes ». Le flot de mes cheveux fut reporté en arrière, sur les tempes et sur le front : il fallait bien qu'il se logeât quelque part! Ma coiffure n'en était pas plus mal, et, du moment que cela tranquillisait grand'mère!... Ce ne fut pas tout : elle trouva moyen de m'abattre la poitrine ! J'en souris quand j'y songe. Elle avait longuement ruminé cela : elle avait fait préparer par Françoise deux bretelles assorties à mon corsage, et elle me fit cadeau d'une ceinture de cuir ayant appartenu à maman, qui devait servir à tenir ces bretelles parfaitement tendues, comme des sangles, sur la gorge. Le résultat obtenu ne fut pas celui qu'on en attendait, mais grand'mère, en agissant d'une manière quelconque, avait rendu le calme à sa conscience.

IX

En quelques années, les Vaufrenard avaient fait de nombreuses connaissances à Chinon, et ils étaient tellement agréables, disait-on, d'abord parce que, chez eux, on ne parlait à peu près jamais politique, ensuite à cause de leurs matinées musicales, que l'on venait chez eux, même des environs, presque tous les jours, et surtout le dimanche. Et puis, c'étaient des Parisiens, et puis il s'était trouvé que quelques autres Parisiens qui habitaient, l'été, des châteaux de la région, avaient dîné avec eux, ici ou là, durant l'hiver, et il n'en fallait pas plus pour qu'ils devinssent fervents amis pendant les vacances. Un hasard et notre malheur faisaient que nous possédions dans notre maison le groupe le plus attrayant qu'une petite ville de province pût souhaiter.

Je vis, dès le début de ces vacances, que grand'-mère qui s'était tenue si longtemps sur une prudente réserve, avait dû baisser pavillon du jour où il avait été établi que les Vaufrenard possédaient des relations nombreuses, et même de brillantes. C'était bien heureux pour maman qui, avec son veuvage et sa triste situation de fortune, aurait été très isolée; pour le grand-père, c'était l'aubaine inespérée : il renaissait. Il était même moins docile, moins soumis à l'autorité de sa femme; il arrondissait d'éloquentes périodes pour lui opposer parfois des arguments, et je remarquai, pour la première fois, qu'il usait même d'une certaine ironie, courtoise, mais non pas sans piquant, pour la taquiner sur telle ou telle de ses intransigeances.

Il y avait, à ce propos, une anecdote que l'on racontait, à la dérobée, et que savait mon frère. Un roman faisait alors grand bruit et avait pénétré jusqu'au fond des provinces; c'était un livre intitulé *Monsieur, Madame et Bébé;* il passait pour extrêmement hardi; on s'en chuchotait des passages et l'on s'en laissait scandaliser avec un parfait entrain. Ce qui rendait ce livre plus brûlant à Chinon qu'ailleurs, c'est que son auteur, Gustave

Droz, était propriétaire, non loin, sur l'autre rive de la Vienne. Grand'mère, sans connaître l'ouvrage, déclarait que c'était une abomination, qu'un gouvernement qui tolérait de pareilles publications précipitait la France vers un nouveau Sedan ; que ce qui restait d'honnêtes gens devrait brûler une telle paperasse en place publique, et elle avait juré qu'en tout cas, ce bouquin n'entrerait jamais, elle vivante, dans la maison. Grand-père savait le roman par cœur. Cela faisait un assez grave sujet de dispute. Or, qui présentait-on à grand'mère, un beau jour, chez les Vaufrenard? L'auteur de *Monsieur, Madame et Bébé :* Gustave Droz! Un homme charmant, plein d'esprit, du meilleur monde : il était environné de compliments et d'hommages. Il s'extasiait sur le goût des Vaufrenard qui leur avait fait choisir une habitation si délicieuse. On disait : « Mais la maison appartient à la famille Coëffeteau! » et toutes les félicitations de se retourner vers madame Coëffeteau, ma grand'mère. Trois jours après, madame Coëffeteau se vantait partout d'avoir fait la connaissance de Gustave Droz; et elle disait du livre : « C'est un peu leste, mais c'est d'un homme fort distingué. »

Grand-père disait à sa femme : « Ah! ma chère amie! si le diable avait seulement des gants et un peu de savoir-vivre, vous risqueriez quelque parcelle de votre âme entre ses doigts crochus!... » ce qui la mettait dans tous ses états.

Je fus très étonnée, en arrivant, cette année-là, chez les Vaufrenard, de m'apercevoir qu'on ne me regardait plus comme le « mougeasson » d'autrefois. Voilà-t-il pas, tout à coup, ces messieurs pleins d'attentions pour moi! et d'une amabilité! et d'une prévenance! Et des « mademoiselle » par-ci, et des « ravissante jeune fille » par-là! C'en était comique, surtout de la part d'un tas de chenapans qui ne m'avaient seulement pas dit « merci » trois mois auparavant, lorsque je leur servais le café, le sucre, ou quand je courais chercher les mantilles de leurs femmes. Qu'est-ce qu'il y avait de changé? Mon corsage avait gonflé, mes cheveux étaient disposés à peu près selon la mode.

J'en voulus d'abord à ces messieurs, puis, après tout, leurs gentillesses me furent agréables. Par mes mérites, et alors que je n'étais pas plus bête qu'aujourd'hui, je n'avais compté pour rien; sans frais aucun, on me disait à présent charmante, intelligente; on s'empressait autour de moi.

Alors, et immédiatement, grand'mère prit ombrage. Notre visite fut écourtée, et nous n'étions pas de retour à la maison qu'elle me disait :

— Tout beau !... tout beau !... ma chère enfant ; il faut être prudente et réservée... Une jeune fille, hélas ! a tôt fait de se compromettre !... La coquetterie...

— Mais, grand'mère, je suis habillée avec des défroques d'il y a deux ans !... ça ne m'a coûté que le fil et les aiguilles... Et, est-ce que j'ai été coquette ?...

— Je ne dis pas cela ! Je ne t'accuse pas, ma chère enfant. Je t'avertis afin que tu te tiennes sur tes gardes. Tu es si jeune encore !... Ta mère, avant vingt ans, n'avait pas l'air d'une femme !

— Mais, grand'mère, si je suis plus grande que maman, ce n'est pas de ma faute.

— Je ne dis pas cela non plus !... Tu ne vas pas prétendre que je te reproche de grandir et de t'habiller, j'espère ! Je te préviens que le monde est méchant, pervers, sans indulgence, et qu'il est rempli d'embûches : c'est au moment où il vous flatte qu'il faut se méfier de lui davantage...

— Mais, grand'mère, si on apprend le piano, le chant, les bonnes manières, c'est pour plaire ?...

— Allons ! est-ce que tu vas te permettre de raisonner, à présent ?... A-t-on jamais vu ?... Est-ce que c'est cela qu'on vous enseigne au Sacré-Cœur ?... Ta mère, mon enfant, sache-le, ne s'est jamais permis une observation!... « Plaire!... plaire!... » Je vous demande un peu!... Sans doute, il arrive un moment où une jeune fille doit plaire, c'est lorsqu'elle est en âge de se marier, ce qui n'est pas ton cas; encore est-il suffisant qu'elle plaise à celui qui sera son mari!...

— Ah! oui, mais cet oiseau-là, comment le connaît-on?...

Maman ne pouvait s'empêcher de rire quand je discutais comme cela avec sa mère, parce que je disais ce qu'elle avait sans doute eu, bien des fois, envie de dire; mais, de son temps, c'était impossible. Et alors c'était contre elle que grand'mère se retournait, puis elle me disait :

— Tu vois, tu vois ce dont tu es cause : c'est ta mère qui paie pour ton incroyable audace!...

Et elle soupirait douloureusement, la chère bonne femme. Pour elle, avec mes « observations », c'était la société, le pays tout entier qui « fichait le camp ».

Ces messieurs ne me firent pas de compliments sur mon jeune talent de pianiste; à la vérité même, ils me firent honte : j'avais quinze ans passés, que diable! Mais ils étaient d'accord pour me trouver des dispositions très particulières.

— Quel est donc votre professeur, là-bas?

— Mais, c'est madame de Saint-Jean-d'Angély!

— Eh bien! madame de Saint-Jean-d'Angély s'entend à professer le piano comme un savetier! — s'écria M. Vaufrenard qui perdait complètement le sens de la mesure dès qu'il s'agissait de musique.

Il interpella grand'mère.

— Voyons! madame Coëffeteau, voulez-vous, oui ou non, que votre petite-fille devienne une musicienne?

— Une musicienne! une musicienne... sans doute! — s'écria la malheureuse femme. — Est-ce que Madeleine a besoin, pour cela...?

— Enfin! — interrompit M. Vaufrenard, — voulez-vous qu'elle joue du piano comme de la serinette, ou seriez-vous flattée qu'elle eût du talent?

Ma grand'mère pensait certainement à ma mère qui n'avait pas de talent. Quant à elle, elle se méfiait du talent, parce qu'il porte à l'indépendance, ce qui, dans son esprit, était la pire des choses. Mais elle n'osait répondre à ces deux messieurs, très enflammés, très irritables et très compétents en matière musicale. M. Topfer affirmait que j'avais « des doigts et de la tête, tout ce qu'il fallait pour faire en cinq ou six ans un vrai talent », mais il fallait me mettre entre les mains d'un professeur « qui ne fût pas un âne. » — Pauvre madame de Saint-Jean-d'Angély ! — La question fut agitée à la maison. La dépense supplémentaire d'un professeur « de la ville » était aussi à considérer, surtout avec la menace qu'étaient pour notre bourse les « études » de Paul ! Mais ces messieurs furent d'une ténacité qui m'étonna : avais-je donc tellement de dispositions? Tous deux s'imposèrent presque, et ma grand'mère dut consentir à m'envoyer chaque matin, une heure ou deux, chez les Vaufrenard.

Le mois d'août était tellement chaud que personne ne songeait à faire des promenades ; à dix heures du matin, Françoise et moi, nous rasions les murs pour bénéficier d'un peu d'ombre, puis, une fois la grille ouverte, chez les Vaufrenard, nous dégringolions sous les arbres frais où l'on avait toujours peur de rencontrer des couleuvres ; et, dans le grand salon au parquet piqué, les persiennes à demi fermées laissant passer un rayon qui étincelait, avant d'entrer, en frappant le feuillage luisant d'un grenadier en caisse, ces messieurs, tantôt l'un, tantôt l'autre, quelquefois tous les deux, s'acharnaient à m'initier à leur art.

Ils avaient pour la musique une passion exclusive, et éprouvaient l'un comme l'autre la démangeaison de faire du prosélytisme ; ils semblaient craindre qu'après eux, personne ne goûtât plus la qualité de leur immense plaisir ; sur combien d'enfants n'avaient-ils pas essayé d'agir ! sur mon frère Paul, avant moi, sur les jeunes Bridonneau, sur mademoiselle Patissier, sur les deux petites de la Vauguyon, sur les six enfants des Pallu.

M. Topfer avait eu tous les malheurs imaginables ; on le citait comme un exemple de certaines cruelles destinées, et il avait traversé ses adversités, non pas insensible, mais en puisant comme un divin secours dans les sons magnifiques de son violoncelle et dans une espèce d'extase où je l'ai vu souvent quand il entendait au piano une sonate de Beethoven. C'était un bonhomme un peu brusque de façons, avec un cœur tendre. Il vivait sans cesse sur la défensive, car il croyait, — avec quelle raison ! — en voyant une personne nouvelle, qu'elle n'allait pas aimer la musique qu'il aimait ou qu'elle allait lui vanter celle qu'il avait en horreur, et de cela il souffrait un perpétuel martyre.

La façon dont ces deux bonshommes me parlèrent de la musique m'emballa. Leur musique, autrefois, m'avait touchée intimement ; mais je reste convaincue que, quel que soit l'attrait des choses elles-mêmes, c'est la parole qui nous gagne tout à fait. Un mot juste, dit à temps, a la vertu de fixer une impression pour toujours; c'est le mot qui illumine, ou si l'on veut, c'est lui qui échauffe et rend possible l'empreinte. C'étaient les paroles de madame du Cange qui m'avaient le plus troublée au couvent ; c'étaient ses deux petits mots prononcés dans le corridor : « Mon enfant !... mon enfant !... » qui avaient assuré ma ferveur religieuse. Ce fut l'initiation passionnée de M. Topfer qui réveilla en moi l'enthousiasme de mes toutes jeunes années pour la musique, et ce fut cette clarté particulière de méthode, qui manque rarement aux hommes épris de leur art, qui m'aida à me débrouiller rapidement dans les rebutants débuts. En deux mois de vacances, mes deux maîtres firent de moi une musicienne, non pas exécutante, assurément, mais déterminée, ardente, partie, définitivement partie vers un but qui me paraissait beau, qui ne contrariait pas mon idéal religieux, qui l'augmentait plutôt en se confondant avec lui. J'entrevis la possibilité de vivre dans ce monde dont les premiers échos m'avaient tant choquée, en m'y créant un refuge sacré, une oasis toujours suave, quels que dussent être les dégoûts que le sort me réservait.

Oh! ces deux mois de vacances, si mal commencés, je les revois toujours. Ils ont été la période la plus satisfaisante de ma vie pour mon âme, pour mon esprit, pour mon cœur ; plus satisfaisante que ma période exclusivement religieuse, oui, parce qu'il y a en moi, et, malgré tout mon « besoin d'idéal », — comme on ose à peine dire, — il y a en moi un individu positif qui pressentait, même en adoration devant l'autel, que ce ravissement-là était un luxe dont la vie ne s'accommode pas communément. La musique me donnait, m'avait dit M. Vaufrenard, une valeur personnelle ; et l'idée de valoir par moi-même m'inoculait je ne sais quelle force nouvelle. Mais M. Topfer disait : « Ah ! par exemple, il ne s'agit pas d'être une tapoteuse !... »

Le cher homme que M. Topfer !

Quand je me séparai de lui, le premier jour d'octobre, il fut très ému ; il crut devoir m'adresser un petit discours, surtout afin de me prémunir contre la musique médiocre ; et il me parla des grands maîtres. Ce qu'il me dit était au-dessus de mon âge, et je n'en ai rien retenu que la figure de petit homme à favoris blancs qu'il avait, lui, un peu à la manière de César Franck, et son frais petit œil bleu, son œil d'enfant. Il était pourtant bien possédé par son sujet ; c'est pour cela sans doute qu'il oubliait mon âge ;. il me disait des choses et des choses sur Mozart, sur Rameau, sur Bach ; puis il passa à Beethoven, mais s'arrêta aussitôt comme si un sanglot étouffé lui eût obturé la gorge : que voyait-il ? que pensait-il ? tout ce génie divin lui apparaissait peut-être, et il en était écrasé ; il répéta seulement : « Beethoven ! » en élevant un doigt, et son petit œil bleu, d'enfant, se mouilla. Cela, je le compris ; c'était le mieux qu'il pût faire pour moi.

X

On avait consenti à remplacer madame de Saint-Jean-d'Angély par un professeur de Tours, nommé M. Bienheuré, un homme très doux, très aimable et qui jouait joliment bien, quoiqu'il eût presque toujours très chaud quand il arrivait à Marmoutier, ayant fait presque deux kilomètres à pied, et il s'épongeait le front pendant un quart d'heure. Il me fit beaucoup travailler. Même en son absence, j'étudiais pendant certaines récréations et une grande partie de la journée des jeudis et des dimanches. Dès les vacances de Pâques, j'étonnai M. Vaufrenard ; aux grandes vacances, je tremblais d'émotion à l'idée du plaisir que j'allais causer à M. Topfer.

Mais, en arrivant à Chinon, je trouvai ma famille très agitée. J'avais remarqué, à Pâques, leur air tout chose et une certaine préoccupation d'économies qui m'avait laissé supposer que mon frère Paul faisait des siennes à Paris. Je sus, à peu près par tout le monde, — quoiqu'en principe, et sur l'ordre de grand'mère, cela dût m'être tenu absolument caché, — que monsieur mon frère avait fait dix mille francs de dettes. Dix mille francs ! à prélever sur la pauvre petite dot de maman qui avait été respectée par mon père au milieu de ses grands sacrifices pour le pays !... Par une chance relative, on avait eu vent de son emprunt, grâce à son correspondant à Paris. Le prêteur était de Tours même ; Paul était mineur, il est vrai ; mais la somme avait été livrée et consommée, il avait fallu la rembourser. Grand-père était dans une fureur noire ; lui, si calme, d'ordinaire, je ne l'avais pas soupçonné de se pouvoir monter ainsi : devant moi, qui étais toujours censée ne rien savoir de la conduite scandaleuse de mon frère, il prophétisait notre ruine, à tous les deux, à nous tous, et il se voyait obligé, quant à lui, à bêcher les vignes. D'une longue semaine, l'indignation ne cessa pas ; je ne savais où me mettre : j'avais grande envie de courir chez les Vaufrenard, mais la grand'mère prétendait ne plus voir personne, sous prétexte que la ville devait savoir que notre fortune était écornée, et elle disait qu'elle savait bien de quelle façon on allait nous regarder dans la rue : elle avait passé par là quand mon père avait dû abandonner sa maison ! Paul, lui, était encore à Paris, retenu par ses examens.

On ne lui avait pas soufflé mot de l'affaire, de peur de le troubler devant ses examinateurs. Alors, comment savait-on qu'il avait déjà mangé les dix mille francs ? C'est que le prêteur avait fourni la preuve qu'ils n'étaient qu'un remboursement de sommes antérieurement avancées par un bas usurier. Cela devait dater de son installation à Paris ; c'était le prix des aventures à moi contées l'année précédente. Tout portait à faire croire qu'il avait à présent creusé de nouveaux précipices !

Mon Paul arriva enfin, précédé d'un télégramme : il était reçu. Ah ! bien lui en prit de n'avoir pas échoué cette fois ! Mais il était reçu. On pourrait dire à chacun dans la ville : « Paul est reçu ! ». Les grands-parents s'apaisèrent ; ils ne pensaient plus qu'à répéter : « Paul est reçu ! » c'était presque de la gloire. Pour une si vive satisfaction, on lui eût pardonné tout et le reste ! Grand'mère sortit ; elle se montra dans la rue, avec son petit-fils ; il était reçu ! Nous allâmes enfin chez les Vaufrenard. Quant aux reproches, grand-père lui-même prononça : « Remise à huitaine ! »

XI

M. Topfer n'était pas encore arrivé d'Angers. Moi qui avais eu si peur de l'avoir manqué ! Mais ne point le voir me fut une grande déception. Je sus qu'il avait eu une forte attaque de goutte et qu'il achevait une saison à Contrexéville. Ce ne fut donc qu'à M. Vaufrenard que je pus montrer mon « talent ». On me fit jouer un peu ; presque tout le monde me complimenta, mais non pas M. Vaufrenard. Je pensais : « Je suis sûre qu'il n'ose pas se prononcer en l'absence de M. Topfer, oh ! le lâche !... » On me pria de me mettre au piano une seconde fois ; il y avait bien une vingtaine de personnes dans le salon ; elles me firent un vrai petit succès ; un grand jeune homme, qui me tournait les pages et que je voyais ce jour-là pour la première fois, me dit d'une voix émue :

— Oh ! mademoiselle, vous ne pouvez vous imaginer le plaisir que vous nous avez fait !...

Ah ! bien, c'est moi qui fus émue, je vous prie de le croire ! C'était le premier compliment qu'on me décochait à bout portant ! Mais le satané M. Vaufrenard ne desserra pas les lèvres. A notre départ, seulement, en m'embrassant sur le front, comme lorsque j'étais enfant, il me dit :

— Eh bien ! Mougeasson ! tu reviendras demain matin, j'espère, te faire un peu frotter les oreilles ?...

Je revins le lendemain matin pour m'entendre dire que j'avais joué comme un sabot et me le voir démontrer.

— N'en crois pas tous ces ignares, ma pauvre gamine, ils ne savent seulement pas discerner une note fausse !...

Ça, c'était clairement injuste, par exemple ! car il y avait là, la veille, deux dames, excellentes musiciennes, sans compter le jeune homme qui me tournait les pages.

Mais je ne tardai pas à découvrir ce que voulait M. Vaufrenard : il voulait étonner son ami Topfer, et pour étonner Topfer, il fallait jouer autrement la *Courante* de Rameau ou la *Polonaise* de Chopin, que je ne l'avais fait la veille. Pendant douze jours il me fit travailler à obtenir ce résultat. M. Topfer enfin arriva, et il ne fut pas étonné. Mais, cette fois, c'était M. Vaufrenard qui n'était pas content, car son amour-propre était intervenu dans l'affaire, et pour douze jours de ses leçons personnelles, à lui, il voulait absolument que je fusse remarquable. Il prenait son ami à partie :

— Comment ! tu ne trouves pas !... mais écoute-la dans cette phrase, sacrebleu !...

M. Topfer ne bronchait pas ; il me faisait recommencer et recommencer encore, avec ses indications, ses nuances. Puis tout à coup, après m'avoir tourmentée, il avait l'air excessivement mécontent, ou de moi, ou de lui-même, et s'écriait :

— Eh bien ! jouez-moi ça comme vous l'entendez !...

Habituée à une grande docilité, je ne vis heureusement pas de malice dans son injonction inaccoutumée, et je jouai comme j'avais envie de jouer. Il me remercia froidement, l'hypocrite ! et ne sut que me recommander de ne pas manquer de venir le lendemain. Il était tard, je m'en souviens ; je déguerpis dare-dare en roulant ma musique, mais j'eus le temps d'entendre, derrière la portière en tapisserie qui fermait le salon, M. Topfer qui disait :

— Tempérament du diable, la drôlesse !...

Si j'étais contente ! si je me rengorgeais, en grimpant l'allée sous bois, puis en descendant la petite rue torride où il n'y avait, à cette heure-là, plus d'ombre !

Alors, seulement alors, — pour quelles raisons infiniment subtiles ? — je me crus le droit de penser que le grand jeune homme qui m'avait tourné les pages, un dimanche, et qui m'avait adressé un compliment si ému, *primo*, devait être sincère ; *secundo*, pouvait n'être pas un imbécile.

Que les choses sont étranges ! Le souvenir de ce garçon ne m'avait pas du tout agitée et je n'avais même pas été tentée de me représenter sa personne physique qui ne me laissait aucune impression, ni de retrouver seulement son nom. Ce garçon était lié à mon petit amour-propre de pianiste ; c'était son compliment, de ton si convaincu, qui m'avait retenue un peu ; et voilà qu'à présent, et parce que je venais de découvrir que mes deux maîtres me trouvaient des qualités, voilà que dans une minute d'exaltation, sous le plein soleil de midi, dans la rue, je ne pus me retenir de dire à ma vieille bonne :

— Tu sais, Françoise, il y a un jeune homme qui m'a fait un de ces compliments, l'autre jour !...

Françoise s'arrêta du coup, et comme si elle eût été soudain pétrifiée :

— Un jeune homme, mademoiselle !... et qui ça, donç ?

— Ma foi, je ne sais seulement pas son nom.

Je dus la tranquilliser, car elle allait croire que l'on m'avait manqué de respect dans la rue.

— Oh! n'aie pas peur : c'est chez monsieur Vaufrenard, un jeune homme qui me tournait les pages !

Elle me regarda, l'excellente vieille femme, d'une façon inexprimable et dont je ne compris pas, dans l'instant, tout le sens : mais sa figure m'est demeurée présente parce que j'y ai songé bien souvent depuis ; il y avait, dans son vieux visage tanné et ridé, un mélange d'angoisse solennelle et de bonheur, de surprise et de résignation ; enfin on eût dit qu'elle assistait soudainement, au tournant de la rue, à un événement qu'on pouvait pressentir, mais qui était encore inattendu, et dont les conséquences devaient être incalculables.

— L'avez-vous dit à madame, au moins ? s'écria-t-elle.

— Mais pour quoi faire?... ça n'a pas d'importance, voyons ! Tu es là qui fais une tête !...

— Moi, à votre place, je le dirais à madame.

« Madame », pour Françoise, comme pour tous, c'était ma grand'mère.

Je n'avais pas envie du tout d'entretenir grand'-mère d'une niaiserie que je regrettais déjà d'avoir confiée à Françoise. Voilà comme je comprenais, à cette époque, que l'on fît des confidences : ou bien à la première venue, parce qu'on ne sait pas comment elle va les prendre, et qu'il y a là quelque chose d'inconnu, d'amusant, comme un jeu de hasard; ou bien à quelqu'un comme madame du Cange, qui comprend tout, et mieux que vous ne feriez vous-même. Mais ma grand'mère, quel que fût le respect que je professais pour elle, était bien la dernière personne à saisir les complications du moindre tourment de l'esprit; quant à maman, elle n'avait jamais osé avoir une opinion sur quoi que ce fût. Et, après tout, moi, j'étais bien tranquille ; ce n'étaient que les grands airs de Françoise qui contribuaient à me faire croire qu'il se passait quelque chose d'anormal.

Pourtant, je dus finir par conter la chose ; mais voici pourquoi : c'est que j'avais espéré retrouver ce jeune homme chez les Vaufrenard, le dimanche suivant, et qu'il n'y vint pas. Pour rien au monde je ne me fusse permis de dire : « Tiens ! ce jeune homme qui m'a tourné les pages, dimanche dernier... il ne vient pas !... » Ah ! bien, c'en eût été, une affaire ! Mais de retour à la maison, je dis à grand'mère qui me parlait de mon piano :

— Ce qu'il y avait d'agaçant tantôt, c'est que madame Pallu, qui me tournait les pages, laisse traîner la dentelle de sa manche sur la partition : j'ai un trou dans ma lecture, d'au moins quatre ou cinq mesures...

A quoi ma grand'mère répliqua elle-même, ce qui me parut providentiel :

— Qui donc te tournait les pages l'autre dimanche ?

— Un grand jeune homme qui, ma foi ! m'a adressé un fort joli compliment...

Glissée comme cela et en manière de réponse, seulement, la petite chose passa comme lettre à la poste... mais, en glissant, me fit plaisir. J'étais à contre-jour, heureusement, car je rougis jusqu'aux oreilles !...

— Ah ! dit ma grand'mère, je me souviens : c'est un ami des Jarcy, qui est venu avec eux de la Vaubyessart... Comment s'appelle-t-il donc ?

J'esquissai un geste d'ignorance et d'indifférence.

Personne ne se rappelait le nom de ce jeune homme. Ce très léger incident en demeura là, momentanément, et n'eut pas d'autre suite immédiate que de m'accrocher aux Jarcy qui venaient à Chinon et chez les Vaufrenard, environ un dimanche sur deux. Je ne croyais pas du tout, je l'avoue franchement, m'intéresser d'une façon particulière au jeune homme qui m'avait tourné les pages, mais ma curiosité était piquée, et je m'imaginais ne désirer que savoir son nom.

Malheureusement, les Jarcy n'avaient pas d'enfants avec qui j'eusse pu parler aisément, et formaient un couple d'une cinquantaine d'années, à l'abord assez froid ; je les connaissais peu, en somme ; qu'on juge si j'étais embarrassée pour aller leur demander le nom du jeune homme qui m'avait tourné les pages ! Mais je m'approchais d'eux, je ramassais les bribes de leurs paroles : ne laisseraient-ils pas tomber, par hasard, celle que je souhaitais ? Ce fut un fait exprès : personne, du moins en ma présence, ne s'avisa de s'informer du jeune homme. Ah çà ! il était donc bien ordinaire, bien quelconque, pour avoir laissé si peu de traces dans une petite réunion !... Croira-t-on que j'en voulais à ces gens de ne l'avoir pas remarqué, de n'avoir pas gardé de lui quelque souvenir !... Et je songeais, en même temps, à part moi, que moi-même, je ne savais pas comment il était fait, s'il était joli ou laid, et que je n'avais retenu de lui que le compliment qu'il m'avait adressé et le ton qu'il y avait mis.

Telles étaient ma timidité, mon habitude de contrainte et la terreur qu'une jeune fille élevée comme je l'étais a de se compromettre, que je rentrai au couvent sans avoir appris ce que je voulais. J'ensevelis en moi ce dépit. Encore une fois, je croyais bien que cela n'était rien qu'une assez mesquine curiosité non satisfaite : je me moquais de moi-même, et, dans le train qui me ramenait vers le pensionnat, je faisais la réflexion que ce n'était pas trop tôt que j'eusse à m'occuper de choses sérieuses, car n'allais-je pas « dans le monde » devenir maniaque et ridicule ?...

Le couvent, en effet, s'empara de moi de nouveau, et si bien, que j'oubliai ces petites choses. Ce devait être mon avant-dernière année ; j'étaïs tout à fait dans les « grandes » ; ma sagesse me valait des emplois nombreux ; j'avais fort à faire. En outre, je fus saisie, la troisième semaine qui suivit la rentrée, après les habituelles secousses de la retraite, d'une crise de dévotion ! oh ! mais, sans comparaison possible avec ce que j'avais éprouvé jusque-là.

Madame du Cange, qui prenait chacune de nous en particulier, une fois par semaine, m'arrêta sous la charmille, et me dit :

— Mon enfant, si quelque fait insolite s'était passé, pendant les dernières vacances, est-ce que vous ne me le confieriez pas ?

Je protestai, sans comprendre en aucune façon. Ma confiance en elle n'était-elle pas toujours la même ? Et très sincèrement, je me demandais : « Que se serait-il passé ces vacances dernières ? » Elle me dit :

— Il y a quelque chose de changé en vous, mon enfant...

— Mais non, madame, je vous jure !

— Il y a quelque chose... cherchez !... Voyons ! cherchons ensemble : n'auriez-vous pas gardé de ces vacances quelque souvenir, agréable ou douloureux, mais tenace, et qui se loge dans un coin de notre âme, comme une parole frappante qu'on ne peut plus oublier et qui suscite sans cesse des pensées autour d'elle ?

— Mais, non, madame !

— Vous n'avez contracté aucune amitié nouvelle?

— Mais, non, madame...

— Point de nouveaux chagrins de famille ?... Je sais, ma chère enfant, que la grande perte que vous avez subie a laissé en votre excellent cœur une blessure profonde ; cependant, il faut se résigner à la volonté de Dieu. Il faut aussi avoir confiance en sa miséricorde : vous n'êtes pas tourmentée du sort de l'âme de votre digne père ?...

— Oh ! non, madame.

Elle me regarda, alors, de tout son charmant visage :

— Et notre petite conscience, notre petite conscience de cristal, vous savez, si pure, qu'une goutte d'eau y fait tache, elle ne nous reproche rien, rien ?... Il n'y aurait pas en elle un secret que vous aimeriez mieux confier à Dieu qu'à moi ?

J'étais très embarrassée, incommodée même, et je commençais à m'émouvoir. Je n'avais rien à cacher, me semblait-il, ni à madame du Cange, ni à Dieu. Mais j'avais été si souvent témoin de la pénétration extraordinaire de madame du Cange qu'il ne me venait même pas à la pensée qu'elle pût se tromper. Si elle avait remarqué quelque chose, c'est qu'il y avait quelque chose en moi. Lui dire « non » jusqu'au bout, la laisser se séparer de moi sans un aveu, c'était la laisser avec un soupçon, et cela m'était très pénible. Tout à coup, j'eus une sorte de terreur ; je m'examinai vite, vite ; et ce fut ce qui dominait en moi, depuis quelque temps, qui émergea : c'était peut-être, après tout, très mal, d'aimer Jésus comme je faisais ! Je devins rouge, j'eus envie de pleurer, et je confessai à madame du Cange le sentiment dont mon cœur était plein :

— Madame, peut-être est-ce que j'aime trop Notre-Seigneur Jésus-Christ !...

Il me parut bien qu'elle attendait cela ou quelque chose d'analogue. Son visage, qui avait été anxieux, s'amollit, et elle me prit la main. Mais je sentis tout de suite que ce que je lui avais avoué n'était pas sans gravité. Elle revint sur les recommandations qu'elle m'avait faites l'année précédente et sur la nécessité de garder de la modération dans toutes les affections, même divines.

En me quittant, elle me demanda si je comptais voir bientôt mes parents. Rien ne me faisait prévoir leur visite ; il y avait à peine un mois que nous étions rentrées.

Cependant, huit jours après, madame du Cange me dit :

— Mon enfant, vous aurez le plaisir de voir madame votre grand'mère et votre chère maman aussi sans doute, jeudi prochain.

Comment cela se faisait-il ? Elle leur avait donc écrit de venir ? En effet, grand'mère et maman m'attendaient au salon le jeudi suivant, et, quand j'arrivai, madame du Cange et madame de Contebault, la supérieure, les quittaient. Mon Dieu ! qu'est-ce qu'il pouvait donc y avoir de si important ? Oh ! je me souviens avec effroi de ces moments de couvent, où des yeux si clairvoyants vous regardent et où l'on se demande : « Qu'y a-t-il en moi, que je ne voie pas ?... »

Grand'mère et maman avaient l'air très calmes, ou plutôt calmées, car la lettre de madame du Cange avait dû leur causer une certaine alerte. Grand'mère, avec sa plus parfaite assurance, me dit :

— Nous avons tranquillisé ces dames qui s'alarment à votre sujet, mesdemoiselles, d'une façon vraiment bien délicate, bien touchante !

— Figure-toi, dit maman, — avec sa franche simplicité, — qu'elles nous ont demandé si tu n'avais pas joué, ces vacances, avec quelque jeune cousin !...

— Allons, interrompit grand'mère, ne soyons

pas indiscrètes ! Cette enfant n'a pas besoin de savoir ce qu'on a dit ou n'a pas dit ; qu'elle sache seulement que ses maîtresses comme sa famille n'ont qu'un souci, c'est qu'elle soit une jeune fille irréprochable. Quant au cousin, puisque cousin il y a, ajouta-t-elle en souriant, nous avons affirmé à ces dames que nous n'avions pas de cousin, et que, Dieu merci, je sais assez ce que c'est qu'une jeune fille bien élevée, pour ne pas lui laisser fréquenter de près aucun jeune homme !...

Maman, qui avait toutes les peines du monde à se tenir, me dit :

— Ne nous ont-elles pas demandé si tu avais dansé, par hasard !...

— Assez ! dit grand'mère, c'est un sujet épuisé. Je n'en retiens qu'une chose : c'est que ces dames sont des éducatrices admirables, mais elles devraient avoir plus de confiance dans les familles, surtout quand elles sont représentées par des personnes de mon âge !...

Je vis que grand'mère était un peu piquée qu'on eût pu la soupçonner d'avoir laissé naître en moi un sentiment pour un jeune homme. Grand'mère avait une confiance absolue en son grand âge, parce que le grand âge comporte par définition l'expérience, et elle avait confiance en certaines mesures préservatrices de l'innocence, qui, bien observées, sont d'une efficacité garantie.

Et, pendant que je rougissais à me gonfler les joues, et qu'un tourment nouveau envahissait ma conscience, grand'mère ayant tranquillisé ces dames et étant parfaitement tranquille elle-même, disait :

— C'est un sujet épuisé. Parlons d'autre chose.

Cette visite de mes parents produisit un effet singulier. Madame du Cange, qui, sans cesser jamais d'être exquise en ses rapports avec moi, ne me dissimulait pas cependant une certaine inquiétude, incompréhensible, depuis ma grande dévotion de l'an passé, et qui me bridait, doucement mais fermement, dans mes élans pourtant si conformes à l'éducation qu'on nous donnait, madame du Cange desserra tous les freins et me laissa libre d'aimer Jésus à ma guise. On ne me chicana plus sur mes confessions, sur mes communions, sur mon attitude trop fervente à la chapelle. Au contraire, tout cela parut désormais parfaitement édifiant et dans l'ordre. Sans doute avait-on craint que ma piété ne fût qu'une erreur sentimentale, — ce dont je ne pouvais me rendre compte dans ce temps-là, comme bien l'on pense, — ou bien, lors de cette visite de maman et de grand'mère, reçut-on l'autorisation de me laisser aller à mes penchants pieux : certaines familles ne se plaignaient-elles pas à ces dames qu'on fît de leurs filles des « bigotes ! » Je sais que l'opinion de ma grand'mère était, — je le lui ai entendu dire plus tard, — qu'une grande piété ne peut pas nuire aux jeunes filles, « car elles en laissent toujours assez tomber, chemin faisant, dans la vie ».

Le séjour au couvent me fut rendu désormais délicieux. Je ne l'avais jamais trouvé pénible, mais il y eut, autour de moi, à partir de cette époque, comme un concert organisé secrètement pour m'enchanter. J'avais conquis une grande autorité sur toutes les élèves, non seulement de ma classe, mais des classes inférieures, par mon ancienneté dans la maison, par mes honneurs sans cesse renouvelés et accrus. Tout le monde m'aimait, sauf le clan des mauvaises têtes, que je ne jalousais plus depuis que j'avais mis tout mon bonheur dans le cœur de Jésus, depuis que j'étais bien persuadée que tout savoir est vain pour qui pénètre dans ce divin ravissement.

Je venais de conquérir le « second médaillon », récompense insigne, attendu qu'il n'existait que deux médaillons pour le pensionnat. A présent, j'allais porter sur la poitrine un objet qui laissait loin en arrière tous ceux qui m'avaient valu les quolibets des familles, au salon, et les sarcasmes de mon frère Paul : un cadre ovale et doré, à peu près des dimensions d'une main moyenne, enfermait, sous verre, une peinture exécutée à la main, dite miraculeuse, et nommée *Mater admirabilis ;* elle représentait la Vierge, entre un lis et un fuseau, et avait été exécutée, affirmait-on, dans une heure d'inspiration, par une sainte religieuse qui n'avait jamais touché auparavant ni crayon, ni pinceau. Ce « tableau » suspendu à une assez lourde chaîne de cuivre, tout disgracieux et incommode qu'il fût, je le portai avec fierté et sans redouter les moqueries : je fusse sortie en ville avec, depuis que j'aimais Jésus !

Ce fut pendant la semaine sainte de cette année que j'atteignis mes plus grandes extases. La passion de Notre-Seigneur me toucha comme jamais encore ; je vécus tout le drame avec une intensité qu'aucun spectacle, aucune lecture n'égalèrent plus pour moi. En qualité d' « Enfant de Marie » et de « second médaillon », j'eus le privilège extraordinaire de veiller toute la nuit du Jeudi au Vendredi saint devant le tombeau, c'est-à-dire devant le lieu improvisé dans une partie quelconque de la Chapelle où l'on transporte les Saintes Espèces, tandis qu'on laisse le Tabernacle vide. Et, toute cette nuit, je la passai à genoux, dans les larmes, dans la douleur sacrée. Au matin, j'étais brisée de fatigue. Je me trouvai mal. Tout le couvent le sut et s'exalta, quoique madame du Cange ne vît pas cela d'un très bon œil. Beaucoup croyaient, quand je repris connaissance, que je retombais du ciel.

XII

La semaine de Pâques, nous quittions le couvent pour passer une dizaine de jours en famille. Maman vint seule me prendre ; elle, ordinairement si placide, elle avait l'air tout décontenancé. Je lui demandai pourquoi grand'mère ne l'avait pas accompagnée ; elle me dit qu'elle gardait la maison. « Eh bien ! et grand-père ?... » Grand-père? il était à Paris.

— A Paris !...

— Oui, à Paris, pour ton frère.

Grand-père à Paris, pour Paul ! Qu'avait-il dû se passer, seigneur Dieu ! Évidemment il ne s'agissait pas de maladie, car c'eût été ces dames qui fussent parties. Je vis que maman ne voulait rien me dire. Je m'exténuais à imaginer les horreurs qu'avait bien pu commettre encore ce diable de Paul !

A la maison, la grand'mère aux abois ; on fait à peine attention à moi ; on vit suspendu dans l'attente du télégraphiste, du facteur ; on attend des nouvelles de Paris ; et tout cela en cachette de moi, autant que possible, car je dois toujours ignorer qu'un jeune homme peut se mal conduire. On ne pense pas que c'est m'indiquer trop clairement que notre Paul a exécuté une frasque un peu raide. Comme il faut bien m'avouer quelque chose, grand'mère me dit :

— Ton frère, mon enfant, a commis quelques légèretés.

Je demande s'il viendra tout de même en vacances. Grand'mère, s'oubliant, s'écrie :

— Ah ! mais non !

Au ton de ce « Ah ! mais non ! » je comprends que les « légèretés » ne sont pas de celles qui s'envolent au premier coup de vent.

Et puis, tout à coup, le lundi de Pâques, à neuf heures du soir, qui est-ce que nous voyons arriver, sans tambour ni trompette, sans être annoncés même par un télégramme ? Le grand-père avec Paul !

Grand brouhaha ; exclamations ; embarras sur l'attitude à prendre vis-à-vis de Paul. Au milieu des « bonsoir, » des « quelle surprise ! » des « qu'est-ce qu'il y a ? » j'entends grand-père qui glisse à l'oreille de ces dames :

— Tout est arrangé !

— Mon Paul, lui, est assez gaillard ; il n'a seulement pas l'air de se douter qu'on ait pu s'agiter à cause de lui : on jurerait que son grand-père a été au-devant de lui jusqu'à Paris pour lui faire honneur. Il reste avec moi, pendant que grand'mère se précipite dans une autre pièce, en entraînant son mari, afin d'apprendre de lui comment « tout est arrangé. »

Je dis à Paul :

— Eh bien ! mon bonhomme, tu peux te flatter de faire ici un grabuge !

Il hausse les épaules et sourit :

— Je te raconterai ça, ma petite.

Je ne me souciais pas d'entendre des histoires dans le genre de celles de l'année dernière, et si l'on n'avait pas fait tant de mystère de son aventure, je n'aurais pas tenu à la connaître ; mais j'étais très intriguée.

Ce ne fut pas à la maison qu'il put me la raconter, mais le lendemain, chez les Vaufrenard qui, maintenant, venaient s'installer à Chinon dès les premiers jours du printemps. Un événement comme le voyage du grand-père à Paris, il fallait bien qu'on l'éclaircît aux Vaufrenard! Aussi s'arrangea-t-on pour nous inviter à aller nous promener au jardin, mon frère et moi, dès qu'au salon la nécessité parut s'imposer de parler de ce voyage.

— Allez donc prendre l'air, mes petits; quand on sort de classe ou des amphithéâtres de l'École de Droit, il ne faut pas perdre une minute de ses vacances.

Il en résulta que l'affaire fut contée en même temps dans deux endroits : dans le salon au parquet piqué et sur la terrasse, à l'un de mes balcons, où j'avais tant rêvassé étant petite.

Le temps était beau ; le soleil, déjà chaud, faisait bruire toute la terre de bourdonnements de mouches et d'abeilles. L'immense vallée était encore un paysage d'hiver; mais au-dessous de nous, dans les vergers étagés, les cerisiers, les amandiers, les poiriers, les pommiers et les pêchers étaient en fleurs. Cela formait un de ces tableaux jeunes et frais, qui semblent représenter le début de quelque chose qui va s'amplifier et s'embellir, mais qui est plus charmant dans son commencement, de ces tableaux qui, pour moi, ont toujours eu l'air de chanter une marche nuptiale.

Je dis à Paul :

— Comme c'est joli ! sens-tu comme ça sent?...

Mais Paul était peu sensible à ces choses. Et voilà qu'il se met tout à coup à me raconter son affaire, parce qu'il en était encore tout saturé, ayant été très ennuyé un moment, puis béatement stupéfait que ça se soit « arrangé ».

Depuis que Paul était un peu à court d'argent, à la suite de ses fameuses folies, il recherchait des plaisirs innocents, disait-il, et, en même temps, à bon compte. C'est dans ce dessein qu'il s'était procuré une invitation à un certain bal donné dans une salle de restaurant, au Palais-Royal, par une société de prévoyance dont faisait partie tout un monde de petits bourgeois et employés. Là, mon Paul dansait, plusieurs fois durant la soirée, avec une petite jeune fille blonde qui était jolie comme un ange et se nommait Juliette. Elle était si jolie, si bonne danseuse et si agréable qu'il n'en invitait presque aucune autre et faisait connaissance avec la maman, une jeune veuve très comme il faut. On se plaisait évidemment de part et d'autre et on se donnait rendez-vous au prochain bal d'une autre société, qui avait lieu huit jours après, car il paraît que tout ce petit monde, qui n'a pas les moyens de recevoir, trouve à danser continuellement et presque sans bourse délier. Au second bal, encore dans un restaurant appelé « la terrasse Jouffroy, » si je me souviens bien, l'idylle se resserrait, et la maman acceptait que Paul les reconduisît, elle et sa fille, en voiture, jusque chez elles, car il pleuvait, c'était le petit matin, et les « sapins » étaient rares ; d'ailleurs, n'habitaient-elles pas le même quartier que lui ? Sous son parapluie, abritant Juliette et sa maman, Paul faisait cette fois connaissance avec la devanture du magasin de modes, rue du Cherche-Midi, et on lui indiquait les fenêtres du petit entresol qu'on habitait au-dessus : « Vous voyez, monsieur Paul, c'est là... » Paul, sachant que « c'était-là, » à présent, venait leur souhaiter le bonjour entre deux bals, puis sans qu'il fût question d'aucun bal, puis plus souvent encore, puis presque tous les jours.

Je faisais observer à Paul :

— Mais, voyons, Paul, tu savais bien que tu ne pouvais pas épouser cette jeune fille !...

— Que tu es bête ! me disait Paul.

Et il continuait à raconter son histoire, non

pour moi, car il me jugeait vraiment stupide, mais pour le plaisir de la raconter. Moi, je commençais à m'intéresser à cette petite Juliette. Ce n'était pas la première histoire d'amour que j'entendais, car, malgré les précautions de grand'-mère, des histoires d'amour, on en entend à tout âge, perpétuellement et en tout lieu ; mais c'était la première fois qu'une d'elles me paraissait vivre tout près de moi, et me touchait, je ne sais pas pourquoi. J'avais les deux coudes appuyés sur le fer du balcon, les lèvres pressées contre le dos de ma main, et je regardais la citerne du père Sablonneau, ce grand œil de bête où toute mon enfance s'était mirée...

Le récit de Paul n'était guère poétique : il me transportait dans un magasin de modes de la rue du Cherche-Midi où l'on voyait Juliette et sa maman confectionnant du matin au soir, et le soir jusqu'à onze heures ou minuit, des chapeaux, où un petit escalier en tire-bouchon montait à l'entresol, c'est-à-dire à l'unique chambre de la modiste et de sa fille, une chambre de la forme et de la dimension d'une boîte à cigares, affirmait mon frère, et meublée d'un seul lit. Là-dedans, ce grand gosse de Paul s'amusait à taquiner la mère et la fille avec des plumes, et à se coiffer lui-même de chapeaux de femmes dans l'arrière-boutique, ou bien à répondre comme un employé sérieux aux clientes. Il devrait être si gentil, il avait si bonne mine, il s'amusait de si bon cœur, que ni la modiste n'osait le mettre à la porte, ni la clientèle fâcher. On le faisait passer pour un « cousin » qui faisait ses études. Un cousin !... Cela me rappelait ma fameuse affaire du couvent... La petite Juliette avait joué avec un cousin, elle ; quel effet cela lui devait-il produire? D'après Paul, cela ne semblait tourmenter personne ; cependant, il disait qu'au bout de quelque temps Juliette n'avait plus le goût d'aller au bal, et que la maman, qui, au contraire, aimait follement danser et se distraire, lui faisait des scènes, des scènes que Juliette racontait à son cher « cousin ». Pour raconter ces scènes, on se faufilait dans l'arrière-boutique, dans la cuisine, ou l'on grimpait, sous prétexte de jouer, par le tire-bouchon, à l'entresol.

Il me semblait que cette jolie petite Juliette aimait Paul, et que lui ne pouvait faire autrement que de l'aimer aussi, et je les suivais à cet entresol où, certainement, ils s'embrassaient... Je regardais toujours l'œil de la citerne, morne et profond, par lequel ma vie un peu mélancolique, mon enfance, mes malheurs de famille, mon couvent me regardaient comme des portraits dont la sombre prunelle ne vous quitte pas ; mon cœur se serrait... Je suivais ces deux grands enfants jolis qui s'aimaient, qui s'embrassaient... Pourquoi me mêlais-je à cette affaire ? Pourquoi l'œil de la citerne du père Sablonneau se mettait-il à signifier des choses ?... Le récit de mon frère était gai ; le printemps, autour de nous, était frais et charmant, et cependant, de la citerne montait pour moi je ne sais quelle tristesse inexprimable...

Paul racontait aussi des parties, le dimanche, à Clamart, à Meudon : on s'en allait avec des boîtes de sardines et du saucisson ; et alors se joignait à eux un « parent » de la modiste, un homme d'un certain âge, un peu bedonnant, bon garçon, qui était capitaine de recrutement, et sur qui Paul comptait justement beaucoup pour lui faire adoucir la période de deux mois qu'il allait bientôt accomplir... Les bois, la dînette sur l'herbe, — fût-ce avec le capitaine, — le jeu de cache-cache, le retour à la nuit !... tout cela bouleversait les notions que j'avais des choses : une vie si dépourvue de préjugés, si libre, c'était effarant pour moi ; mais cela ne me scandalisait pas profondément, parce qu'un seul point m'absorbait, c'était que Paul et cette petite Juliette s'aimaient...

Je dis à Paul :

— Après tout, pourquoi n'aurais-tu pas épousé cette petite?

Il se mit encore à rire et répéta :

— Que tu es bête, ma pauvre sœur !

Mais, tout à coup, l'histoire se gâtait.

— Voilà-t-il pas, s'écriait Paul, que la « maternelle » se met à se méfier de moi et de la petite, et qu'on s'avise de m'espionner, et que je rencontre deux fois de suite le capitaine à ma porte; tant et si bien qu'un beau jour, pan!... qu'est-ce qui arrive? Juliette est pincée sortant de chez moi... Chahut!...

— Comment! elle allait chez toi?

Il hausse les épaules, sans me répondre, et continue à me mimer plutôt qu'à me raconter le « chahut » dans le magasin de modes, la visite solennelle de la mère, la lettre écrite par elle à la famille, enfin, un scandale épouvantable, qui motivait le voyage du grand-père à Paris, et il disait :

— Tout ça, c'est la faute au capitaine!...

— Un peu la tienne aussi, mon garçon, tu avoueras!... Mais enfin, c'est arrangé, dit-on :

qu'est-ce qui est arrangé? comment ces choses-là s'arrangent-elles ?

Paul n'en savait rien. Il s'en fichait pas mal.

— Mais, la petite?...

— Oh! je la reverrai, n'aie pas peur !

— Comme elle doit avoir du chagrin!

Il me laissa là-dessus et s'en alla en sifflotant, un peu plus loin, au-dessus du père Sablonneau. Sablonneau, qui bêchait sa vigne, suspendit son « pic » en reconnaissant mon frère, et il lui demanda si « dans ce Paris » il n'avait point vu Gambetta. Le père Sablonneau était toujours agent électoral comme du temps de mon père, mais à présent, il tournait au rouge.

Les moineaux piaillaient dans les noisetiers; par instants, l'odeur de la terre remuée venait jusqu'à moi, mêlée au parfum si délicat des arbres fruitiers en fleurs; je continuais à me mordre le dessus de la main, appuyée sur le fer du balcon, et je regardais un insecte tombé dans la citerne et qui, soutenu à la surface de l'eau, agitait, agitait désespérément une quantité de pattes au milieu des conferves.

Des paroles ou des bruits entendus, et qui nous ont pénétrés, peut-être à notre insu, remuent en nous un monde ignoré de nous-mêmes. Ce n'est que plus tard que j'ai su pourquoi j'avais eu, à ce moment, si grande envie de pleurer. Cela montait, montait, cela allait éclater; je n'eus que le temps de m'enfuir à toutes jambes dans le Clos. La famille sortait du salon; on m'appela : « Madeleine!... Madeleine!... » Je criais sans me retourner : « Qui m'aime me suive!... » et je grimpais, quatre à quatre, les marches de l'escalier de bois, en déchirant des fils d'araignée. Je sentais qu'on disait derrière moi : « Est-elle encore enfant, pour son âge!... »

XIII

Ma famille et les Vaufrenard montèrent dans le Clos; je courais toujours, pour leur échapper et pour mettre sur le compte de l'essoufflement le trouble que l'envie de pleurer avait dû laisser sur ma figure. J'entendais de loin les exclamations de M. Vaufrenard à propos de la beauté du printemps, et les compliments qu'il ne se fatiguait pas d'adresser à ma grand'mère et à maman :

— Madame Coëffeteau, quelle vue!... Voilà Richelieu là-bas... Vous avez de bons yeux, j'espère? et savez-vous qu'on aperçoit jusqu'aux clochers de Loudun!...

Grand'mère n'était pourtant guère encourageante, car elle ne se préoccupait, dans cet admirable endroit, que de l'état des celliers négligés par le locataire.

— Mais que voulez-vous que je fasse de vos celliers, ma bonne madame Coëffeteau, s'écriait M. Vaufrenard, puisque je n'ai pas trois pièces de vin à y loger?

J'entendis grand'père qui confiait à madame Vaufrenard :

— Ma femme échangerait toute la belle vue pour un placard de plus dans la maison!...

Il exagérait un peu, pour faire sa cour aux Parisiens, mais la vérité était que grand'mère, lorsqu'elle n'était pas en coquetterie, n'appréciait à fond que les choses utilisables.

Pour la taquiner, M. Vaufrenard lui disait :

— Madame Coëffeteau, dès que je serai ici propriétaire, je fais combler vos celliers!...

Ceci la piquait doublement, parce qu'il était en effet question de vendre la maison et le Clos pour payer les « légèretés » de mon frère.

M. Vaufrenard offrait à maman d'acheter la petite propriété; maman, qui ne pouvait plus faire autrement que de la vendre, y eût bien consenti, mais vendre son bien, pour grand'mère, quelle déchéance! et le vendre aux Vaufrenard, quel aveu de détresse a ceux-là auxquels on l'eût voulu le mieux cacher !... Je surpris, à la maison, plutôt que je ne connus, les conciliabules qui eurent trait à cette affaire; à toute porte entrebâillée, j'entendais des « La dot de Madeleine... la malheureuse dot de Madeleine!... » qui me frappèrent vivement, comme on le peut supposer. Ce n'était pas que je fusse inquiète de ma « malheureuse dot », car, à cette époque-là, d'abord je ne m'étais jamais arrêtée à la pensée du mariage, et, en second lieu, le mariage, s'il m'apparaissait dans un lointain brumeux, ne se laissait concevoir que sous l'aspect d'un rêve de tendresse, d'un paradis à deux âmes perpétuellement ravies, et entre lesquelles une question d'argent eût été vraiment méprisable. Toute mon éducation, plus forte que les exemples fournis, m'obligeait à cette conception idéale. Non, ma dot m'importait peu, mais j'étais touchée du tourment qu'elle causait à ma famille. Évidemment, pour solder les frasques de Paul, c'était ma dot qu'on avait écornée, ou bien c'était elle qu'il faudrait sacrifier.

Chacun était témoin que M. Vaufrenard insistait pour acheter, et grand'mère se chargeait de le répéter à toute la ville, afin de manifester sa résistance aux plus belles offres ; elle était si heureuse de savoir que l'on disait, à Chinon :

« Vendre leur propriété?... les Coëffeteau n'en sont pas là!... » Je crois même qu'il dut intervenir un arrangement entre mes grands-parents et maman, par lequel on faisait un échange : ils devenaient propriétaires de la maison et du Clos, situés à Chinon même, et maman acquérait une de leurs trois fermes, situées dans le canton de Bourgueil, qu'elle pourrait mettre en vente sans trop de bruit. Cette ferme, nommée la Blanchetière, fut en effet mise en vente; mais lorsqu'il se présenta un acquéreur, un gros marchand de biens très connu, qui entra à la maison, un jour de marché, les souliers crottés et le verbe haut, on le mit quasiment à la porte : monsieur n'était pas là, madame ne savait seulement pas de quoi il s'agissait; quant à madame Doré, que l'homme demandait, elle se déclara incompétente et le renvoya chez le notaire. On ne revit plus le marchand de biens. Mais, par les portes entre-bâillées, j'entendais toujours : « La malheureuse dot de Madeleine!... »

XIV

Je ne sais si ces tristesses de famille y furent pour quelque chose, mais je tombai, moi, durant ces vacances, dans une sombre mélancolie qui n'était, malheureusement, pour ragaillardir personne autour de moi. Par-dessus le marché, ne voilà-t-il pas que M. Vaufrenard et M. Topfer me jugeaient moins forte que l'année dernière, et se lamentaient, et ne semblaient plus faire aucun fond sur moi!...

Pour mon piano, M. Vaufrenard, il faut le dire, s'y prenait mal avec moi; il me tarabustait et se fâchait — alors que j'aurais eu tant besoin de douceur... — Je crois aussi qu'il était un peu agacé de ce que ma famille refusât de lui vendre la maison, et d'autant plus qu'il n'ignorait pas que nous avions besoin de la vendre. Mon bon vieux Topfer, qui avait pour moi une secrète indulgence, manquait d'autorité pour me défendre contre son ami, et il me suppliait, à part, de travailler pour le contenter. « Étudiez nuit et jour ! » me disait-il. Je pianotais à faire damner tous les membres de ma famille ; mais le cœur n'y était pas.

Un matin de septembre, un samedi, je me souviens, nous eûmes une scène violente et regrettable, M. Vaufrenard et moi. Je jouais du Chopin comme du Gounod, me disait-il ; il me faisait reprendre huit fois le même passage, je m'énervais, il s'irritait, et je jouais de plus en plus mal. Il me dit :

— Mais, ma fille, le piano peut être une ressource dans la vie ! Personne ne sait, par le temps qui court, s'il aura de quoi manger demain...

Cela me blessa parce que j'y vis une allusion à la gêne dont souffrait ma famille, et au fond de moi, sans que je me fusse doutée que je la possédais, je trouvais la susceptibilité de ma grand'-mère.

J'éprouvai alors le besoin de répondre à M. Vaufrenard quelque chose de désagréable; mais je n'avais point d'esprit : je lui dis la chose la plus sotte possible, celle que j'avais voulu précisément lui cacher, parce qu'elle ne pouvait qu'aigrir nos rapports; je lui dis que mon piano n'allait plus pour une bonne raison, c'était qu'au couvent j'avais fait de l'harmonium et même de l'orgue, qui me plaisaient mieux.

M. Vaufrenard devint cramoisi. Il ne pouvait pas souffrir que l'on cultivât plusieurs instruments à la fois si l'on voulait posséder l'un d'eux parfaitement :

— Si tu apprends le piano, s'écria-t-il, ce n'est pas pour chanter les Vêpres !... Tes sacrées béguines...

Il s'interrompit lui-même, peut-être en lisant sur ma figure l'effet désastreux que produisait la moindre critique de mon couvent, de mes chères maîtresses. Mais il m'avait encore touchée dans une autre partie de mon amour-propre, et, à ce qu'il me semblait, jusque dans ma religion.

Je perdis complètement la tête, et pour porter à mon adversaire un coup qui fût l'équivalent des deux blessures qu'il m'avait faites, une idée soudaine, nullement fondée, une idée qui ne correspondait en moi à rien de réfléchi, s'offrit à moi :

elle était une réplique au souci pécuniaire abordé par M. Vaufrenard et elle fournissait une explication audacieuse à mon goût pour « faire chanter les Vêpres »; je dis, en verdissant de rage :

— Le piano? heureusement que je pense avoir de quoi manger sans cela : je n'ai qu'à me faire religieuse!...

Il me dit simplement ceci :

— Ma petite, la séance est levée.

M. Topfer revenait de sa promenade matinale; il entra au salon avec madame Vaufrenard : tous deux s'étonnèrent que je fusse en train de rouler ma musique; je leur dis que j'étais pressée, ce matin, que maman m'attendait pour aller au marché, enfin quelque chose d'invraisemblable. On me regarda partir. M. Vaufrenard ne souffla pas un mot. Madame Vaufrenard me dit qu'elle espérait bien me voir le lendemain, dimanche, après-midi.

— Mais, certainement, madame!

Mais le lendemain, dimanche, après-midi, je boudai et n'allai pas chez les Vaufrenard. Il me fallut pour cela, prétexter à la maison « une migraine atroce, » indisposition qui parut bien extraordinaire, car je n'étais point sujette à la migraine. Toute ma famille alla chez les Vaufrenard. Moi, dans ma solitude, j'essayai de me faire à l'idée que j'étais irrémédiablement fâchée avec eux, que je ne verrais plus ni M. Topfer, ni le Clos, ni mon balcon au-dessus de la citerne du père Sablonneau; et je songeai aussi à ce qui était sorti de moi tout à coup en présence de M. Vaufrenard : que je n'avais qu'à me faire religieuse...

Je n'avais jamais pensé à cela auparavant, même au plus fort de ma piété, je n'avais pas un instant songé à n'être pas une femme comme toutes les autres. Ce n'était que dans un moment de dépit contre la vie qu'on semblait dire fermée devant moi, que ce refuge s'était entr'ouvert. C'était une parole prononcée : — ô la vertu des mots! — et parce que mes lèvres l'avaient articulée, et parce que des oreilles l'avaient entendue, tout mon avenir paraissait invité à prendre une route insoupçonnée.

Et je me disais : « Pourquoi pas?... » Me retirer du monde, ne serait-ce pas épargner à ma famille l'inquiétude de ma dot, de ma « malheureuse dot »? Au Sacré-Cœur, je le savais bien, on m'accepterait, avec ma docilité, ma piété, et le nom de mon père, sans argent. La vie des religieuses, je la trouvais belle. Et mon appétit d'idéal y eût été satisfait.

Que le cœur me battit, toute cette journée! J'avais cette espèce d'ivresse que donne souvent une grande détermination à prendre, surtout lorsqu'elle se présente brusquement et doit vous offrir des horizons neufs. Il y a une plaisante secousse à jouer son sort à pile ou face. Mais à présent que je songe à ce que fut cette méditation de jeune fille, je m'aperçois que ce qui m'y plut surtout, ce fut l'idée que le parti de me faire religieuse me dispenserait de reparaître, dans une posture humiliée, devant M. Vaufrenard...

Ma vertu était imparfaite, et ma vocation un peu improvisée! Mais je ne m'en rendais pas compte.

Je fus soutenue, toute cette après-midi, par l'idée que je frappais un coup, un grand coup, que mon absence chez les Vaufrenard était une manifestation, que de n'aller point chez eux aujourd'hui, c'était déjà un peu me faire religieuse!... J'escomptais les impressions de ma famille au retour de chez les Vaufrenard, leurs exclamations : « Tu n'étais pas là? On a dit ceci... On a fait cela... » — « Et comment! nous ne verrons pas mademoiselle Madeleine!... » — « Rien d'inquiétant, au moins, j'espère!... » — « Et les Un Tel qui auraient eu tant de plaisir à te voir !... On voulait nous accompagner jusqu'ici pour prendre de tes nouvelles... » J'acceptais tout cela : j'étais en même temps très ennuyée de n'être pas chez les Vaufrenard, et très fière de mon « coup ».

Eh bien ! la famille arriva, et il n'y eut point d'exclamations, point d'impressions intéressantes à me rapporter. Chacun me dit : « Et cette migraine ! ma pauvre petite ?... » Il n'y en eut même pas un à qui vînt l'idée que ma migraine était feinte !...

Accidentellement, pendant le dîner, maman me dit :

— Tiens ! il y avait là ce jeune homme, tu sais, qi t'a tourné les pages, l'année dernière...

Tout mon sang m'échappa. Je dus devenir blême. Oh ! ma nouvelle de chez les Vaufrenard que je n'avais pas escomptée, c'était bien celle-là !

Maman dit encore :

— Il a eu la gentillesse de se souvenir de toi...

Grand-père découpait un poulet, et toute la table le regardait faire, attentivement ; l'abat-jour opaque de la lampe dissimulait la tempête qui s'élevait sur ma figure.

Je sentais monter de ma poitrine à mon cou quelque chose d'énorme et d'inconnu, que je ne pourrais comparer, bien que le rapport soit un peu ridicule, qu'à nos rivières paisibles qui, tout d'un coup, se soulèvent, crèvent leurs digues et inondent le pays. Je vis que je ne pourrais certainement pas me contraindre, alors je prétextai que j'avais oublié mon mouchoir et courus à ma chambre.

Je tremblais, à claquer des dents. Il me fallut me jeter sur mon lit et m'efforcer de pleurer pour que cela finisse vite, car il ne s'agissait pas de rester dix minutes absente : quand grand-père aurait fini de découper son poulet, si je n'étais pas redescendue avec mon mouchoir, ah ! bien, merci... Je me souviens que j'étais partagée entre le désir de pleurer vite et celui de ne pas savoir pourquoi je pleurais. Le dépit et la rage d'avoir manqué cette après-midi dominaient et m'empêchaient de pleurer ; puis, tout à coup, une désolation immense prit le dessus, la désolation d'avoir manqué non une après-midi, mais ma vie : le bonheur qui est passé près de vous, que vous n'avez pas vu !... Ah ! des larmes, je crois que je n'en ai jamais tant versé en si peu de temps. Et dans ma crise, j'avais une idée obsédante : « Qu'est-ce que je vais dire en bas ? Je vais dire que je suis enrhumée du cerveau... »

En rentrant à la salle à manger, je dis :

— Je couvais un rhume de cerveau : voilà l'explication de ma migraine.

Il est donc possible que des sentiments très intimes nous parcourent comme des filets d'eau souterrains dont il faudrait une baguette divinatoire pour découvrir les sinuosités secrètes, et qu'ils affleurent au sol tout à coup et jaillissent sous nos pas en nous causant tout l'effroi d'un phénomène inconnu ?

On reparla du jeune homme qui m'avait tourné les pages, parce qu'il était un personnage nouveau chez les Vaufrenard, n'y ayant paru qu'une fois, l'année dernière. Il se nommait René Chambrun ; il était de Vendôme ; il allait prochainement soutenir sa thèse de doctorat en médecine.

Dire le retentissement en moi de ces syllabes quelconques : « René Chambrun », c'est impossible.

La musique, la poésie, le rêve infini qu'elles évoquèrent dès qu'elles furent prononcées devant moi, de quelle manière, par quels mots exprimer cela ? « René » me semblait être le prénom le plus élégant, le plus discret, le plus distingué : « Chambrun » m'évoquait je ne sais quelles notes graves du violoncelle de M. Topfer. C'était un nom assez ordinaire, et je voulais que ce fût un nom très beau.

Et ce nom faisait surgir dans mon imagination la figure du jeune homme que j'avais à peine remarquée l'année précédente : j'étais sûre qu'il avait des cheveux noirs, des yeux profonds et une barbe frisée. Ce que je connaissais de lui, c'était le son de sa voix ; la phrase qu'il avait dite pour moi, sur un ton si bas, si ému : « Oh ! mademoiselle... quel plaisir... etc., » tintait à mon oreille et se joignait aux syllabes magiques du nom pour composer un homme dont je ne doutais ni du caractère, ni de la valeur morale, ni du talent même. J'aurais mis ma main au feu pour soutenir que M. René Chambrun, qui m'avait dit une fois quatre mots et qui avait reparu ce dernier dimanche chez les Vaufrenard, était, par hasard, entre tous les hommes, le type le plus accompli.

Cette conception s'imposait à moi avec la même évidence que la toute-puissance divine ou que la parfaite charité du cœur de Notre-Seigneur ; la possibilité de la discuter ne s'offrait même pas ; j'avais là-dessus la certitude.

Et ce M. René Chambrun était un être si exceptionnel, si bon, si noble, si beau, que toute ma retenue de jeune fille, en son honneur s'abattait d'un coup ; en dépit de toute mon éducation, je ne me faisais pas de scrupules à penser exclusivement à un jeune homme, pourvu que ce jeune homme fût celui-là, ni à laisser bondir, caracoler et chanter toute ma jeunesse, à la seule idée que je pourrais, un jour, échanger un serrement de main enivrant avec un homme, du moment que cet homme serait celui-là !

Je pensais à lui avec douceur, avec bonheur ; mais si on parlait de lui devant moi, mon corps tremblait, et je m'étonnais que personne ne comprît mon bouleversement. Si on m'avait interrogée, j'aurais confessé mon amour comme on m'avait appris à confesser ma foi, au péril de ma vie.

Ah ! je n'eus pas de respect humain pour aller faire amende honorable à M. Vaufrenard : je n'avais pas envie de manquer la matinée du dimanche suivant !... Je fis la gentille ; je demandai pardon de ma boutade de l'autre matin. M. Vaufrenard me dit :

— Mais, c'est que tu serais bien capable de te faire béguine !

Je fis :

— Oh !... oh !...

Madame Vaufrenard, qui se trouvait là, opina :

— Un bon petit mari ferait bien mieux son affaire!

M. Vaufrenard me regarda de biais; il se méfiait de moi; pourtant la paix fut conclue entre nous. Je me remis au piano, et cela alla beaucoup mieux; c'est que je tenais à être brillante pour le dimanche prochain! Notez que personne ne m'avait annoncé que M. René Chambrun reviendrait; je savais seulement qu'il était chez les Jarcy, à la Vaubyessart, et les Jarcy venaient irrégulièrement. Mais j'avais l'idée d'une sorte de rendez-vous mystique entre ce jeune homme et moi : j'avais demandé à Dieu, — je me souviens de cette puérilité — de me retrancher, s'il lui plaisait, *plusieurs* années de ma vie, — à lui de décider du nombre — en échange d'une rencontre avec ce jeune homme...

Eh bien! ce jeune homme vint le prochain dimanche! Je vis dans ce fait l'exaucement de ma prière et la bénédiction de Dieu sur mon sentiment. Les Jarcy et M. René Chambrun étaient là avant nous. Je ne sais pas comment je le vis et le reconnus, lui; sans doute, uniquement parce qu'il était seul avec les Jarcy; mais il ne ressemblait pas à la figure qu'avaient créée mon souvenir vague de l'an passé et mon imagination. D'abord, il n'avait pas les cheveux noirs, mais châtains, et pas très abondants; il portait en effet la barbe, mais elle n'était pas frisée; ses yeux répondaient mieux à mon attente : ils étaient sombres et j'y trouvais tout l'abîme rêvé. Tout de suite, d'ailleurs, j'eus un mépris pour l'image que je m'étais faite de lui; je la jugeais banale; il était, lui, en réalité, beaucoup mieux.

J'étais émue, à la folie; cependant je ne me conduisis pas trop sottement; une jeune fille élevée comme je l'étais ne devant guère causer, je n'eus pas de maladresse à éviter; au bout d'une demi-heure, on me pria de me mettre au piano, et je me demande comment je pus jouer si correctement, pendant que, comme l'an passé, le jeune homme me tournait les pages. J'étais dans le ravissement; j'étais au ciel; je dis vrai : je me sentais secondée par des anges, et moi, d'ordinaire plutôt modeste, je me croyais, franchement, douée d'une grande séduction.

Le jeune homme me fit encore un compliment, comme l'an passé, le même, à peu près exactement. J'aurais pu interpréter défavorablement le fait qu'il me faisait le même compliment : mais non! Je crus à son compliment, comme je l'avais fait la fois précédente; j'aurais cru à tous les compliments, parce que je n'étais pas accoutumée à en entendre; je croyais que ceux que l'on m'adressait n'étaient composés que pour moi ; ah! combien ils me trouvaient reconnaissante !...

Comme j'étais seule admise, chez les Vaufrenard, à m'asseoir au piano, je me trouvais par là mieux en vedette que les autres jeunes filles présentes, Henriette Patissier et les deux petites de la Vauguyon ; il était donc assez naturel que M. Chambrun se montrât près de moi un peu plus assidu qu'il ne l'était près des autres. Henriette Patissier se fût bien chargée de me le faire remarquer si je ne l'eusse observé moi-même, avec trop de complaisance. Et ce qui m'étonna, à ce propos, c'est que moi, que l'on disait si bonne, si généreuse, j'étais contente, glorieusement contente de voir Henriette Patissier piquée par la jalousie. Pareil sentiment ne m'était encore jamais venu; je ne valais peut-être pas ma réputation, mais, en toute circonstance ordinaire, j'aurais été très ennuyée de causer de la peine à quelqu'un : non pas aujourd'hui! J'entendis Henriette qui chuchotait à l'une des Vauguyon : « Ma chère, elle en est indécente!... » Je rougis et fut toute décontenancée : il était, ma foi, bien possible que je fusse indécente, car je ne savais à peu près pas ce que je faisais, n'ayant jamais été laissée libre, avant dix-sept ans, de causer avec un jeune homme. Cependant, M. Chambrun et moi, nous n'avions échangé que les propos les plus ordinaires ; il était musicien, moi aussi : nous avions parlé musique.

— De quoi parlez-vous donc? — avait demandé grand'mère, en passant, à dessein, près de nous.

— Nous parlons musique.

— A la bonne heure!

Et elle s'était éloignée, garantie contre toute inquiétude. La musique innocentait tout, dans les esprits de nos familles. Nous chantions, les yeux enflammés et la main sur le cœur, des romances passionnées qu'on ne nous eût pas permis de lire. Parler de la pluie ou du beau temps eût pu paraître suspect; mais la musique était le sujet « convenable » par excellence.

Ce que nous disions n'était pas trop absorbant, car cela me laissait le loisir de penser, tout en causant ou écoutant : « Non, il n'a pas la barbe frisée, du tout; mais comme elle fait bien la pointe!... des cheveux droits et plats, mais c'est très bien : rien de commun comme d'avoir les cheveux trop fournis... » Et je remarquais aussi qu'il avait, à gauche, une dent canine, pointue, et mal plantée, qui chevauchait sa voisine; et je me disais : « C'est curieux, mais cela fait mieux ainsi !... »

Les Jarcy et M. Chambrun s'en allèrent avant nous, car la Vaubyessart est à dix kilomètres, et quand *il* eut disparu, il me sembla que tout avait disparu avec lui, qu'il ne restait ni gens, ni choses autour de moi. Je n'avais jamais rien éprouvé de pareil.

Je ne me contins pas, et je dis à maman, trop tôt, et trop haut, paraît-il :

— Est-ce que nous rentrons, maman ?

Ce fut madame Vaufrenard qui surprit mon mot; et, loin de s'en offusquer, elle sourit, finement. Il fallut son sourire pour me faire comprendre ce qu'il y avait de sous-entendu dans mon propre empressement à partir. *Il* était parti, lui : que faisions-nous là ?...

Personne à la maison ne remarqua que cette journée avait été pour moi exceptionnelle. Il n'y avait eu, je le crois, qu'Henriette Patissier et madame Vaufrenard à traverser ma pensée. J'aurais pu être heureuse, car c'était avec un optimisme béat que j'interprétais, moi, mon entrevue avec le jeune homme ; mais ce qui m'empêcha d'être heureuse, ce fut la pensée que j'avais manqué l'après-midi du dimanche précédent ; si j'étais venue chez les Vaufrenard le dimanche précédent, l'après-midi d'aujourd'hui eût été la seconde; à la seconde entrevue, il me semblait qu'on eût été beaucoup plus avancé! Ah! je n'y allais pas par quatre chemins! Et, viendrait-*il* encore une autre fois?... Nous étions à la fin de septembre.

A cette époque-là, nous allions chez les Vaufrenard presque tous les jours, et surtout le soir, après dîner, parce que, sur leur terrasse, devant la maison ou dans le Clos, encore plus élevé, la nuit était merveilleuse. Les commencements de l'automne sur ces coteaux en espalier, trop chauffés tout l'été, sont un enchantement, surtout à la tombée du soir. On apercevait, à gauche, les lumières de Chinon, bien pauvres dans ce temps-là, et qui dessinaient la ligne sinueuse du quai, quelques toits pointus éclairés çà et là par un réverbère, et, au-dessus de la ville, la silhouette romantique des ruines du château, grises sur le ciel gris, presque irréelles. Tout au bas des vergers en terrasses, un lumignon attirait notre attention au milieu de l'ombre; il avançait d'une façon lente et régulière; quelqu'un disait :

— C'est un ver luisant dans la vigne de Sablonneau...

De la même direction, montait le bruit d'un choc lointain, sourd, caractéristique. Mon grand-père disait :

— C'est Gaulois le pêcheur!...

Et quand la lune se montrait et révélait la barque de Gaulois le pêcheur, bien au-dessous et bien loin de la vigne du père Sablonneau, la Vienne et son immense vallée teintées d'argent, et les toits moyen âge de Chinon, et les ruines tout à coup transformées du château, faisaient rugir d'admiration M. Vaufrenard.

Je me tenais volontiers assise près de mon balcon, au-dessus de l'œil sombre de la citerne, mon bras nu appuyé sur la rampe de fer froid, et la bouche suçant comme un fruit le dessus de ma main. L'air, à peine agité, apportait par moments un parfum mêlé d'héliotropes et de framboises auquel se joignait l'odeur de futailles qui imprègne le pays à l'approche des vendanges. Mon Dieu! mon Dieu! qu'avez-vous mis en moi à cette époque de ma vie? Quelle puissance de bonheur m'avez-vous donnée à dix-sept ans, que je n'ai plus retrouvée depuis? Quelle force ont donc nos rêves à cet âge! quelle vigueur a notre pouvoir d'aimer! Vingt ans après cette heure écoulée, je frissonne encore tout entière, au souvenir de l'extraordinaire beauté de l'espérance dont je fus alors possédée.

C'est l'idée de l'ineffable bonheur céleste, que nous voulons réaliser prématurément dès que le goût de la volupté pénètre en nous, aux premières heures d'amour. Nous ne mesurons pas notre désir à ce que la vie nous a semblé en pouvoir satisfaire ; nous croyons, en notre faveur toute spéciale, à une exception merveilleuse. Nous avons trop entendu parler d'amour parfaitement suave, inépuisable et infini ; nous sommes trop préparées à un amour éperdu : quand l'amour humain se présente, une bien grave confusion est possible. Et le pauvre garçon que nous avons chargé d'un rêve si beau, il ne saura jamais la raison de notre déconvenue...

Ô monsieur René Chambrun ! où que vous soyez aujourd'hui, par le monde, et quand les lignes que j'écris vous devraient joindre, vous ne soupçonnerez pas la splendeur qui a environné votre image, aux yeux d'une malheureuse jeune fille, par ces soirs de septembre, dans la vallée de Chinon.

Faut-il déplorer d'avoir conçu de telles chimères et de si magnifiques, ne fût-ce que pour la durée d'un soir ? ou bien peut-on s'en féliciter comme d'avoir assisté à un spectacle unique, un beau jour, dans quelque île enchantée ? Je n'en sais rien.

Je me souviens qu'un soir, nous étions là, à regarder des éclairs lointains qui illuminaient tout à coup, à l'horizon, un clocher, un château, des villages. Il faisait lourd, on parlait peu ; je rafraîchissais mes bras sur le fer du balcon. On entendit des gouttes de pluie qui commençaient à tomber sur les arbres ; quelqu'un dit :

— Ah ! j'en ai reçu une...

Puis, peu à peu, ces gouttes, moins espacées, pénétrèrent les feuillages. On sentait chaque feuille qui ployait sous le poids de la perle humide, et cela faisait du bien. Les dames rentrèrent. Je me trouvais abritée sous une grande branche de platane. Une goutte d'eau énorme me tomba sur le bras, et je la bus. On me criait, du salon :

— Madeleine, Madeleine, tu vas être trempée !

Mais je n'osais pas rentrer : je pleurais.

Chaque jour, après cela, je me mis à pleurer, pour des riens. Ou bien j'étais d'une gaieté exagérée. Et je m'occupais, avec un soin excessif, de ma toilette. Cela ne pouvait manquer de frapper ma famille. Maman m'avait dit déjà, plusieurs fois, en souriant, avec indulgence :

— Mais, Madeleine!...

Elle n'ajoutait rien. Je ne disais rien. Quand grand'mère eut vent de quelque chose, ce fut une autre affaire! Je me sentais observée, épiée, dans tous mes gestes, dans toutes mes paroles, à tous les instants; mes tiroirs, dans ma chambre à coucher furent fouillés, et, sans s'adresser encore à moi, c'était à maman que l'on faisait de gros yeux, dans les coins, en disant, un doigt levé :

— Ma fille, attention!... attention!

Madame Vaufrenard, qui voyait clair en ces affaires, dut parler à grand'mère ou à maman, et leur dire par qui elle me croyait troublée, car il y eut tout à coup alerte à la maison. Il faut avouer aussi que j'avais été d'une sottise rare, le dimanche qui suivit ma rencontre avec le jeune homme : j'espérais le revoir; il ne vint pas; mon espoir, mon attente, mon angoisse et enfin ma désolation, je ne sus aucunement les contenir; et il y avait Henriette Patissier qui ne me perdait pas de l'œil! et madame Vaufrenard qui affectait précisément de ne pas me regarder! et ma famille!...

Elle n'entendait pas du tout que les affaires de mariage commençassent de cette façon ; c'était d'une imprudence! sinon inconvenant! Qui est-ce qui connaissait seulement ce jeune homme, qui, en somme, n'était encore qu'un étudiant? Et moi, qui allais, comme cela, s'il vous plaît, m'enflammer, à la sournoise, sans avertir seulement ma mère! Ah! bien, ce n'était pas la peine de s'être ruiné à me fournir une bonne éducation, pour que, à peine jeune fille, j'en vinsse à exhiber devant tout le monde des sentiments exaltés, et sans pudeur! Était-ce au couvent que l'on m'avait enseigné un tel manque de retenue? Était-ce au couvent que l'on m'avait appris à me passionner de la sorte?

Je fus surprise, étourdie, horriblement confuse du sermon que me tint ma grand'mère. Moi qui croyais avoir au cœur quelque chose de si beau, de si grand, et j'oserai dire de si conforme à ce que nous enseignaient la littérature, la musique, la religion même, qui est tout amour!... Je connaissais par cœur l'*Imitation;* j'avais lu quelques tragédies de Racine; et toutes les fois qu'on déchiffrait une partition d'opéra, ou que l'on chantait un morceau qui soulevait l'enthousiasme des auditeurs, c'étaient d'ardentes, de délirantes paroles d'amour!...

Est-ce que l'amour, c'était comme la sainteté : une chose dont il est convenu que l'on parle en certaines circonstances, et que l'on vous propose comme exemples magnifiques, mais qu'il ne convient pas d'imiter tout à fait? Au couvent, la première de toutes les vertus, c'était la piété; mais ma piété étant devenue très sincère et très vive, madame du Cange m'avait arrêtée : « Sachons rester modeste, mon enfant; c'est une présomption que de croire que nous puissions approcher des saints... » A présent, toute ma jeunesse semblait s'épanouir en un sentiment que les poètes les plus divins et les musiciens les plus idolâtrés déclarent sublime, et ma grand'mère me criait : « Halte-là! ma fille : on ne s'enflamme pas ainsi! »

— Mais enfin, me dit grand'mère, comment cela t'est-il venu?

Maman, qui ne m'en voulait pas, faisait observer à sa mère :

— Mais, maman, on ne sait pas comment cela vient!

— Turlututu!... « On ne sait pas! » Une jeune fille bien élevée comme il faut doit, sans cesse, surveiller ses sentiments... « On ne sait pas! » Mais, à ce compte-là, on aurait droit de commettre toutes les erreurs, toutes les folies, tous les crimes!... Enfin, qui est-ce qui a attiré ton attention sur ce jeune homme? Tu ne le connaissais pas; tu ne l'as vu qu'une fois, deux fois à peine?...

Je dis :

— C'est de la première fois que je l'ai vu.

Grand'mère leva les bras au ciel. Un jeune homme dont je ne savais pas le nom ! qui m'avait adressé quatre mots ! Maman soupira :

— Quelquefois, il n'en faut pas plus !

Mais elle eut tort, car grand'mère se monta davantage. Ce dont elle ne revenait pas, c'est qu'un tel sentiment eût pu naître et se développer en moi sans qu'elle en eût la moindre intuition.

Quand elle se fut calmée, la plainte qui s'échappait encore de sa blessure profonde était :

— A quoi bon se donner tant de mal pour élever parfaitement des enfants ?

Le grand-père fut consulté : il était, comme elle, opposé à mon inclination trop spontanée et trop forte. Ce n'était pas une opinion de déférence envers sa femme ; cette opinion était bien la sienne, car il la soutint aussi contre les Vaufrenard, qui s'offraient à servir d'intermédiaires si l'on jugeait un mariage possible. Il admettait les mariages d'amour, mais pourvu que toutes les autres conditions, plus solides, disait-il, et de qualité plus durable, fussent réunies. J'entendis un jour madame Vaufrenard qui lui disait :

— Bien des femmes n'aiment qu'une fois... Et c'est le meilleur de la vie...

— Il y a amour et amour, disait-il ; je me méfie des sentiments exaltés... Et puis, que diable ! il y a le jeune homme !... Est-il amoureux transi, lui ? A-t-il fait des aveux à Madeleine ? Il n'a pas demandé sa main ?

Grand-père, lui, penchait cependant à faire quelque concession aux Vaufrenard qui, je le crois, l'avaient effrayé en lui disant qu'il fallait m'épargner un chagrin, parce qu'il ne tenait qu'à un cheveu que je me fisse religieuse. Mais grand'mère demeura inflexible ; elle se refusait absolument à prendre en considération un « prétendu sentiment » qui n'était pas né conformément à la règle. Elle examinait tous les mariages connus d'elle, dans la bonne société : comment s'étaient-ils conclus ? Les familles s'entendaient par l'intermé diaire d'une commune maison amie, pour présenter l'un à l'autre un jeune homme et une jeune fille jugés capables de faire des époux assortis : les trois quarts du temps, une jeune fille « qui a été tenue soigneusement à l'abri de toute promiscuité avec l'autre sexe », affirmait grand'mère, admet très volontiers la formation d'un tendre sentiment entre elle et le jeune homme qu'on lui permet d'aimer. « Et puis, l'amour... l'amour !... le meilleur est celui qui peut demeurer le plus modéré.

Je me garde bien d'insinuer que ma grand'mère ait eu tort, du moins s'il s'agissait de sauvegarder le bon ordre et la tranquillité de la vie, dans « les trois quarts des cas », et peut-être même dans mon cas! Mais le fait était que, moi, la jeune fille la mieux élevée, la plus docile élève du Sacré-Cœur, j'étais bel et bien éprise d'un jeune homme qui ne m'avait pas été présenté dans l'intention d'être pour moi un époux assorti. Et je sentais bien que ce n'était point de ma faute, que je n'avais rien fait pour me complaire en ce sentiment : un an durant, je l'avais porté en moi sans le savoir!

XV

Je dus rentrer à Marmoutier sans avoir revu M. René Chambrun et après avoir promis solennellement à grand'mère de détourner par tous les moyens ma pensée de ce jeune homme. Comment en étais-je venue à prêter un tel serment ? Par une sorte d'horreur que l'on était arrivé à m'inspirer pour ce qu'on appelait « mon exaltation déréglée ». Sans doute, comme tous les enfants, je ne me privais pas de « blaguer » un peu ma grand'mère ; mais, tout de même, je la respectais infiniment, et je savais que c'était elle, dans toute la maison, qui « avait le plus de tête ». Il fallait donc qu'il y eût quelque chose de répréhensible et de mauvais dans mon amour, pour qu'elle le poursuivît d'une telle réprobation. Par moi-même, je n'en découvrais pas le défaut, puisque, au contraire, cet amour me paraissait magnifique et n'avait pour effet que de tout embellir. Mais une si glorieuse beauté des choses, un si merveilleux enivrement, c'étaient peut-être là de ces joies profanes qui ne sont pas permises? Et je crus, ma foi, avoir trébuché dans la voie si droite que je m'étais proposé de suivre toujours. Je me crus coupable; je tins mon amour pour inavouable, et peut-être même pour un peu honteux, parce qu'il était trop fort. Ma conscience, pour la première fois, fut sérieusement troublée. Je me confessai, dès mon arrivée au couvent. J'avouai à M. l'aumônier que j'avais un sentiment violent, réprouvé par ma famille. Je me souviens d'un mot employé par moi et qui fit tressauter ce pauvre M. l'aumônier; il me demandait :

— Mais enfin, ma très chère fille, comment aimez-vous?

Je répondis :

— Éperdument!

Oh! comme ce mot me fit plaisir à dire! On n'était pas au confessionnal pour se flatter, se faire valoir : si mon amour était coupable, c'était là que j'en pouvais parler. Et quel besoin j'avais d'en parler!... L'aumônier s'en aperçut bien; il m'interdit de lui en parler autrement que par « oui » ou par « non » en réponse aux questions qu'il m'adresserait lui-même. Il arriva qu'il ne m'adressa aucune question; alors je lui dis : « Mon père, vous oubliez... » Il m'interrompit vivement : « Je n'oublie rien, ma fille! » J'étais stupéfaite qu'il me donnât l'absolution sans que je lui eusse parlé de mon péché.

Je ne manquai pas, bien entendu, d'en parler à madame du Cange, et en faisant la grande pécheresse. J'avais un plaisir et un orgueil singuliers à faire la pécheresse. Mais madame du Cange, pas plus que l'aumônier, ne me laissa aller sur cette pente. Qu'elle était fine, et avertie! Qu'elle connaissait les replis de notre esprit! Elle comprit immédiatement, à mon ton, à mon empressement à m'accuser, que je ne demandais qu'à la prendre pour confidente, et elle me dit :

— Mon enfant, il faut terrasser votre ennemi par le dédain et par l'oubli : l'arme la plus efficace est le silence; ne pensez pas à votre ennemi; ne parlez pas de lui; il mourra de dépit.

Je n'étais pas la seule amoureuse; beaucoup de mes compagnes avaient pour constante préoccupation un jeune homme, et elles parlaient entre elles, de leur flirt, sans aucune vergogne et sans autre crainte que celle d'être entendues des maîtresses. C'étaient, en général, les mauvaises têtes. Elles ne se tracassaient point, ne prenaient certainement pour confidents ni l'aumônier, ni madame du Cange, et c'était pour moi un grand sujet d'étonnement qu'elles pussent porter si légèrement le poids d'un amour. Mon groupe, celui des « meilleures élèves », était beaucoup plus réservé; nous n'avions pas, comme les autres, coutume de passer allègrement par-dessus les barrières défendues, et nous n'osions pas, entre nous, nous reconnaître la même faiblesse que les mauvais sujets.

Il se produisit, d'ailleurs, cette dernière année, un scandale qui contribua à nous inspirer une grande honte des sentiments passionnés. Quelques-unes d'entre nous furent longtemps sans le comprendre, et Dieu sait si l'on s'appliqua à nous le dissimuler ; mais la monstrueuse chose transperça, grâce aux petites diablesses et à Canada, entre autres, qui, durant des semaines, ne purent s'entretenir d'autre sujet et qui s'amusèrent fort à nous en dévoiler tous les dessous.

Voici quel était le fait inouï, invraisemblable.

Pendant les vacances du Jour de l'An, un des jeunes frères de Jacqueline-Jeanne l'avait surprise dans un petit salon de l'hôtel paternel, seule avec le mari de sa sœur aînée, si laide, le capitaine de chasseurs, et lui tendant, entre les lèvres, un gros chocolat à la crème que l'officier était invité, prétendait le gamin, à venir trancher avec les dents.

Le vaurien racontait la scène à qui voulait l'entendre; le bruit s'en répandait aussitôt dans la maison et dans la ville. Le capitaine affirmait que son jeune beau-frère était un petit menteur fieffé, mais il était contredit par Jacqueline-Jeanne qui se déclarait enchantée d'avoir l'occasion de faire enrager sa sœur.

Si Jacqueline-Jeanne eût été mieux informée de ce qu'est la vie, de ce qu'est le mariage, et de ce qu'est l'amour, elle n'eût sans doute pas eu la cruauté de « faire enrager » sa sœur par un tel moyen; mais, comme nous toutes, elle ne savait qu'être une pensionnaire, et elle faisait enrager sa sœur comme on fait enrager une religieuse : par ce qu'elle croyait une espièglerie.

Jacqueline-Jeanne ne pouvait demeurer dans sa famille où elle causait un tel désordre; quand le scandale se répandit à Marmoutier, on ne put non plus la laisser parmi nous; elle fut isolée dans une annexe du couvent où se trouvaient les étables, sous la surveillance d'une religieuse que l'on nommait « la sœur vachère ». Elle ne demeurait pas parmi nous ; mais, toutes, nous savions qu'elle était là, celle dont les lèvres avaient été, ou failli être, pour le moins, effleurées par les moustaches du bel officier !...

Nous professions, unanimement, cela va sans dire, le plus profond mépris pour Jacqueline-Jeanne ; sa conduite nous semblait dégoûtante, car le fait du chocolat à la crème s'aggravait de méchanceté et de félonie. Et puisque aussi bien le forfait n'avait pu être étouffé, on en utilisa la noirceur pour nous rendre horrible toute inclination irrégulière. Mon amour pour M. René Chambrun n'avait rien qui pût rappeler l'aventure de Jacqueline-Jeanne, mais l'opposition qu'il avait rencontrée de la part de toutes mes « autorités » me fit croire que mon amour pouvait contenir quelque germe odieux. Oh ! les efforts de ma pauvre tête pour ne pas penser à ce jeune homme !...

J'avais gravé ses initiales, au canif, dans le fond obscur de mon pupitre : en déplaçant une pile de livres, elles m'apparaissaient et me faisaient palpiter le cœur. Je les comblai avec de la mie de pain. Mais je regardais fréquemment sous les livres, afin de voir si la mie de pain tenait encore ;

d'ailleurs la mie de pain, dans le creux des deux majuscules, les faisait maintenant sortir en relief et elles étaient plus apparentes. Je tailladai ces initiales dans tous les sens; elles disparurent; il resta à leur place une sorte de godet, une dépression arrondie, au fond de mon pupitre, qui était beaucoup plus remarquable que les initiales elles-mêmes, et qui ne devait que me rappeler M. René Chambrun, tant que je conservai ma place à ce pupitre.

Certaines, parmi nous, notamment Canada, qui avait tous les talents, sauf celui d'être « sage », faisaient des vers à leur bien-aimé, et afin que les maîtresses n'en eussent pas connaissance, elles roulaient en boulettes la feuille de papier couverte de leur épanchement lyrique, et elles la mâchaient et l'avalaient. Moi, j'écrivais à l'envers de l'enveloppe de mes livres : « Je n'aime plus R. C. » Et, comme je voulais offrir ce sacrifice à Dieu, j'écrivis la première lettre de chaque mot de ce renoncement sur mon paroissien, sur mon livre de cantiques : « J. N'A. P. R. C. ». Cette inscription mystérieuse se renouvelait presque à toute page, afin que je la pusse méditer constamment et m'imprégner de l'effort volontaire qu'elle contenait.

Un jour, à la chapelle, je sentis un long corps

mince se faufiler derrière moi; un souffle m'effleura la nuque, et une main saisit mon livre de cantiques et l'emporta en me laissant le sien en échange : c'était madame du Cange. Elle me fit appeler après l'office, et me demanda le secret d'une inscription si fréquemment répétée. Je me refusai obstinément à le lui dire, et je ne sais vraiment pas pourquoi, puisque, peu de temps auparavant, j'avais la rage d'entretenir madame du Cange de ma passion : ne pouvais-je lui dire que par là je m'affirmais que cette passion avait pris fin? Je fus punie, sévèrement, ostensiblement, de la manière la plus humiliante. C'était ma première punition depuis que j'étais élève au Sacré-Cœur. Je perdis mon ruban, ma médaille, mon médaillon. Mon groupe était stupéfait, atterré; le groupe de Canada exultait. Ce n'était pas la peine d'avoir été une perfection pendant huit ans, pour terminer par une chute si piteuse! On citait le nom de Jacqueline-Jeanne à côté de mon nom, on était tout près de confondre nos cas! Cependant mon pupitre était fouillé minutieusement, et madame du Cange pouvait lire, en toutes lettres, à l'envers de mes enveloppes de livres, le sens de l'inscription fameuse. J'étais assez naïve pour croire qu'elle allait s'en trouver rassurée et me faire amende honorable ; aujourd'hui, je comprends qu'elle ne se leurra pas un seul instant, et qu'elle savait qu'afficher partout qu'on n'aime plus c'est crier qu'on aime...

Un jour de la fin de juillet, tout proche de la fin de l'année scolaire, madame du Cange me prit à part, pendant une récréation, me fit avec le pouce le petit signe de croix sur le front, et causa avec moi, familièrement, comme par le passé, devant toutes mes compagnes étonnées. Elle semblait avoir complètement oublié les mesures de rigueur qui m'avaient frappée, et la gravité de leur cause; par une telle manifestation amicale, en tout cas, elle les effaçait publiquement. Elle m'annonça que cette même fin d'année nous verrait nous éloigner de Marmoutier en même temps, moi comme elle-même : elle venait d'être nommée Supérieure à la maison d'Arras. La nouvelle n'était pas connue du pensionnat, elle m'en faisait à moi la faveur et, même, elle me priait de la tenir secrète, « parce que, me dit-elle, une autorité que l'on ne sent plus d'une stabilité parfaite, cesse d'être une autorité ». Et elle me parla affectueusement de mon avenir, en me recommandant discrètement le respect absolu de la volonté de mes parents, mais sans préciser le point délicat sur lequel devait porter particulièrement mon respect. Sur ce point délicat elle observa, elle, la discrétion la plus complète : on eût juré qu'elle n'avait jamais été témoin de la grande perturbation de mon cœur. Son ton avait la même tendresse qu'avant ce terrible orage, elle ne me parla que des qualités que j'avais témoignées durant mes huit années de pensionnat, de ma piété, de ma docilité, de ma douceur, et elle m'exhorta à ne jamais m'en démunir au cours de la vie qui allait s'ouvrir pour moi. Mais de cette vie qui allait s'ouvrir, elle ne me dit rien; elle ne prononça pas le mot « mariage », prohibé au couvent parce qu'il exalte les imaginations; elle me dit seulement une sorte de parabole qui me parut singulièrement juste, plus tard :

— Mon enfant, vous êtes la chrysalide parvenue aux derniers jours de son évolution, vous avez été tenue ici soigneusement et chaudement, afin que vos ailes aient le temps de prendre la force de ne jamais vous laisser tomber à terre : demain le papillon va s'envoler...

Moi, j'avais envie de la supplier : « Madame! un mot, je vous en prie, de ce grand sujet qui m'a valu, dernièrement, de votre part, tant de honte!... Je vous ai confié un jour que j'aimais, il m'a été répondu que je ne devais pas aimer; et puis j'ai écrit partout que je n'aimais plus... Voilà le premier rayon de soleil qui a percé le cocon de la chrysalide : quelle étrange lumière! quelle troublante annonce de la vie nouvelle!... »

Mais il sembla bien résulter de notre entretien que tout ce que madame du Cange pouvait faire, c'était d'oublier que ce rayon prématuré avait traversé l'enveloppe de la chrysalide, que son rôle se bornait à garantir les chrysalides, qu'enfin ce rayon brûlant, qu'on ne me faisait plus grief d'avoir reçu, maintenant que nous étions à la veille de la sortie du couvent, n'était peut-être si redoutable que parce qu'il était prématuré... que peut-être il n'avait causé ma disgrâce que parce qu'il rompait l'ombre propice au bon ordre du pensionnat... Mais au papillon l'ardent soleil est-il contraire?

XVI

La première nouvelle que j'appris, à mon arrivée à Chinon, fut que le « docteur Chambrun », — on l'appelait comme cela depuis qu'il avait passé sa thèse, — était installé à Vendôme depuis deux mois, et qu'il était déjà fiancé à une jeune fille de cette ville. Je m'y trouvais déjà préparée, bien qu'on mît un soin particulier à me la cacher; j'avais remarqué des chuchoteries chez les Vaufrenard, qui m'avaient fait l'oreille plus attentive; j'imaginai la nouvelle à peu près complète, sauf le nom du lieu de l'installation, ce qui ne diminua en rien mon émotion, lorsque la nouvelle me fut annoncée sur un ton de compassion par Henriette Patissier. Mais, sans commettre un gros mensonge, je pus répondre à cette obligeante amie :

— Parfaitement!... Je sais!

Ce cher M. Chambrun n'avait jamais fait grande attention à moi. Il m'avait adressé, deux années de suite, le même compliment; il avait causé plus volontiers avec moi qu'avec les autres jeunes filles, parce qu'il s'intéressait, comme moi, à la musique. Mon poème d'amour ne reposait sur aucune réalité. Cependant, il avait bouleversé deux années de ma vie!...

A part mademoiselle Patissier, personne ne me parla de la nouvelle. D'ailleurs, le jeune docteur installé à Vendôme et marié, il n'y avait plus guère de chances qu'il vînt chez les Jarcy qui ne lui étaient même pas parents; il disparut de notre horizon.

Quant à moi, du jour où je connus la nouvelle, et du moment même où j'en remerciai d'un sourire mademoiselle Patissier, je me jetai à corps perdu dans la musique. Pour m'épargner de sourire plus longtemps à mademoiselle Patissier, j'allai m'asseoir au piano et me mis à exécuter de mémoire une polonaise de Chopin avec une fougue où toute ma fièvre passa. Ce n'était pas le dépit de n'avoir pas été aimée; ce n'était pas une rage contre mademoiselle Patissier qui m'animaient, car, alors, mon jeu eût été défectueux, c'étaient toute la frénésie et en même temps tout l'ordre secret de Chopin qui me possédaient, et qui épuisaient, en la réglant, ma force nerveuse. Le génie de la sensibilité m'apparut et me secourut; je crus voir ce Chopin, dont M. Vaufrenard m'avait beaucoup parlé, agiter près de moi sa figure pâle, son long corps souffrant, et me promettre un ravissement du cœur moins trompeur que celui de l'amour. Je fus sûre que je tenais au bout de mes doigts mon secours, une espérance, un avenir; et, franchement, j'étais radieuse quand je terminai mon morceau au milieu des applaudissements. Ni M. Vaufrenard, ni M. Topfer n'applaudissaient, mais je vis dans leurs yeux qu'ils étaient étonnés; ni l'un ni l'autre ne me firent de reproches : de leur part, c'était la meilleure marque d'approbation que l'on pût recevoir. A la façon dont ils insistèrent pour que je revinsse jouer tous les jours, je vis bien que cela marchait!... Je n'avais pas fait beaucoup de piano pendant l'année; mes doigts n'étaient pas ce qui avait progressé en moi, mais, en moi, quelque chose avait mûri, sans quoi toute exécution musicale n'est que bien pauvre mécanique. Oh! quel miracle peut accomplir en nous une grande douleur!

Je ne voulais plus entendre parler que de musique. Je me faisais conduire jusqu'à trois fois par jour chez les Vaufrenard que mon ardeur enchantait et qui ne se lassaient pas plus que moi de faire de la musique. Maman m'accompagnait, la plupart du temps, elle-même, et sur l'ordre de grand'mère qui ne voulait plus que l'on me quittât d'une semelle depuis qu'une fois j'étais tombée amoureuse d'un jeune homme sans qu'aucune personne de la famille s'en fût aperçue.

Et c'était, chez les Vaufrenard, dans ce salon au parquet de plus en plus piqué par la pointe du violoncelle de M. Topfer, un concert perpétuel. Madame Vaufrenard m'avait abandonné complètement le piano, disant que je la dépassais de façon humiliante pour elle. Le dimanche, il y eut bientôt un tel empressement à venir nous entendre, que la place fut insuffisante à loger nos auditeurs, et l'on dut organiser des séries d'invitations.

Les Vaufrenard étaient ravis ; moi, j'étais sérieusement éprise de musique et un peu éblouie ; et il me semblait, — mais c'est toujours comme cela quand on se passionne, — que rien de ce que j'avais éprouvé jusque-là ne m'avait autant enthousiasmée. Amour divin, amour terrestre, et cet appétit de beauté qu'on a avant d'avoir beaucoup fréquenté les hommes, est-ce que la musique ne satisfait pas tout cela? Elle ne leurre pas, elle ne trahit pas, elle est présente à notre appel, et il semble qu'elle nous rende amour pour amour... Je crois que j'étais heureuse... Quelquefois, quand, assise à mon balcon, le bras couché sur l'appui de fer, et les lèvres sur le dessus de ma main, selon mon habitude d'enfance, je regardais l'œil de la citerne qui déjà avait pour moi signifié tant de choses, il me semblait refléter pour moi, non un bonheur joyeux, mais un état où la tristesse, loin de nuire au plaisir, le rend plus grave et plus profond... Je crois que j'étais presque heureuse...

On me fêtait beaucoup, on me comblait de compliments ; mais, si inexpérimentée que je fusse, je sentis bien vite que tout ce monde, qui se pressait et s'inscrivait pour venir m'entendre, ne me traitait pas avec la franche cordialité qu'il accordait aux jeunes filles ordinaires. Tant que je n'avais fait que jouer du piano d'une manière agréable, cela allait bien ; mais à mesure que je me distinguais et que ce qu'on appelait à présent « mon talent » valait la peine qu'on se bousculât pour en jouir, une nuance était très apparente dans les rapports des uns et des autres avec moi et même avec ma famille. Je me demandai un moment si cela ne provenait pas de l'état assez malingre de notre fortune, de ce que la ferme de la Blanchetière avait été enfin vendue, de ce que mon frère avait dû renoncer à faire son droit à Paris, et avait demandé lui-même à entrer dans une maison de commerce ; tout cela pouvait y avoir contribué, mais je vis bien qu'il y avait autre chose, et c'était ce qu'on appelait « mon talent ». « Mon talent » me faisait sortir du commun. Les personnes qui étaient de Paris l'admettaient, certes ! mais, autour de nous, cela n'était pas jugé très « comme il faut ». Grand'mère, un beau jour, prononça le vrai mot :

— Une jeune fille bien élevée ne doit pas se faire remarquer.

Grand'mère, depuis le commencement de ces petits succès, boudait. Elle n'avait osé rien dire tout d'abord, parce qu'en même temps son amour-propre était flatté par les compliments adressés à sa petite-fille. Mais son silence lui pesait davantage à mesure que nos auditeurs du dimanche me plaçaient en vedette, et il était visible qu'elle eût donné plus tôt son opinion, si elle n'eût redouté d'être désagréable aux Vaufrenard. Elle devait aux Vaufrenard quelque obligation particulière, car elle avait pour eux des ménagements qui m'étonnaient ; elle les écoutait ; c'étaient eux qui avaient conseillé de placer mon frère dans une maison de carrosserie à Tours ; quel ascendant fallait-il qu'ils eussent acquis, pour avoir fait vaincre à mes parents leur préjugé des « professions libérales » ! Eh bien ! malgré cela, elle leur gardait une muette rancune, ainsi qu'à ce pauvre M. Topfer, — mais à celui-là elle en avait toujours voulu, à cause de la pointe de son violoncelle...

Ah! si elle eût eu seulement le soupçon de ce que les Vaufrenard et M. Topfer préparaient dans l'ombre !... Mais, moi-même, qui étais l'héroïne du complot tramé par eux, je l'ignorais !

Monsieur et madame Vaufrenard commencèrent tout doucement à insinuer à ma grand'mère qu'il ne fallait point croire que, parce que j'étais sortie de pension avec un assez joli talent de pianiste, je pouvais désormais me passer des leçons d'un très bon professeur. Bienheuré, qui, en un petit nombre d'années, m'avait amenée au résultat que l'on constatait, pouvait être reconnu comme très bon professeur ; il s'agissait, pour moi, de ne pas être privée complètement de son concours, si je ne voulais pas perdre les qualités acquises.

Grand'mère prit tout d'abord ceci pour une plaisanterie. M. Vaufrenard passait pour « manier l'ironie », et, à cause de cette réputation, complètement usurpée, d'ailleurs, on se méfiait généralement de ses paroles. Mais madame Vaufrenard, nullement suspecte du même travers, étant revenue à la charge, la première rebuffade de grand'mère se traduisit par ces mots :

— Que me veut-on? Se moque-t-on de nous?...

Puis son ressentiment, depuis longtemps comprimé, éclata. Elle incrimina les idées des Parisiens; ils étaient fort intelligents, c'était jugé, et remplis de qualités d'agrément avec lesquelles notre petite société ne saurait rivaliser; mais les vertus de cette petite société, il ne s'agissait tout de même pas de les mépriser, ni d'avoir l'audace de les remplacer. Elle savait, elle, ma grand'mère, ce que c'était qu'une jeune fille bien élevée et ce que c'était qu'une femme honnête : la principale qualité de l'une est la modestie, et de l'autre le dévouement aux enfants. Que prétendaient faire de moi les Vaufrenard? Une orgueilleuse. A quoi aussi m'exposaient-ils? A ne pas être demandée en mariage.

Les Vaufrenard patientèrent, parurent s'incliner devant les raisons de grand'mère; entre temps, ils entreprirent mon grand-père et maman. M. Topfer, qui parlait moins qu'eux, était le plus acharné à me faire poursuivre mes études.

Sur ces entrefaites, mademoiselle Patissier fut demandée en mariage par un ingénieur, jeune, bien de sa personne, et dirigeant une papeterie dans l'arrondissement. Les parents firent les difficiles et n'accueillirent pas la demande. Mais l'événement produisit une forte impression sur ma famille. Mademoiselle Patissier n'était, franchement, pas belle ; son éducation avait été moins soignée que la mienne. Restait à son avantage qu'elle possédait un dot assez rondelette, — quoique les parents se fissent passer pour plus riches qu'ils n'étaient, — et qu'elle ne tirait point vanité de talents particuliers, comme je faisais, moi. Grand'mère ne voulut retenir que cette dernière raison de plaire. Les Vaufrenard avaient le toupet de lui dire :

— La dot ! madame Coëffeteau, la dot a une bien grande importance...

Une seconde fois, durant cette même période des vacances, mademoiselle Patissier fut demandée. C'était encore un beau parti, que les Patissier dédaignèrent. Une des petites de la Vauguyon se maria, elle, tout de suite. Je ne fus pas demandée en mariage. Il n'y avait point d'applaudissements à mes matinées du dimanche qui pussent atténuer l'humiliation qu'une telle infériorité causait à ma famille. La demande en mariage, à présent, devenait le seul motif de fierté. A ces matinées, où l'on se pressait pour m'entendre, il était évident que c'était mademoiselle Patissier qui triomphait.

Ces événements affermissaient à la fois ma grand'mère dans son parti de mettre une sourdine à mon piano, et les Vaufrenard dans le leur, qui consistait au contraire à me faire cultiver le piano plus fortement encore. La situation devenait difficile. Mon grand-père et maman ne savaient de quel bord se ranger ; tous deux, je le crois, partageaient, intimement, les opinions de grand'mère et ils avaient, en outre, la terreur de paraître s'opposer à ses vues ; mais tous deux, plus que jamais, étaient entre les mains des Vaufrenard chez qui se passait leur vie, chez qui ils prenaient tout leur plaisir, et à qui, enfin, ils avaient, dans le moment présent, c'était assez clair, de grandes obligations.

Car mon frère, même à Tours, et chez son carrossier, avait continué à faire des siennes.

Grand-père reçut, un beau jour, une lettre d'une

certaine dame Pandille, propriétaire, rue Néricault-Destouches, à Tours. Elle réclamait plusieurs termes d'un appartement « comprenant salon, salle à manger, boudoir, chambre à coucher avec cabinet de toilette, salle de bains, etc. », loué au nom de M. Paul Doré, employé, rue Royale, chez le carrossier Bizienne.

Grand-père alla à Tours, aux renseignements, pendant qu'à la maison grand'mère était affolée non seulement parce qu'elle prévoyait un abîme nouveau où le reste de la fortune allait s'engloutir, mais parce qu'un malencontreux hasard avait voulu que j'eusse connaissance, moi, une jeune fille, de la lettre de madame Pandille. Je lisais souvent son courrier comme son journal à grand-père dont les yeux se fatiguaient. Et j'avais entendu grand'mère dire à maman : « Crois-tu qu'elle ait compris ?... »

Que j'eusse compris ou non, il était bien malaisé de me cacher désormais le reste de l'histoire. Notre Paul avait bel et bien signé un bail de « trois-six-neuf » pour un appartement de huit cents francs qu'il habitait « bourgeoisement », affirmait la propriétaire, dans les nouveaux quartiers, avec balcon sur le Jardin-des-Prébendes-d'Oë. Au troisième terme impayé, la dame Pandille avait fait sa petite enquête, et connu notre adresse à Chinon.

A l'appartement en question, grand-père, s'armant de courage, s'était aussitôt fait conduire, et qui y avait-il rencontré? Non pas Paul, non pas même la femme avec qui il s'apprêtait à jouer le rôle du père Duval chez Marguerite Gautier, non! mais une négresse coiffée d'un madras aux couleurs de cacatoès, sachant à peine le français, jouant l'imbécile, et, autour d'elle, trois petits chiens, trois amours de petits chiens : un « loulou », un « fox » et un « papillon », qui s'ébattaient dans l'antichambre au milieu d'une atmosphère outrageusement parfumée. Je vis grand-père donner à sentir son pardessus qu'il en croyait encore tout imprégné. On ne pouvait s'entretenir d'autre chose; on parla à table de l'affaire, en la rendant autant que possible inoffensive à mes oreilles.

— Mais, lui, Paul, l'as-tu vu à son bureau? demandait grand'mère; que lui as-tu dit?

Grand-père n'avait point trouvé Paul à son bureau, non plus que le carrossier Bizienne. Il s'était fait conduire chez la dame Pandille qui avait eu le front de lui dire : « Ah! vous venez de voir le petit appartement, monsieur; eh! bien, est-il assez coquet?... croyez-vous qu'il ne vaut pas son prix? » — « Je ne dis pas le contraire, madame; mais là n'est pas la question : vous avez traité avec un gamin sans aucune fortune personnelle, je vous en avertis; je ne paierai pas pour lui, je vous en donne ma parole; saisissez-le, si bon vous semble; celui lui servira de leçon!... »

— Allons, chut!... — dit grand'mère, — je suis persuadée que l'affaire s'éclaircira et qu'il y a malentendu. Paul sortira innocent de cette affaire...

A l'attention que je mettais involontairement à écouter, elle avait craint que mon imagination ne vagabondât...

Personne, à la maison, n'ignora, pourtant, que grand-père, à un second voyage à Tours, était retourné se heurter à la négresse, à son madras, aux trois petits chiens, et qu'il avait été reçu, cette fois, par une demoiselle Irma, chanteuse excentrique à l'*Alcazar*, « point vilaine du tout », laquelle avait déclaré que le bail de l'appartement avait été repassé à son nom et qu'elle ne serait pas embarrassée d'en payer même l'arriéré, si « cette petite canaille de Paul » — elle usa contre mon frère d'un terme plus offensant encore, — n'était pas capable de faire honneur à ses engagements. Ces seuls mots, vifs, mais adroits, donnaient immédiatement à l'affaire un tour imprévu, et, pour épargner à son petit-fils d'être de nouveau traité comme il venait de l'être, grand-père se levant, redressant sa taille, avait annoncé à la « personne » que son petit-fils était homme d'honneur et que l'arriéré jusqu'à ce jour serait soldé dans la semaine.

Tout ceci fut conté chez les Vaufrenard et y passa de bouche en bouche, surtout l'issue de la visite chez la demoiselle Irma, dont grand-père se vanta trop. La demoiselle Irma, sur l'assurance que l'arriéré n'imcomberait pas à ses soins, aurait failli sauter au cou de celui qui lui faisait cette bonne promesse, et mon grand-père disait aux Parisiens, dans le tuyau de l'oreille : « Il n'aurait tenu qu'à moi d'augmenter la dette de la famille !... »

La dette de la famille, même réduite aux seuls excès de Paul, il l'avait fallu solder dans la semaine, et c'était à l'obligeance des Vaufrenard que mon frère, chez la chanteuse excentrique, faisait figure d'homme d'honneur.

Par là, M. Vaufrenard commençait d'arriver à ses fins : il avait pris hypothèque sur la maison qu'il occupait, et, les besoins de ma famille ne pouvant que s'accroître, il espérait, dans un petit nombre d'années, avoir acquis le droit de faire combler les celliers, selon la perpétuelle menace dont il taquinait ma grand'mère.

Il se montrait de plus en plus tendre et zélé pour moi. Lui, sa femme et M. Topfer m'enveloppaient de soins qui dissimulaient mal une légère vanité de connaître mieux mes intérêts que ne le faisait ma famille. Ceci était sensible à mille petits détails, à des hochements de tête, lorsqu'il était question de la désolante folie de mon frère ou de l'extraordinaire indulgence de mes parents pour ses fredaines, à un parti pris évident de détourner la conversation lorsque grand'mère, de qui c'était la marotte, parlait mariage : « A supposer que Madeleine épouse un propriétaire... Pour peu qu'elle habite dans un rayon de dix kilomètres... L'année prochaine? ah! d'ici là, il peut se produire bien des changements à la maison !... » Entre mes trois amis et moi, lorsqu'il s'agissait d'un jeune homme, d'une jeune fille, de convenances de famille et de fortune, il leur échappait de me dire tout à coup : « Toi, Madeleine, ton piano... » J'avais une telle passion pour mon piano, que je ne savais pas s'ils voulaient dire que mon amour pour le piano m'empêchait de m'intéresser à ces anecdotes matrimoniales, ou, si, le mariage étant peu fait pour moi, j'avais bien raison d'aimer le piano. Mais je soupçonnais depuis longtemps qu'ils avaient à me dire quelque chose de positif à ce propos.

Un matin, — c'était vers la fin des vacances, et M. Topfer était sur le point de s'en retourner à Angers, — je les trouvai tous les trois réunis au salon, contrairement à la coutume, car, d'ordinaire, c'était surtout M. Topfer qui s'occupait de moi ; et l'on n'en finissait pas de commencer la leçon. Les deux hommes semblaient émus et ne soufflaient mot ; madame Vaufrenard les attendait à parler, et n'était là, sans aucun doute, que pour amortir les chocs, s'il en devait résulter d'une conversation que tout annonçait importante. Ce fut elle qui se décida à prendre la parole. Elle le fit sur un ton plaisant, en m'appelant « Mougeasson », comme lorsque j'étais petite fille :

— Mougeasson, me dit-elle, voyons, que penserais-tu, pour toi, par exemple, d'entrer au Conservatoire ?

Alors et aussitôt, mes deux bonshommes, qui n'avaient été capables de rien dire, s'agitèrent en même temps, battirent des mains, poussèrent des « ah ! » des « oh ! » firent grand bruit, sans rien articuler de précis. J'étais un peu abasourdie, mais pas extrêmement surprise, car j'avais deviné depuis beau temps qu'ils pensaient pour moi au Conservatoire. Je dis, immédiatement :

— Mais... grand'mère ?...

Ils s'écrièrent, tous les trois :

— Ah !... voilà !...

Au fond, ils semblaient, Dieu me pardonne ! faire assez bon marché de grand'mère. On eût juré qu'ils la tenaient dans la main, ce qui me paraissait, tout de même, une illusion un peu présomptueuse. Ou bien ils pensaient qu'elle ne pouvait rien leur refuser pour le moment, ou bien ils avaient remarqué depuis longtemps que la plupart des orgueilleux principes de madame Coëffeteau fléchissaient en définitive, lorsqu'on les menait au pied de ce mur idéal qu'elle-même nommait : « les impérieuses nécessités de la vie ». Cependant, voyons, le Conservatoire !... Ce ne devait pas être ma grand'mère seule qui s'indignerait à ce mot, mais son mari, mais maman elle-même, mais toutes nos connaissances, sauf celles qui ne désiraient que ma ruine dans l'opinion publique. Les Vaufrenard habitaient depuis trop peu de temps la province pour concevoir l'énormité de leur projet. Moi, personnellement, j'avais bien pensé au Conservatoire, mais comme à un désir insensé... Et M. Topfer, lui, qui était d'Angers, savait pourtant nos préjugés ?... Une idée me vint : c'était que ni M. Topfer, ni les Vaufrenard n'ignoraient nos préjugés, mais qu'ils me tenaient nettement pour incapable d'être épousée, parce que je n'avais pas le sou. Ici, je retrouvai en moi encore une fois, un peu de l'âme de grand'mère ; je me sentis vexée, froissée dans mon amour-propre. Pourquoi ? Les Vaufrenard et M. Topfer ne faisaient que constater ce qui était; et ils cherchaient à me sauver... Mais je me disais : « Je ne suis pas déplaisante !... » Je peux bien le reconnaître aujourd'hui sans fatuité, j'étais assez belle fille ; j'étais, grande bien faite, avec des cheveux ! de quoi m'habiller presque tout entière... Il est vrai que j'avais entendu dire bien souvent à grand'mère : « La beauté, oh ! oh ! en voilà une chose qui ne pèse guère dans la corbeille de mariage !... » Quant à mon piano, j'avais renoncé, il le fallait bien, à le considérer comme un appoint quelconque pour le mariage, parce qu'il était admis que j'en jouais d'une manière qui dépassait la commune mesure... Les Vaufrenard et M. Topfer, qui portaient la responsabilité de m'avoir engagée hors de la route commune, voulaient du moins, par ce chemin de biais, me faire aboutir quelque part.

Alors, seulement, la sagesse de grand'mère m'apparut. C'était une triste sagesse, puisqu'elle consistait à briser sans merci tout élan qui nous pût élever au-dessus de la moyenne ; mais c'était vraiment la manière de vivre en parfait accord avec les gens de son monde. Elle n'employait point sa sagesse à rechercher si une telle modestie d'inspirations était conforme aux tendances de chacun, mais elle l'utilisait à faire ployer chacun sous la règle générale. C'est pour cela qu'elle avait tant fait la grimace lorsqu'il s'était agi de développer « mon talent ». Mais, à présent, comment revenir en arrière ? Au contraire, il fallait, à tout prix, avancer. C'est ce que comprenaient très bien les Vaufrenard et M. Topfer.

Nous fîmes, tous les quatre, le serment de taire le mot « Conservatoire », trop perturbateur, en vérité, de la paix publique, à Chinon ; mais nous nous conjurâmes pour nous procurer les moyens de préparer le concours. Ils affirmaient que les leçons de Bienheuré, combinées avec des exercices quotidiens sous la direction de monsieur et de madame Vaufrenard, pendant une année, me mettraient en état. A ce moment-là, eh bien! on aviserait.

Ces enragés Vaufrenard obtinrent ce qu'ils désiraient, c'est-à-dire qu'on me conduisît à Tours, chez Bienheuré, une fois par semaine. Quelle emprise merveilleuse fallait-il qu'ils eussent sur mes parents ! Leur pouvoir me parut extraordinaire. Grand'mère en me poussant davantage au piano semblait me conduire au sacrifice, mais elle m'y conduisait : les Vaufrenard y tenaient. Elle, si intraitable, si fière, quand elle avait dit, maintenant : « les Vaufrenard », elle avait reconnu ses maîtres. Elle ne se courbait pas de bonne grâce ; elle grommelait et pestait en dedans, mais cependant, rendait hommage à une puissance indiscutée, l'argent : les Vaufrenard l'avaient obligée pécuniairement.

XVII

Et chaque samedi, désormais, tantôt maman, tantôt grand-père, tantôt grand'mère elle-même, me conduisaient à Tours, entre deux trains, chez Bienheuré. Le samedi était le jour de la semaine où, de tout le département, on se rendait au chef-lieu ; si je me souviens bien, il y avait, ce jour-là, une réduction sur les tarifs du chemin de fer. De sorte que nous faisions l'aller et le retour, ordinairement, de compagnie. Pendant six semaines, nous nous trouvâmes à la gare avec la famille de la Vauguyon adonnée à la confection du trousseau de son aînée. Cette aînée n'était pas mariée, que l'on nous annonça les fiançailles de la cadette ; et la famille continua à aller le samedi à Tours, pour le trousseau de la seconde fille. Puis ce fut une des demoiselles Pallu, que j'avais moins fréquentée que les Vauguyon, mais enfin que nous connaissions. Quand ces jeunes filles avaient parlé avec volubilité, sur le quai de la gare et durant le trajet, de leurs toilettes, de leur voile, de leur sac de voyage, de la future soirée de contrat, et des cadeaux sur lesquels elles comptaient, elles me disaient et me répétaient volontiers : « Et vous? vous allez toujours chez votre professeur de piano ?... » Encore celles-ci étaient-elles discrètes ; mais, après Pâques, ces trois premiers mariages accomplis, ce fut mademoiselle Patissier qui, enfin, agréa un prétendant, et vint à Tours, pour son trousseau. Madame Patissier, en arrivant à Tours, ne manquait jamais de me dire : « Mademoiselle Madeleine, vous, vous allez être encore plus savante, ce soir!... » Et, un jour que c'était ma grand'mère qui m'accompagnait, elle lui décocha ce trait : « Mais, madame Coëffeteau, vous allez donc faire de votre petite-fille une professionnelle! »

Ma pauvre grand'mère en devint verte. Rien ne pouvait la blesser davantage. Elle ne trouva rien à répliquer, elle qui avait pourtant le verbe haut et l'habitude du dernier mot. Elle feignit de prendre la chose en plaisanterie et s'obligea à un sourire qui me toucha, moi, profondément, et me remplit de pitié. Je fus sur le point de lui dire : « Grand'-mère, n'allons plus chez Bienheuré ! » et de renoncer, pour ne pas lui faire trop de peine, à cet avenir musical qui m'exaltait pourtant, qui absorbait toute la force de mon âge et me maintenait un peu dédaigneuse des railleries sournoises dont on nous accablait. Mais n'aller plus chez Bienheuré, c'en eût été bien d'une autre !... car grand'mère n'admettait pas que l'on revînt sur un parti quand une fois on l'avait adopté. Loin de me savoir gré d'interrompre mes leçons, elle m'eût fait observer que ce n'était pas la peine alors de les avoir commencées et d'en avoir fait la dépense depuis huit mois, ainsi que celle de si nombreux déplacements. Nous continuâmes donc d'aller chez mon professeur de piano, et je fus chaque samedi soir « plus savante ». Petit à petit, d'ailleurs, cela passa à l'état d'habitude ; on n'interrompit ces voyages hebdomadaires qu'aux grandes chaleurs de juillet.

Je devais être prête, cette année-là, à concourir ; mais personne n'osa aborder devant ma famille un sujet si scabreux. Nous fûmes mal favorisés, aussi : M. Topfer était obligé de retourner à Contrexéville; M. Vaufrenard était anéanti par des crises de coliques hépatiques, et ce qu'il y avait de pire, c'était que madame Vaufrenard prétendait que la seule appréhension d'aborder ce redoutable sujet devant ma grand'mère lui avait « tapé sur le foie ». Lui-même disait : « Attendons, patientons ; nous avons le temps, que diable !... Ah ! il nous faudrait un petit événement, un prétexte, je ne sais quoi !... » Je crois qu'il commençait à comprendre la vanité d'un projet qui consisistait à heurter nos usages.

XVIII

Les matinées du dimanche étaient interrompues par l'absence de M. Topfer et la maladie du maître de la maison. Il faisait une chaleur torride ; tout semblait anéanti ; on grillait sous le soleil, pendant la journée, et, le soir, mes grands-parents, maman et moi, nous nous rendions chez les Vaufrenard afin d'essayer de surprendre un peu d'air dans le Clos, où l'on s'asseyait ou s'étendait sur l'herbe. Ces soirs lourds d'été, que l'on s'accordait à trouver suffocants et intolérables, me remplissaient pourtant d'un trouble secret dont le souvenir me cause une nostalgie bien forte, et qui, sur le moment, dans ce temps-là, me donnait, au contraire, une nostalgie de l'avenir non moins déchirante. Je me souviens de l'odeur des herbes fauchées et du goût des vrilles de la vigne que je suçais, étendue sur le dos, en regardant le ciel scintillant. De quoi avais-je une envie si ardente? Je n'en savais rien, je n'en sais rien; il me semblait que c'était de quelque chose d'immense et de beau qui était épars sous cette voûte d'étoiles, dans cette vallée endormie, et qui se balançait avec le vol des chauves-souris, me soulevant le cœur, à chaque oscillation. Quand un peu d'air passait, tout le monde le signalait, et madame Vaufrenard, qui faisait volontiers l'enfant, disait: « Petit air! petit air! ne t'en va pas! » Moi, j'avais la chair de mes bras, toujours fraîche, sur laquelle j'appuyais, de temps en temps, ma joue et ma bouche. Quand j'essaie de me rappeler ce qui dominait en moi, dans ces moments, je crois que c'était cette idée: « Il est impossible que la vie ne m'apporte pas quelque chose de délicieux!... » Et j'avais confiance, et la grande chaleur ne m'incommodait pas.

Déjà les souvenirs du couvent s'éloignaient; j'étais sortie de Marmoutier depuis un an, et toutes les images que mes rêveries m'en rapportaient me paraissaient petites comme si elles étaient vues par le gros bout de la lorgnette. Mais le souvenir de mon amour imaginaire, quand il revenait, lui, me serrait à la gorge. Je détestais cet homme qui m'avait bouleversée, mais dans les rêveries, n'est-ce pas? on se demande volontiers : « Quand est-ce que j'ai été le plus heureuse? » Eh bien! j'avais été le plus heureuse quand j'étais tourmentée par lui!

On entendait les petites notes isolées et mélancoliques que poussent les crapauds, le soir, dans les vergers, et ces bruits singuliers qui viennent des rivières d'où le moindre son est renvoyé au loin : le saut d'une carpe hors de l'eau, le choc des avirons sur une toue, ou le heurt de la boîte où Gaulois enfermait le produit de sa pêche.

Presque en même temps, vers le 20 août, les grandes chaleurs s'apaisèrent. M. Vaufrenard se trouva rétabli, M. Topfer eut terminé sa saison d'eaux. L'animation des vacances reprit à Chinon, et nous vîmes venir nos jeunes mariées de l'année, du moins une des Vauguyon dont le mari était du même canton que nous, et l'ex-Henriette Patissier qui s'appelait à présent madame Boiscommun et était déjà dans l'attente d'un bébé. Son mari était ingénieur et construisait des bateaux pour les chantiers de la Loire, à Saint-

Nazaire; ils avaient de nombreuses relations et paraissaient au comble du bonheur. Jamais ni Henriette, ni sa mère, madame Patissier, ne se montrèrent, pour moi et pour toute ma famille, plus aimables. Ces dames voulaient à toute force me marier. Grand'mère ne fut pas immédiatement flattée d'un tel zèle, et le prit d'un peu haut; mais on ne voulut point s'apercevoir d'où elle le prenait; on redoubla de gentillesse. Moi-même, je ne faisais pas l'empressée; le mariage ne me souriait guère; et, pour rien au monde, nous n'eussions voulu tenir un mari de la famille Patissier! Mais Henriette, avec sa situation faite, son bonheur, sa grossesse, avait aux yeux de tous acquis sur moi, simple jeune fille, une autorité qui lui permettait de traiter d'enfantillages toutes nos tentatives de nous dérober.

Henriette en vint à me parler d'un jeune homme de Richelieu, de qui elle avait fait la connaissance à une soirée, à Nantes, et qui était, paraissait-il, amoureux de moi. Amoureux de moi!... un jeune homme!... Oui. C'était un jeune homme qui venait assez souvent à Tours, le samedi, depuis plusieurs années, qui avait une jolie moustache noire, des yeux très doux taillés en amande et des cheveux un peu ondulés... A la description, je reconnus bien en effet un jeune homme qui s'était, plusieurs fois, trouvé dans notre compartiment et qui me regardait si attentivement que j'avais cru, un jour, qu'il se moquait de ma façon de me coiffer ou de ma toilette. Il avait raconté à la jeune madame Boiscommun ces rencontres dans le trajet de Chinon à Tours. A la description qu'il faisait de moi et des personnes qui m'accompagnaient, elle n'avait pas eu de peine à me reconnaître, et elle s'était juré, disait-elle, de me faire épouser ce garçon d'excellente famille.

Le hasard voulut que grand'mère et maman eussent remarqué le jeune homme en chemin de fer et qu'il leur plût. Moi, je l'avais aussi trouvé bien ; il avait une figure d'une beauté un peu convenue, et qui, plus tard, quand j'eus compris ce que sont certaines physionomies d'hommes, m'eût certainement moins séduite ; mais pour moi, dans ce temps-là, ce « jeune homme du chemin de fer », comme nous l'appelions, était le mieux que j'eusse vu.

Je n'avais pas davantage pensé à lui, assurément, parce que j'étais toujours trop captivée par autre chose, par la pensée de M. Chambrun, dans un temps, ensuite par ma musique, par mes projets d'indépendance ; mais je sentais que s'il fallait me marier un jour, ce « jeune homme du chemin de fer » était de ceux que je pourrais aimer.

L'ennui, surtout pour mes parents, était que la proposition nous vînt par la famille Patissier.

Madame Boiscommun me disait :

— Il est musicien, ma chère!... Entre nous, c'est peut-être cela qui l'a attiré vers toi : il avait vu ton rouleau et il t'avait entendue, dans le train, parler de Bienheuré.

— Entre nous, faisais-je en souriant, il m'avait déjà fortement reluquée sans mon rouleau, quand j'étais encore pensionnaire...

En tout cas, il était musicien; il ne me déplaisait pas; et peut-être il m'aimait!... Oh! quel étrange effet cela vous produit, d'entendre dire, pour la première fois, qu'un homme vous aime! Les jeunes filles qui ont l'habitude du *flirt* ne peuvent pas comprendre cela... Mais quand on va atteindre vingt ans sans avoir connu ni la douceur de la parole d'un homme ni le serrement de main qui ne s'adressent qu'à vous, que c'est bon, mon Dieu! d'entendre dire que quelqu'un vous aime!

Ah! me voilà, tout à coup, dans un bel état! Avec cela, ne m'étais-je pas créé une sorte de fidélité de veuvage à mon premier amour? Oui, oui, c'était ainsi. L'amour, chez nous, était si suspect et si tôt coupable, qu'au moins fallait-il le couvrir d'une parure d'obligations et de sacrifices, pour nous innocenter à nos propres yeux. Et, comme on fait bon marché de l'avenir dans les héroïques résolutions de la jeunesse, je m'étais juré de n'aimer plus jamais! Le trouble qu'un manquement à mon serment me causait avivait mon désir de me précipiter dans quelque autre sentiment qui achevât de me troubler et me fît peut-être tout oublier.

En quelques jours, je construisis un second rêve autour de la figure de notre « jeune homme du chemin de fer »; je promenais partout avec moi son image, c'est-à-dire le souvenir de sa personne entrevue dans le coin d'un compartiment de seconde ou sur le quai de la gare de Tours; je mesurais ma taille à la sienne; je me demandais : « Pourrons-nous nous donner le bras facilement? » Il me semblait qu'il était plus petit que moi, et je me souviens que je me disais : « Mais, cela n'est pas mal du tout, qu'une femme soit plus grande que son mari... » Je me disais cela en regardant l'œil sombre de la citerne du père Sablonneau où les araignées d'eau gambadaient; une large taie verte en couvrait aux trois quarts la surface, et cela me fit penser, un moment, à la paupière presque entièrement abaissée d'un gros œil malin, qui sourit...

Enfin, j'étais déjà très empoignée par ce sentiment nouveau, quand ma famille se décida à ne pas dire non aux propositions de madame Patissier et de sa fille.

Madame Patissier et sa fille crièrent : « Bravo! » sautèrent de joie; elles jurèrent de leur immense amitié pour moi, pour nous tous; elles étaient si heureuses, si fières de contribuer à mon bonheur; elles firent tant de bruit, chez les Vaufrenard, où il y avait du monde, que beaucoup de personnes, déjà instruites, d'ailleurs, depuis quinze jours, par mille sous-entendus, ne purent rien ignorer du petit complot matrimonial.

Puis, le lendemain, aussitôt après le déjeuner, pour ne nous point manquer, madame Patissier vint à la maison s'informer du chiffre de ma dot : c'était essentiel.

Je ne sus pas ce qui fut dit pendant cette entrevue. Je tremblais, car ma dot devait être d'une maigreur repoussante. Mais madame Patissier sortit non moins rayonnante qu'à son arrivée; et, dans la ville, malgré toute la discrétion recommandée, il dut être bien impossible de ne pas savoir que la famille Patissier « me mariait ».

On attendit... Et pendant que l'on attendait, nous étions fort ennuyés que l'on parlât si haut de cette affaire.

Tout à coup, un dimanche, chez les Vaufrenard, la figure de madame Patissier est changée; madame Boiscommun nous regarde avec un air de condoléance, et l'on ne nous dit rien, qu'à la fin de la journée, quand tout le monde a vu ces mines de catastrophe. Qu'y a-t-il? C'est bien simple. Le père du jeune homme s'oppose absolument à tout mariage de son fils qui ne lui puisse permettre d'acheter une petite étude de notaire.

Et madame Patissier et madame Boiscommun de s'indigner contre des mœurs qui ne tiennent pas compte des sentiments et qui font du mariage une affaire. Les Vaufrenard font chorus. Toute ma famille les accompagne : n'est-il pas odieux qu'un garçon ne prenne femme que pour payer son étude?

La réprobation fut trop générale : un bien grand nombre de personnes, en vérité, condamnaient les usages reçus; mais en même temps, elles étaient informées que la petite-fille de madame Coëffeteau n'était pas en état d'être épousée par « un avorton de notaire », tel fut le mot qui courut la ville.

On avait pu jusqu'ici conserver quelque doute

sur notre état de fortune ; désormais, ma pauvreté se trouvait établie.

— On ne m'ôtera pas de l'idée, dit grand'mère, que les Patissier ont voulu nous humilier publiquement.

— Tu vois toujours le mal partout !... lui répondait maman.

Que d'émotions, dès lors, le samedi, quand j'allais prendre le train ! On ouvre une portière, au hasard ; on se demande : « Allons-nous tomber sur lui ? » S'il est là, s'enfuir vers une autre portière, que cela est gênant ! que cela a l'air sot ! car nous ne connaissions pas ce jeune homme ; nous n'étions pas censés savoir ce qui s'était passé entre nous. Et, sans même l'avoir rencontré, cela me mettait dans une singulière agitation de sentir dans le même train que moi un jeune homme qui, si quelques circonstances se fussent rencontrées, eût pu, après tout, être mon mari.

Quelle rêverie, de Chinon à Tours, de Tours à Chinon ! Que nous avons de contradictions dans l'esprit ! Je caressais un rêve dont la réalisation m'eût sans doute bien déçue. Mais on aime à désirer à côté du possible, à côté même de nos propres désirs. Comment pouvais-je souhaiter d'être jamais la femme de ce garçon, puisque le plan de vie que je m'étais fait ne concordait en rien avec une modeste existence dans un trou de province, puisque j'étais résolue à avoir du talent, puisque je me destinais à briller dans les concerts, à gagner moi-même ma vie, à me griser pour toujours de musique?... C'était bien cela que je voulais ; j'en étais sûre ; je ne plaçais rien au-dessus de ma chère musique et de l'appétit de beauté que, jointe à mes anciennes extases de couvent, elle m'avait inspiré... Mais le mot « amour » prononcé, la possibilité d'être aimée et d'aimer, entrevue seulement, et tous mes songes magnifiques avaient été se blottir dans la petite cour d'une étude de notaire!... Ah! c'est que, pour nous autres, jeunes filles de ce temps-là, dans le seul mot « amour », tout l'idéalisme était contenu !

Dès que je me fus ressaisie, je compris combien il valait mieux pour moi que l'aventure n'eût pas abouti. J'avais eu, par mon éducation, par l'esprit de ma famille, par ma musique, de trop grands désirs, pour que je pusse à présent aller les étouffer dans une bourgade de dix-huit cents âmes. De toutes parts nous vinrent des détails sur ce qu'eût été ma vie côte à côte avec le jeune homme que j'avais manqué. D'abord, c'était un musicien de quatre sous; il raclait du violon, pour l'avoir appris au lycée, affirma-t-on, et sans avoir eu depuis aucun maître; il lui fallait cinquante mille francs pour payer une méchante étude qu'il guignait; son père était un vieux ladre; sa famille, beaucoup moins intéressante que ne nous l'avaient faite mesdames Patissier et Boiscommun, etc., etc. Allons! allons! voilà une aventure qu'il s'agissait encore d'oublier!

XIX

Un long hiver passa là-dessus. Notre seule distraction, du moins la mienne, était d'aller à Tours le samedi, surtout à partir du moment où nous apprîmes que « le jeune homme du chemin de fer » avait trouvé la dot voulue, qu'il avait acheté son étude et qu'il était fixé près de Châtellerault, en Poitou. Peu à peu toute ma famille avait pris l'habitude d'aller à Tours le samedi; personne ne grommelait plus contre ce servage imposé par ma manie musicale; on trouvait même à ce petit déplacement des avantages, le prix de l'aller et retour étant compensé par le bon marché et la qualité d'une foule d' « articles » très supérieurs à ceux qu'on se procurait à Chinon. Il arriva même cette chose assez curieuse, que mes parents se disputaient à qui m'accompagnerait le prochain samedi. Celui ou celle qui l'emportait me conduisait chez Bienheuré, puis essayait de trouver mon frère chez son carrossier, puis vaquait à ses affaires jusqu'au train de 5 h. 55.

Or, voilà-t-il pas Bienheuré qui s'avise, un beau jour, de demander ma main pour son gendre, veuf depuis quatre ans, et qui était professeur de solfège dans les écoles municipales ! Ce fut maman qui reçut cette proposition en pleine figure, dix minutes avant le départ du train. Elle n'eut que le temps de dire au professeur :

— Je vous remercie, monsieur Bienheuré... très flattée... nous reparlerons de cela...

— Nous avons tout le temps, disait Bienheuré, tout le temps, madame !

— Ah bien ! me fit maman, dans la rue, en voilà bien d'une autre ! Qu'est-ce que ta grand'mère va dire ?

Moi, cela me paraissait drôle :

— On se plaint que je ne sois pas demandée en mariage ? Des demandes en mariage, il en pleut !

Mais grand'mère, comme il fallait s'y attendre, ne prit pas cela très bien. Elle prononça sans hésitation aucune :

— C'est regrettable pour Madeleine; elle ne pourra plus remettre les pieds chez son professeur. Voilà tout.

« Voilà tout. » C'était bientôt dit : mais elle faillit en faire une maladie. Certes, elle se plaignait que je ne fusse pas demandée en mariage! Mais que je fusse demandée en mariage par un petit professeur de solfège dans des écoles « gouvernementales » et veuf par-dessus le marché, cela était cent fois pire que de n'être pas demandée du tout.

« Comment Bienheuré avait-il eu pareille audace ?... Voyons !... Bienheuré qui avait connu Madeleine à Marmoutier !... Est-ce que les jeunes filles sont élevées à Marmoutier, d'ordinaire, pour entrer dans la famille de leur professeur de piano ?... Ah çà ! mais Bienheuré était fou ? Un homme si calme, si patient, si discret, qui eût dit que?... Ah ! après celle-là, on pouvait s'attendre à tout !... »

Et maman, toujours indulgente, qui s'ingéniait à défendre Bienheuré :

— Il n'a pas eu conscience, je t'affirme, disait-elle à sa mère : il m'a dit avec une grande simplicité : « Ces deux jeunes gens feraient si bon ménage !... Mon gendre connaît mademoiselle Madeleine... Oh ! il l'a aperçue, bien des fois, par une porte entre-bâillée... et il l'a entendue jouer : quel succès mademoiselle votre fille aurait dans les concerts !... »

Grand'mère fut intraitable. Il fallait renoncer à Bienheuré, même comme professeur ; on lui envoya le montant de ses honoraires par mandat.

Pauvre Bienheuré ! Maman et moi, trouvions sa démarche assez naturelle. Je me souvenais d'avoir aperçu en effet son gendre, dans une pièce voisine du petit salon où nous jouions ; c'était un grand garçon, tout jeune encore, ni bien, ni mal. Il est certain que jamais l'idée ne me fût venue, spontanément, à moi, d'entrer dans la famille de mon professeur de piano. Mais la proposition ne me paraissait pas extraordinaire, et elle n'était pas du tout insensée. Je m'étais vouée à la musique ; il ne s'agissait plus de le dissimuler : je me destinais secrètement à être une « professionnelle ». Ce grand mot qui faisait frémir mes parents, il allait falloir le prononcer tout haut un jour ou l'autre ; c'était à le mériter que je m'appliquais, c'était pour que je fusse une « professionnelle » que tous les membres de ma famille, successivement, me conduisaient à Tours le samedi ; mais ils ne voulaient pas le savoir... ; et pourtant, à la fin de cette année, coûte que coûte, nous allions tous nous heurter à l'inévitable concours !... Ah ! quand je pensais à ce concours !... Eh bien ! mon professeur, qui connaissait, à ce propos, mes terreurs, venait à mon secours et me faisait sauter, à pieds joints, dans la « profession » musicale, si l'on peut dire, par le moyen du mariage... Ce n'était pas si sot, ni si désobligeant pour nous. Une fois mariée, n'aurais-je pas pu me présenter au Conservatoire sans bruit, alors que, jeune fille, c'était un esclandre ?... Enfin, en cas d'échec, Bienheuré me lançait dans les concerts que l'on commençait à organiser à Tours, à l'imitation de ceux d'Angers... Où trouverais-je jamais un mari qui me permît de suivre aussi exactement mes goûts et ce que je croyais pouvoir appeler décidément « ma vocation ? »

Il m'est impossible de savoir si oui ou non le gendre de Bienheuré eût été pour moi le mari rêvé ; mais, en fait de mariage de raison, si jamais je devais me résoudre à en contracter un, celui-là était le rêve. Car, du moment que mon cœur n'était pas pris, je ne voulais plus vivre que pour la musique et par la musique ; or, mes expériences du jeune médecin et du jeune notaire étaient là pour m'avertir qu'il était prudent de me méfier des bonds de mon cœur.

Enfin on donna son congé à Bienheuré. Mais, renoncer aux leçons du samedi n'était pas si simple que cela ! Il fallait compter avec l'opinion. Pourquoi renoncions-nous tout à coup aux leçons de piano? Il avait été déjà assez mystérieux de prendre tant de leçons de piano ; mais, la chose une fois admise, rompre ainsi, tout à coup, au beau milieu de l'année, exigeait une explication. On allait, disait grand'mère, nous croire dénués au point de ne plus pouvoir payer les cachets! Avouer la raison qui nous séparait de Bienheuré, à ses yeux, était pire. On délibéra. Le samedi nous surprit sans que la difficulté fût résolue, et pour ne point fournir d'aliment aux caquetages, nous allâmes à Tours, ce samedi encore, sans y avoir rien à faire.

Du moins y fîmes-nous une enquête chez les marchands de musique, demandant partout qu'on nous indiquât un professeur de piano parfaitement recommandable. Et partout la réponse était identique : « Mais Bienheuré mesdames !... Est-ce que vous ne connaîtriez pas Bienheuré ?... » Grand'mère disait : « Si, si, mais il est sans doute fort occupé : à défaut de Bienheuré ?... » Oh ! à défaut de Bienheuré, il y en avait une quantité, et aux conditions les plus abordables ; et on nous citait des dames veuves, des demoiselles d'un certain âge. Les prix de ces leçons, sans proportion aucune avec ceux du maître Bienheuré, firent rougir grand'mère d'humiliation ; elle ne voulut point paraître seulement les entendre ; elle disait en souriant : « Oui, oui... je vois... » — « Vous voyez, madame », lui disait-on, chez les marchands de musique. Et dans ces « je vois », dans ces « vous voyez », on sentait tout le conventionnel mépris de notre monde, comme des boutiquiers eux-mêmes, pour ce qui n'est pas classé officiellement hors de pair. Les marchands, toutefois, nous laissaient par écrit les adresses de ces pauvres professeurs de piano, car ils savaient bien que ce n'est jamais du premier coup, et quand on vient de prononcer le nom de Bienheuré et le chiffre de ses cachets, que l'on se décide à s'adresser à ce fretin ; mais le lendemain ou l'heure d'après, à la dérobée.

Et c'est ce que nous ne manquâmes pas de faire, le samedi suivant. Munis des sept ou huit cartes de professeurs qu'on nous avait remises, nous nous présentâmes chez celui d'entre eux dont le nom avait été le plus de fois recommandé et, d'ailleurs, flattait grand'mère par sa belle consonance et sa particule : c'était une madame de Testaucourt, appartenant à une famille connue et récemment éprouvée par un désastre financier. Madame de Testaucourt plut à ma famille, tant par ses manières distinguées que par ce qu'on savait de son infortune. Elle me fit asseoir au piano dès cette première visite et ne parut pas du tout s'apercevoir que je ne jouais pas comme la première venue. Je pensai : elle est très forte ou elle ne sait pas ce que c'est que de jouer du piano. Dès qu'elle m'eut donné une « leçon » je fus assurée, sans aucune forfanterie de ma part, que c'était moi qui lui enseignais quelque chose, et qu'elle n'avait, la pauvre femme, absolument rien à m'apprendre. Je confiai mon impression à maman qui me dit : « C'est ennuyeux, parce qu'il sera bien difficile de faire croire cela à ta grand'mère ! » En effet, grand'mère fut persuadée que c'était pure illusion de ma part, et qu'en tout cas il convenait de faire une épreuve plus prolongée des capacités de madame de Testaucourt. Il pénétra cependant un doute dans l'esprit de grand'mère, et ce qui la tourmentait était la crainte que mon jeu ne parût affaibli aux Vaufrenard, quand ils reviendraient de Paris.

Elle vivait dans l'appréhension de contrister les Vaufrenard ; on leur avait caché, comme à tout le monde, l'incident Bienheuré.

L'incident Bienheuré fut connu à Chinon. Nous l'apprîmes, environ six semaines après, d'une façon singulière : par une autre demande en mariage !

Un dimanche, après-midi, comme nous nous préparions à sortir, maman fut avertie qu'un monsieur l'attendait au salon.

— Un monsieur comment ?...

— Un monsieur en tuyau de poêle, en redingote, avec des gants.

— Vous êtes bien sûre que c'est à moi qu'il veut parler ? — demanda maman qui croyait toujours que l'on ne pouvait avoir à s'adresser qu'à sa mère.

C'était à maman que ce monsieur désirait parler. Le colloque dura dix minutes à peine. Maman sortit du salon, toute pâle, suffoquée, hésitant à raconter la visite. En dessous, elle semblait aussi avoir envie de rire, et elle eût peut-être ri, si elle n'eût redouté sa mère.

Enfin elle raconta que le monsieur en redingote était le nouveau pharmacien établi sur la place de la Gare. Ce garçon venait demander ma main.

Ma grand'mère, toute chapeautée, gantée, prête à sortir, s'assit, sans dire mot, sur un coffre à bois du corridor d'entrée, où nous nous trouvions ;

puis, aussitôt, relevée par la colère, elle arpenta, à grands pas, le corridor ; elle poussa la porte du salon, afin que maman y achevât son récit ; mais le souvenir, peut-être l'odeur du pharmacien qui avait passé là, la rejetèrent en arrière, et elle alla tomber sur une chaise de la salle à manger. Maman disait :

— Qu'est-ce que tu veux ? Il avait entendu parler de l'autre...

— Comment !... de l'autre ?

— Oui, du professeur de solfège...

— Alors, l'autre... tout Chinon sait !...

Le professeur de solfège était venu aux renseignements à Chinon ; il avait vu les notaires, appris par eux le chiffre minuscule de ma dot, — mon prix !... — et, dans la ville, ici et là, cueilli sur moi, sur nous, quelques éclaircissements. Par les saute-ruisseaux, par les clercs, on avait aisément su qui venait de Tours s'enquérir de mademoiselle Doré : un professeur de solfège dans les écoles municipales. Le pharmacien, nouveau dans la ville, avait jugé qu'il valait bien le professeur.

Et ce jeune pharmacien ganté, en redingote, en tuyau de poêle, sonnant à la maison, un dimanche, quand toute la ville est dans la rue !... De celui-là non plus, on n'ignorerait pas la démarche...

Pauvre grand'mère ! de quelles tribulations ne fus-je pas pour elle la cause involontaire? De pareilles épreuves l'accablaient ; on la trouvait très vieillie. Le docteur demandait, pour la quarantième fois, à maman :

— Quel âge a donc madame votre mère ?

— Soixante-sept ans à la Toussaint, docteur.

— Ah ! ah !...

Et il ajoutait confidentiellement, du ton dont il eût formulé une ordonnance un peu intime :

— Ce qu'il lui faudrait, c'est un bon mariage pour mademoiselle Madeleine...

Nous le savions bien ! et cela me faisait trembler, parce que je prévoyais que si, par hasard, un « bon mariage » se présentait, qu'il me plût ou non, il me faudrait l'accepter pour épargner la santé de grand'mère.

En attendant, comme les « bons mariages » n'affluaient pas, je proclamais, moi, pour éviter les mauvais, que je ne voulais pas me marier :

— Je n'aime que la musique !

Tout le monde haussait les épaules.

— Dame! écoutez : si, sans fortune, on ne peut pas épouser qui vous plaît, moi j'aime cent fois mieux rester fille.

Alors grand'mère disait :

— La fortune! la fortune!... sans doute; mais il ne faut pas oublier, mon enfant, que nous avons fait les plus grands sacrifices pour te procurer une éducation parfaite. Dieu merci, malgré tes... originalités, tu es et tu passes pour une jeune fille bien élevée : c'est un capital, cela. Il se trouvera quelqu'un pour l'apprécier.

Le noyau de la foi de grand'mère était cela : une jeune fille bien élevée a une valeur de... Il ne peut se faire qu'elle ne s'allie pas quelque jour à une valeur correspondante.

Sous son inquiétude, et malgré ses crises de desespoir, elle gardait un optimisme tenace.

XX

Nous vîmes encore refleurir le printemps aux balcons de la terrasse et dans le Clos de M. Vaufrenard. Pendant que les Vaufrenard étaient à Paris, nous avions l'autorisation de pénétrer chez eux pour aérer la maison, pour surveiller Tondu, qui était chargé d'entretenir le petit parterre ; et il m'était recommandé d'user du demi-queue Érard, pour mes études, de préférence à mon vieux piano droit.

J'aurais eu grand plaisir à voir blanchir les arbres à fruits, à voir se réveiller la terre du père Sablonneau et reverdir les peupliers des îles, si chaque retour de saison ne m'eût été abîmé par l'idée que j'étais une jeune fille à marier, que je ne me mariais pas, que j'aurais dû être enlevée d'ici depuis longtemps, comme les autres qui avaient joué, enfants, avec moi, sur cette terrasse, enfin par l'idée que j'aurais dû n'être plus là !

Quand Sablonneau bêchait sa vigne, s'il m'apercevait d'en bas et portait la main à son chapeau, il dodelinait de la tête, il soulevait une épaule, et souvent il mâchonnait un juron. Mon frère qui n'était jamais gêné par les mots, m'avait rapporté ce que Sablonneau, un jour, avait dit ainsi dans sa gorge avec un gros juron : « Si c'est pas dommage, un si beau brin de fille !... » Sablonneau lui aussi pestait que je ne fusse pas mariée. Sablonneau faisait comme ma vieille Françoise qui, lorsqu'elle m'aidait à m'habiller, ne pouvait me voir ni les bras nus ni la gorge sans pousser des soupirs à fendre l'âme. Et si je lui demandais en riant : « Mais, qu'as-tu donc ? » elle dodelinait de la tête, elle aussi.

Ah ! si ce n'eût été ce désir général de me voir mariée, que j'eusse donc été tranquille, moi ! Que je me fusse amusée à voir gambader mes araignées d'eau dégingandées dans la citerne ! Que je me fusse satisfaite, longtemps encore sans doute, à voir mes songeries, mes regrets, mes désirs imprécis, mes espérances emplir cette belle vallée en fleurs ! Derrière moi, je n'avais que dix pas à faire, j'étais à mon piano avec mon Chopin, mon Beethoven, mon Rameau et mon Franck, mes enchanteurs ! Aussitôt en leur pouvoir, par le jeu à présent si facile de mes doigts, le reste du monde me semblait peu de chose ! Je me rappelais ce que M. Topfer m'avait appris de Beethoven : « Cet immense génie était sourd ! Imaginez-vous un homme entouré d'une muraille infranchissable... Il n'entendait ni sa musique, ni les applaudissements qui l'accueillaient... » Et M. Topfer, en désignant les partitions des œuvres sublimes, ajoutait : « Tout cela ne s'est passé que dans sa tête !... » Je voyais l'œil bleu, l'œil d'enfant, de M. Topfer, se mouiller d'admiration et d'émotion profonde à cette pensée. Le goût de la vie intérieure, développé par l'éducation chrétienne, me semblait préférable à tout autre... Quand j'avais passé la journée sous l'influence de la poésie de mes grands maîtres, j'étais dégoûtée du monde... Le « beau brin de fille » que Sablonneau voyait en moi, ces bras, cette gorge et cette chevelure qui attendrissaient ma vieille bonne, eh bien ! j'offrais tout cela à ceux qui savaient le mieux me ravir, à mes chers génies ; je m'imaginais que leurs ombres devaient se réjouir de voir une fraîche jeune fille se consacrer au culte de leur mémoire. J'ai conservé dans mes vieux papiers une petite poésie, dont je n'oserais pas recopier un seul vers, tant ils sont à la fois médiocres, innocents et hardis, par laquelle je vouais chaque partie de moi-même à mes *trois célestes amants!* Il y avait une strophe pour les yeux, une pour la bouche, une pour les « blonds cheveux », une pour les « longs bras blancs », une autre pour les « doigts agiles » ! Les mots que je souligne donnent une idée du style employé et que j'empruntais aux romances : il me semble aujourd'hui comique, mais à la seule vue de ce papier jauni, mon cœur se soulève, parce qu'en écrivant à vingt ans ces choses naïves et cyniques, j'étais vraiment bien émue ; ce n'était pas pour les envoyer à un journal, ni pour les montrer à quelqu'un, que je me torturais à trouver des rimes, — dans ce temps-là, les jeunes filles ne faisaient pas imprimer leurs vers... — c'était pour épancher un très réel bonheur intime, un bonheur très haut, très noble : véritable et logique suite de mes félicités religieuses.

Il me fallait quelque chose de grand, de magnifique. J'avais touché cela au couvent. Lorsque, ensuite, j'avais aimé un homme, sans l'approcher, j'avais pu aisément croire qu'il était de taille à combler mes désirs. A présent, je me croyais comblée par mon enthousiasme musical. N'étais-je pas heureuse? ne pouvais-je pas rester comme cela? Quel était donc le mariage qui ne détruirait cette félicité-là? Et quel mari m'en procurerait une analogue?

Je comptais sur le retour des Vaufrenard pour m'affermir dans la voie qu'ils avaient choisie pour moi, ce dont je leur savais tant de gré. Quel moyen auraient-ils imaginé pour m'emmener à Paris cet été et me faire concourir sans que grand'mère s'en aperçût? Ils commençaient à être assez puissants sur elle pour obtenir jusqu'à l'invraisemblable.

En les attendant, je travaillais sans maître, car la petite leçon que « je donnais » chaque samedi à madame de Testaucourt était vraiment une pure formalité.

Ah! que c'était curieux, chez nous, cette attente des Vaufrenard, au printemps! Les arbres en fleurs, le travail du jardinier dans les parterres, le soleil commençant à réchauffer notre coteau en espalier, n'étaient rien : le renouveau, c'était les Vaufrenard qui amenaient avec eux l'air de Paris et qui ressuscitaient la vie à Chinon.

Ils étaient un peu, pour nous tous, ce que sont pour les enfants, à la campagne, les parents qui reviennent de la ville : qu'allaient-ils nous rapporter ?

C'était le temps où l'on essayait d'acclimater en France la musique de Wagner. Nous avions su par le journal, qui s'en indignait comme d'une nouvelle invasion étrangère, et par les lettres des Vaufrenard, le bruit qu'avait fait à Paris une certaine représentation de *Lohengrin*. J'étais très avide de m'initier à la musique nouvelle que les journaux qualifiaient de barbare, et les Vaufrenard de géniale.

Les Vaufrenard apportaient en effet avec eux presque toutes les partitions du maître nouveau. A la vue de ces couvertures couleur de miel où le nom de Richard Wagner se discernait parmi un charabia allemand, ma grand'mère bondit, grand-père fit la grimace, maman elle-même eut peur : on eût dit que les Vaufrenard hébergeaient chez eux et nous présentaient un espion !

— J'espère que Madeleine ne va pas jouer ça !... dit grand'mère.

— Pas de si tôt ! fit M. Vaufrenard, tranquillisez-vous, madame !

Et il se refusa à me confier aucune partition,

sous le prétexte qu'il ne fallait pas s'initier à cela toute seule : il avait peur que je ne fusse rebutée au premier accord : il voulait m'initier lui-même ; il me dit à l'oreille : « Demain matin, ici !... »

Ce fut une sorte d'escapade frondeuse, une rébellion organisée contre les pouvoirs publics ! Le matin, conduite par Françoise ou par ma pauvre maman qu'on ne craignait guère, je recevais de monsieur et madame Vaufrenard l'initiation wagnérienne. *Tannhäuser*, *les Maîtres Chanteurs*, *Lohengrin*, *l'Or du Rhin* : en une semaine, nous avions parcouru presque quatre opéras, madame Vaufrenard au piano, M. Vaufrenard chantonnant, chantant quelquefois, même en allemand ! Je me souviens d'avoir été tellement enthousiasmée par la phrase de Voglinde, dans les abîmes du Rhin... après les cent trente-quatre mesures du prélude : « Vei... a, va-ga ! vogue la vague !... » que je demandai à la reprendre moi-même, et M. Vaufrenard s'écria : « Mais, tu chantes ! » C'était vrai, j'avais la voix juste, mais je n'avais jamais chanté que pour moi. Sans prononcer les paroles allemandes, je suivis tant mal que bien les rôles de femme qui se trouvaient dans ma voix. Ce fut un regain de plaisir pour nos réunions intimes du matin. L'amour wagnérien empêcha peut-être monsieur et madame Vaufrenard de s'apercevoir que je manquais des leçons de Bienheuré. Jamais notre commune frénésie musicale n'avait été si vive. On savait que M. Topfer avait été, quoique si intransigeant ami de ses classiques, un des premiers à goûter Wagner, et nous disions en chœur : « Ah! quand Topfer sera là!... »

C'est entre nous qu'il ne s'agissait pas de mariage! Nous avions autre chose à faire!...

Je disais à M. Vaufrenard : « Et mon concours? »

— Nous t'enlevons, c'est entendu... Nous t'enlevons au moment voulu!

J'en tremblais, mais avec un secret bonheur. Étais-je assez prise par la musique! Ah! vraiment ces Vaufrenard avaient découvert ma voie. C'étaient eux qui avaient soupçonné mon goût, qui l'avaient cultivé, surchauffé, qui m'avaient créé, on peut le dire, une seconde nature, car, sans eux, je n'aurais été, évidemment, que la petite bécasse à marier, ordinaire, et, franchement ne m'avaient-ils pas mise au-dessus de cela?

Voilà où nous en étions, quand, un beau matin, je reçus une lettre particulière de M. Topfer.

Qu'est-ce qu'avait à me dire mon vieil ami Topfer? Il me demandait de vouloir bien me faire entendre en public, à Angers, dans un grand concert que donnerait, au mois de juin, une société musicale très connue dans le pays.

Me faire entendre en public !... Tout mon sang s'arrêta, quand je lus cela. J'eus d'abord une surprise, plutôt joyeuse, un orgueil fou, ensuite une idée un peu vulgaire, dont je ne me flatte pas : « Que de gens vont être « épatés ! » C'est que je sentais déjà, à cette époque, quoique d'une façon très imprécise, que ceux que nous avons indisposés contre nous en nous singularisant un peu parmi eux, nous les subjuguons et les gagnons en nous singularisant tout à fait. Je vis les journaux où mon nom serait cité, peut-être répété dans un article; je vis la figure épanouie des Vaufrenard, je vis le petit œil bleu, si ému, de mon cher vieux Topfer... Mais tout à coup, je vis aussi le lieu du concert, l'estrade, le piano ouvert, la salle comble... Et je dus m'asseoir.

Je descendis, bouleversée. Maman, grand'mère, avaient aussi reçu, chacune, une lettre de M. Topfer. Il avait pris toutes ses précautions, le cher homme! Maman était très flattée et ne pensait qu'à la toilette qu'il me faudrait pour jouer en public; grand'mère gardait une réserve inquiétante, elle allait et venait par la maison, les lèvres serrées, l'enveloppe de M. Topfer pliée en deux et fichée entre deux boutons du corsage. Elle avait dit seulement, paraît-il : « Moi aussi, j'ai reçu une lettre. »

Tout à coup, ayant achevé je ne sais quelle besogne, elle éclata. Elle était indignée, tout simplement ; à l'entendre, une pareille proposition équivalait à un attentat contre ma personne. Elle n'aurait jamais cru cela possible de la part de M. Topfer ; cependant, elle rappelait qu'elle l'avait toujours dit : « Ces artistes sont, au fond, tous des bohèmes. » Pour qui nous prenait-il, ce vieux « coureur de cachets » ? N'allait-il pas, aussi, m'offrir cinq cents francs pour m'exhiber en public, comme une comédienne ?

— Va à Angers, ma fille !... monte sur les tréteaux comme une Sarah Bernhardt !...

— Mais, grand'mère, il ne s'agit pas...

— Comment ? il ne s'agit pas ? De quoi s'agit-il donc ?... Une femme qui appartient au public n'appartient plus ni à sa famille, ni à sa maison... Mais, c'est à croire, ma pauvre enfant, que votre génération a perdu le sens commun : quel est donc le but de la vie, si ce n'est de fonder une famille ?

— Sans doute, grand'mère, mais pourquoi nous fait-on cultiver les arts?... pour ne les savoir qu'à moitié?...

— Oui, oui, raisonne, ma fille, c'est de ton temps!... Les arts! les arts!... Je vous demande un peu!... Mais si ta mère m'avait dit un mot comme celui-là, quand elle avait ton âge, je lui aurais administré une correction, comme à une petite morveuse... Oh! n'aie pas peur : cela ne se fait plus!

Et elle s'en allait, répétant :

— Les arts!... les arts! Ma parole, je ne comprends plus... Je suis trop vieille, décidément, je suis trop vieille... L'année dernière, c'était « l'amour », Sa Majesté l'Amour, la grande passion!... L'année d'avant, il fallait vous empêcher d'être trop dévote!... C'est à donner sa langue au chat... Je m'y perds... Mes parents à moi sont morts, pourtant, plus âgés que je ne le suis; ils avaient vu bien des guerres, bien des bouleversements et des révolutions; mais je ne crois pas qu'ils aient essuyé pareil vent de folie!...

XXI

Grand-père reçut son algarade. Il revenait du dehors où il jardinait, le matin. Grand'mère lui donna à lire la lettre de M. Topfer, et je vis, à ses yeux, qu'à la fois il était flatté et sentait que nous allions avoir de vives discussions.

Il ne dit rien. Mais ne pas soutenir sa femme, c'était presque se prononcer en faveur de la proposition Topfer. Oh ! qu'il eût mieux fait de rester à retourner la terre, dans ses plates-bandes, une heure de plus !... Son muet acquiescement au projet musical provoqua une crise qui dura longtemps et pendant laquelle nous entendîmes tout ce qu'une honnête femme de la vieille bourgeoisie provinciale pouvait concevoir de secrète horreur pour le monde des arts. Ma pauvre grand'mère épancha une bile que nous ne soupçonnions même pas.

Il fallait que les Vaufrenard eussent une bien grande influence sur elle par ailleurs, pour qu'elle les supportât malgré leur musique. Nous vîmes que, depuis une dizaine d'années qu'elle fréquentait régulièrement et patiemment chez eux, ce culte de la musique, qu'on y célébrait, lui répugnait intimement comme l'eût fait une cérémonie en l'honneur de Baal! D'abord la musique classique l'ennuyait, quant à elle, et ceux qui la goûtaient y semblaient prendre une réjouissance de mauvais aloi. Dans son emportement, elle alla jusqu'à dire à son mari devant moi :

— Où cela mène? veux-tu que je te le dise?... Vaufrenard, — je le sais, par les confidences de sa malheureuse femme... — Vaufrenard...

— Eh bien!... Vaufrenard?...

— Il a eu dix maîtresses!

— Qu'est-ce que la musique a à faire avec cette circonstance? dit grand-père.

— Oui, oui, sans doute, la plupart des hommes sont sans conduite, mais il n'est pas moins certain que l'habitude du plaisir de l'oreille prédispose à tous les plaisirs, à tous!... Oh! vous pouvez rire et vous moquer de moi, je maintiens mes idées là-dessus : quoique d'un autre âge, elles sont les bonnes. De la musique, je vous le concède, comme de la peinture, il en faut, oui, pour occuper les loisirs et provoquer des réunions, et il est d'usage qu'une jeune fille peigne à l'aquarelle : c'est gracieux; et que l'on fasse un tour de danse pour faciliter les mariages, c'est nécessaire... mais, aussitôt que le « grand art » s'en mêle, vous ne voyez que prétention, excentricités et prétextes à se mettre, sous tous rapports, hors de la loi commune!

Oh! ce fut une fameuse dispute qui dura toute la matinée! J'en manquai d'aller poursuivre ce jour-là mon initiation au « grand art » wagnérien, et l'on était tellement excité contre les Vaufrenard que je n'osai même pas, l'après-midi, proposer d'aller chez eux. J'avais pourtant un grand désir d'entretenir M. Vaufrenard du projet Topfer : il devait, lui aussi, le connaître, il avait certainement reçu, lui aussi, une lettre d'Angers. Car, à mesure que grand'mère combattait ce projet, par des arguments qui ne sont pas tous aussi faux qu'ils me semblaient l'être alors, je me sentais une irrésistible envie de triompher de toutes les difficultés, tant de celles qui me venaient du dehors que de celles que j'éprouvais moi-même. Avec ma consécration définitive à la musique, il fallait en finir, voyons! Mon vieil ami Topfer l'avait très bien compris; il m'en proposait le moyen... Si le petit coup d'État d'Angers réussissait, la partie était gagnée, nom sort déterminé; je ne pouvais plus revenir en arrière.

C'est un jeudi, je me souviens, que nous était parvenue la lettre de M. Topfer; le lendemain vendredi, nous avions, à dix heures, une messe anniversaire de la mort de mon pauvre papa; madame Vaufrenard s'y montra, nous serra la main, disparut. Le lendemain c'était le voyage de Tours; point de Vaufrenard ce jour-là. De sorte que je ne pus revoir les Vaufrenard que le dimanche suivant. Cette première entrevue, après la lettre Topfer, devait avoir la plus grande importance. Le poids de M. Vaufrenard, seul, pouvait faire incliner les événements à mon gré. Grand'mère s'insurgeait contre lui, à distance, mais quand il lui parlerait dans le nez, avec sa belle voix de baryton, et de toute la hauteur de sa suprématie financière, qu'oserait-elle objecter?

Mon cœur palpitait assez fort, mais je n'étais pas très inquiète, j'avais confiance en la force de M. Vaufrenard et je ne pouvais douter qu'il ne l'employât à seconder son ami Topfer qui lui-même favorisait nos projets futurs et qui, d'ailleurs, c'était probable, n'avait agi que de connivence avec lui.

Je voyais bien ce qui se passerait à la matinée du dimanche. M. Vaufrenard m'embrasserait, d'un air fier, car, enfin, à l'idée que son élève allait bientôt se faire entendre devant un grand public, il se rengorgerait évidemment. Et, avec sa rondeur habituelle, il était homme à parler immédiatement du concert, à l'annoncer à toutes les personnes présentes, à organiser, qui sait? une caravane pour Angers afin de me faire un triomphe!... Quant aux habitués du dimanche, pensais-je à part moi, cela va leur porter un coup; ces gens-là me tiendront dorénavant pour quelqu'un... Et grand'mère sera subjuguée et croulera sous l'avalanche des félicitations.

Voilà comment, moi, j'arrangeais les choses.

Voici comment elles se passèrent.

XXII

Comme nous montions, à pas lents, la ruelle assez raide conduisant chez les Vaufrenard, nous vîmes, de loin, descendre à la grille, deux messieurs, dont l'un était M. Segoing, conseiller général, et dont l'autre nous était inconnu. A notre entrée, ces messieurs se trouvaient encore dans le vestibule où M. Vaufrenard était venu au-devant d'eux. M. Segoing nous salua, tandis que M. Vaufrenard entraînait l'inconnu, en lui appliquant la main à plat sur le dos, dans une petite pièce dite cabinet de travail. Nous fûmes seuls au salon, avec madame Vaufrenard et le conseiller général, nous excusant, lui comme nous, de nous présenter de si bonne heure. Comme M. Vaufrenard ne rentrait pas, avec son inconnu, madame Vaufrenard dit :

— Oh! mon mari adore les cachotteries!

Et nous sûmes que celui à qui il faisait, dans son cabinet de travail, des « cachotteries », était un architecte de Paris, nommé Achille Serpe, occupé dans les environs de Champigny, à restaurer le petit château de Bel-Ébat, à M. Segoing. Celui-ci nous parla des travaux qu'il faisait exécuter à sa gentilhommière, et il employait, non sans pédantisme, des termes techniques, pour exprimer cent détails de l'architecture de la Renaissance, qui nous étonnaient un peu, car nul ne s'était douté jusqu'à présent des connaissances archéologiques de notre conseiller général.

— Que vous êtes savant!... lui dit madame Vaufrenard.

Il fit alors le modeste :

— Je vis depuis quinze jours dans la compagnie d'Achille Serpe!

— Oh! oh!... c'est tout dire!...

— C'est le Viollet-le-Duc de la Renaissance française : à côté de lui, on jurerait être encore sous le gouvernement du roi François Ier.

Madame Vaufrenard et ma grand'mère soupirèrent en même temps; grand'mère dit :

— Que n'y sommes-nous!

Mais c'était de M. Achille Serpe qu'il était question. Le conseiller général nous vanta son savoir, son goût, son ingéniosité, qui, ce n'était pas trop affirmer, touchait au génie... Il nous énuméra les travaux dont il était chargé en Normandie, en Bourgogne, en Périgord, par la Commission des monuments historiques. Nous étions édifiées sur le compte de l'architecte, lorsque celui-ci enfin entra, toujours poussé, dans le dos, par la main de M. Vaufrenard. On nous le présenta, quelques personnes arrivèrent presque aussitôt, à mon désespoir, car j'aurais voulu parler à mon aise à M. Vaufrenard. Je le regardais, l'œil brillant, afin de correspondre par ce seul signe avec lui : « Eh bien! disait mon regard, le concert?... hein?... qu'en dites-vous?... » M. Vaufrenard ne me regardait pas. Il parlait, à tort et à travers, de choses absolument dénuées d'importance, et il parlait beaucoup trop fort. Je pensais : « Il ne parlera pas plus haut, tout à l'heure, quand il annoncera mon concert!... » Et il ne l'annonçait point, ni haut ni bas! On n'en avait que pour l'architecte. Moi, je maudissais cet intrus qui venait là, par une coïncidence vraiment désolante, me couper mon effet. Que nous faisait cet Achille Serpe? Est-ce que quelqu'un d'entre nous avait un château Renaissance, ou s'en voulait faire construire un?... car cet Achille Serpe vous bâtissait, disait-on, en vingt-huit mois, avec la pierre du pays et l'ardoise d'Angers, un « petit Chenonceau », un « Hôtel Goüin », ou un « Azay en miniature... » C'était un homme ni beau ni laid, encore jeune, assez grand, avec des cheveux lustrés et plats, et des favoris courts rejoignant la moustache, le menton rasé, tel qu'on a représenté longtemps les agents de change, les hommes de Bourse. — On parlait tant de lui, qu'il fallait bien le détailler un peu!... — Et je me disais, en l'observant : « Va-t-il s'en aller?... C'est un étranger, et monsieur Segoing n'est pas des habitués des dimanches : leur visite ne saurait être longue... » Après tout, M. Vaufrenard aurait bien pu, devant eux, dire un mot de mon concert!... Un moment, comme on passait en revue les monuments de la Renaissance dans la région, on nomma l'Hôtel Pincé, à Angers... Je ne connaissais point l'Hôtel Pincé, mais au nom d'Angers, mon cœur sauta; mon œil s'aviva plus encore et je regardais M. Vaufrenard, à le suggestionner! M. Vaufrenard se souciait bien de mon regard enflammé!... et l'on abandonna la ville d'Angers sans accorder un mot ni à M. Topfer ni à la musique... La musique!... Ah! ce fut M. Achille Serpe qui en parla, et à moi-même, et de quelle façon, Seigneur!

— J'ai entendu dire, mademoiselle, que vous êtes excellente musicienne...

— Oh!... monsieur!

Et je regardais M. Vaufrenard : « Hardi donc! mais parlez donc!... voilà l'occasion à vous de répondre pour moi : « Musicienne?... elle va tout simplement se faire entendre au mois de juin, devant quinze cents personnes!... » Et le satané M. Vaufrenard ne disait rien du tout et me laissait sur mon stupide : « Oh!... monsieur!... » qui n'était pas moins banal, je le reconnais, que la question de l'architecte Achille Serpe.

Je ne me suis jamais rappelé ce que me dit de nouveau ce M. Achille Serpe pour me tirer d'embarras; il m'en tira, en tout cas, et trouva moyen de me faire parler; car, ne voilà-t-il pas qu'il s'occupait de moi, maintenant, après avoir paru faire à peine attention à moi au début de sa visite! Je le trouvais ordinaire, et je ne me mettais pas en frais. En outre, je ne lui pardonnais pas mon mécompte. Tout à coup, je pensai : « Mais, ne se pourrait-il pas que monsieur Vaufrenard ignorât l'affaire du concert?... Et je vous lâche mon Achille

Serpe pour aller m'asseoir sur le tabouret de piano qui était en promenade loin de son instrument et que le maître de la maison, tout en causant, s'amusait à faire tourner sur sa vis. Et je dis à l'oreille de M. Vaufrenard :

— Eh bien !... et ce concert d'Angers ?

Il fit, exactement, comme s'il n'avait pas entendu ma question.

« Ah ! ah ! me dis-je, qu'est-ce qui se passe ?... Peut-être aussi, ma grand'mère avait-elle correspondu avec lui depuis le jeudi précédent, et avait-elle décidé qu'il ne serait jamais question de cette « exhibition publique », comme elle disait.

Quelques minutes plus tard on me priait de me mettre au piano, M. Vaufrenard disposait lui-même la partition ; nous nous trouvions un peu isolés, lui et moi, devant le clavier ; je me hasardai à lui demander :

— Vous n'avez donc pas reçu un mot de monsieur Topfer ?

Il me dit, tout bas, d'un ton bourru :

— Tais-toi, petite sotte ! tais-toi donc !

Ah ! bien, je vous jure que j'étais en bonne disposition pour exécuter mon morceau, après cela !... M. Achille Serpe aurait une belle impression de mon talent !...

Il écouta patiemment et m'adressa force compliments. Ce n'est ni le nombre ni la chaleur des compliments qui vous touche. M. Vaufrenard dit :

— Ah! monsieur, vous allez voir une jeune fille pleine de confusion!

L'architecte ne me vit point du tout pleine de confusion : ses compliments ne me troublaient pas le moins du monde.

Et il ne s'en allait toujours pas!

Il parla des jeunes filles de Paris qui, à son dire, ne se distinguaient des femmes que par une hypocrisie plus soignée, plus constante : « hommage, dit-il, qu'elles rendent à la vertu traditionnelle qu'exigent d'elles les épouseurs. »

M. Achille Serpe n'en avait pas fini avec ses jeunes filles de Paris! Je crois même qu'il en fit une étude trop vive et trop « appuyée », car ces dames se trémoussèrent, toussotèrent, et il comprit aussitôt qu'il dépassait la limite de perception de nos oreilles susceptibles. Je ne fus pas choquée, moi, de ses excès, parce que le fait même d'exprimer en termes voilés des choses que l'on n'abordait point dans nos conversations, me paraissait une supériorité. Cela n'était certes pas le signe chez moi d'une grande maturité d'esprit, mais je déclare mes impressions telles qu'elles furent, et peut-être peuvent-elles contribuer à expliquer le prestige, sur la province, de la plus futile sottise, pourvu qu'elle vienne de Paris.

— Moi ? dit-il à quelqu'un qui l'interrogeait, plutôt que d'épouser une de ces petites coquines, j'aimerais mieux me faire moine, et bénédictin !

Cette profession de foi ou la forme qu'il lui donna fut jugée très spirituelle ; toutes les personnes présentes rirent à gorge déployée. Moi, je ne trouvais pas cela drôle, mais c'était ainsi. Ce M. Achille Serpe était jugé un homme charmant.

Mais pourquoi étais-je une « petite sotte », moi, de vouloir parler de *mon* concert ?...

Car enfin, toutes les grâces de M. Achille Serpe ne me laissaient point oublier que je vivais depuis le jeudi précédent dans l'attente de cette après-midi, où l'opinion de M. Vaufrenard sur le concert devait décider, non seulement de cette première audition en public, mais de mon avenir...

On goûta. Le conseiller général et l'architecte goûtèrent. Ils étaient là comme chez eux ; ils n'avaient pas mieux à faire que de passer la journée là. Un domestique tenait le cheval à la grille, et toutes les personnes qui entraient faisaient force compliments du cheval et de la charrette anglaise.

Il y avait là trois jeunes filles moins âgées que

moi de quatre ou cinq ans, et que je rencontrais chaque dimanche. Une d'elles, mademoiselle Bouquet, passait pour jolie, et riche.

« Eh bien ! me disais-je, mon monsieur Achille Serpe, en voilà des jeunes filles qui ne sont pas de Paris !... hardi donc !... » Mais M. Achille Serpe se montrait très réservé ; il ne recherchait pas, c'était évident, la société des jeunes filles ; il semblait fort sérieux. Ce n'était pas non plus, il faut le dire, un homme de toute première fraîcheur : il avait bien trente-sept ans sonnés. Je pensais que, parce qu'il m'avait vue la première, parce qu'il m'avait entendue au piano et félicitée, il était assez naturel qu'il causât avec moi plutôt qu'avec les autres, mais il n'avait point l'air de se soucier des autres. Je n'en étais pas intimement flattée, parce que ce M. Achille Serpe m'était très indifférent, mais la rivalité entre femmes est une chose si naturelle que je n'étais pas fâchée, malgré tout, qu'il s'occupât de moi, et si ce n'avait été l'énigme de *mon* concert, qui me tourmentait, je ne me serais pas trop ennuyée ce jour-là.

Une des jeunes filles, la petite de Gouffier, me dit, après le goûter, et sur un drôle de ton :

— Les arts s'assemblent !

Je souris, bénévolement, comme on fait souvent

par contenance provisoire, quand on n'a pas compris ce qu'une personne vient de vous dire. Puis je pensai que l'allégorie était maligne et mademoiselle de Gouffier jalouse!... « Les arts » : la musique et l'architecture !... « s'assemblent » : M. Achille Serpe avait fait plus attention à moi qu'à elle.

Le groupe des trois jeunes filles me regardait de loin et parlait de moi. J'allai tout droit à mademoiselle de Gouffier et je l'assurai que je n'avais pas compris tout à l'heure son apologue, et qu'en avoir souri était trop bête. Mademoiselle de Gouffier ne dit rien ; les deux autres s'écrièrent :

— Mais pourquoi donc serait-ce bête ?

— Mais, ce n'est pas bête du tout !

Mademoiselle de Gouffier leur avait rapporté son apologue et mon sourire d'acquiescement !... Je fus horriblement vexée. J'aurais volontiers envoyé au diable l'architecte. Du moment qu'on interprétait comme un flirt trois ou quatre paroles échangées avec cet homme dont je ne me souciais pas et qui ne me plaisait point, je le prenais en horreur. Je l'évitai le plus que je pus, le reste de l'après-midi.

Quand il fut parti, enfin, je demandai, à part, à M. Vaufrenard :

— Monsieur Topfer...

— Il s'agit bien de monsieur Topfer !... — me fit-il avec la brusquerie qu'il avait encore plus dans les bons jours que dans les mauvais, — laisse-nous tranquilles avec monsieur Topfer !... J'ai à parler avec ta grand'mère.

Et il alla parler à ma grand'mère, à qui je vis ouvrir des yeux, ronds, stupéfaits.

« Ah ! me dis-je, est-ce que l'architecte voudrait m'épouser, sans dot, en haine des jeunes filles de Paris ?...

C'était cela ! J'avais deviné juste. Ma grand'-mère ne m'en avertit pas ce jour-là ; mais je la surpris, dans la soirée et les jours suivants, à chuchoter avec son mari ou avec maman, et puis je voyais bien les figures !

Il paraît que ce n'était point la première fois que ce M. Serpe venait à Chinon, ni la première fois qu'il me voyait. Depuis trois semaines qu'il travaillait à Bel-Ébat, il s'était fait conduire à Chinon, chaque dimanche, à la messe. Tout le monde se souvint, plus tard, d'avoir aperçu la charrette anglaise et un étranger avec le petit groom de M. Segoing. Il venait à la messe pour y voir les jeunes filles, et c'était sur moi qu'il avait jeté son dévolu. Par les Vaufrenard qu'il avait déjà vus, il apprenait qui j'étais et ma situation de fortune peu brillante, et celle de mon frère, menace perpétuelle pour la famille. Peu lui importaient ces détails, il gagnait beaucoup d'argent. Il voulait se marier, et il n'avait qu'un souci ; il le dit ; et c'était d'épouser une jeune fille bien élevée.

Et que je devinsse la femme de M. Achille Serpe, architecte, cela était donc, aux yeux de M. Vaufrenard, d'une telle importance, que cette musique, qu'il mettait au-dessus de tout, que nos beaux et hardis projets de Conservatoire, que *mon* concert d'Angers, passaient du coup au second plan, que dis-je ? ne semblaient seulement pas dignes d'être pris en considération ?

Comment ! cette belle passion musicale que l'on m'avait insufflée, cet avenir d'artiste qu'on avait fait étinceler à mes yeux, cette autre religion dont on m'avait tant pénétrée, ce n'était donc qu'un pis aller ?... On ne me poussait à cela que parce qu'on me savait sans fortune et parce qu'on croyait pour moi tout mariage impossible ! Pour un amateur qui s'offrait, un si splendide échafaudage ne tenait plus debout, on s'en détournait avec dédain, on l'abattait d'un coup de pied : « Laisse-nous tranquilles avec ton monsieur Topfer !... Il s'agit bien de monsieur Topfer !... » Un monsieur nommé Achille Serpe, architecte, de vingt ans plus âgé que moi, peu séduisant d'ailleurs, voulait bien de moi, et tout devait baisser pavillon devant M. Achille Serpe !...

Ah ! quelle leçon sur l'importance du mariage !

« Mais, me dis-je alors, il y a monsieur Topfer ! Celui-là est vraiment dévoué à son art ; celui-là a vraiment la passion de la musique, et celui-là sait aussi ce que c'est que le mariage ! Son opinion me ferait du bien. » Je résolus de la lui demander même avant que je connusse rien de précis sur la demande de M. Achille Serpe. C'était un principe général que je voulais obtenir de lui, une réponse à une question comme celle-ci, par exemple : « Au cas où... etc. ?... Si monsieur Vaufrenard lui-même me conseillait de ?... etc. Quel serait votre avis à vous? » Et, pour m'excuser de ne point répondre à sa lettre avant la quinzaine écoulée, je lui écrivis et lui posai le problème. Ma lettre était achevée quand l'idée me vint que M. Topfer serait fort embarrassé pour me répondre avec franchise, puisque sa lettre pourrait être lue par ma famille. « Sotte !... ah ! oui, sotte ... » me dis-je sur tous les tons.

Ma lettre à M. Topfer demeura là, je l'enfermai dans mon tiroir. Mon intention n'était certainement pas d'accepter jamais la main de M. Achille

Serpe, si elle m'était offerte ; mais je me promis de ne me décider à aucun mariage avant la période des vacances, où je pourrais interroger de vive voix M. Topfer.

La demande fut faite positivement dans la quinzaine qui suivit. Ma grand'mère, jusque-là, n'avait été que pressentie. Pourquoi ne m'avait-elle point pressentie, moi, que l'affaire concernait un peu, on l'avouera ? Je n'en sais rien. Je crois qu'elle redoutait surtout, de ma part, quelque mouvement irréparable, et elle n'eût pu user de son autorité tant que la demande officielle n'était pas faite, car enfin, si par hasard celle-ci ne se fût pas produite, de quoi la pauvre grand'mère eût-elle eu l'air ? Enfin on m'informa quand il en fut temps.

Je répondis à ma grand'mère que je n'aimais point ce M. Serpe, et que je ne voyais rien en lui qui pût me faire croire que je l'aimerais un jour.

Ma grand'mère me répliqua qu'il eût en effet été bien extraordinaire que je tombasse amoureuse d'un monsieur que j'avais vu deux heures en tout et pour tout.

— Ce que sollicite ce monsieur, — qu'entre parenthèses, tout le monde a trouvé extrêmement bien, sous tous les rapports, — c'est de se faire, sinon aimer, du moins agréer de toi. Il ne nous met pas marché en main, il souhaite se faire connaître et apprécier de toi, et comme ses travaux le retiendront à Bel-Ébat quelque temps et l'obligeront à y revenir souvent, pendant de longs mois encore, il désire être autorisé à te faire sa cour... Tu le jugeras, et tu diras oui quand bon te semblera.

Je pensais : « Eh bien ! que ne vient-il tout simplement chez les Vaufrenard et que ne cherche-t-il à se faire aimer de moi sans en avertir la ville et la banlieue !... Mais c'est qu'il sent que jamais je n'aurai l'idée de l'aimer, donc il faut parler de cela d'abord... Ah ! comme c'est disgracieux et choquant !... » Je n'avais pourtant point lu de littérature romanesque ; mais les débuts de l'amour, cela me paraissait être une période infiniment délicate, composée de silences plutôt que de paroles, ou tout au moins composée de paroles incertaines, et que l'on devine après des impatiences, des angoisses, des supplices charmants ! Que l'imprécision, dans ce cas-là, est délicieuse, l'imprécision qu'on voit se dissiper comme un brouillard, et qui découvre alors la certitude éclatante ... Et, au lieu de cela, voilà un monsieur qui vient vous demander, en présence de vos parents et amis, la permission de se faire aimer de vous dans un temps donné !... Ah ! si l'amour est fait en grande partie d'imagination, voilà quelque chose qui est propre à vous la fouetter, l'imagination ! Sans compter que, tout inexpérimentée que je fusse, je soupçonnais très bien que la question « amour » n'était là qu'à titre de concession aux niaises exigences de l'esprit d'une jeune fille, et que si l' « amour » ne se déclarait pas, en moi, malgré la cour assidue de M. Achille Serpe, mes parents et mes amis n'auraient qu'une voix pour me dire : « Qu'à cela ne tienne !... l'amour ? mais il vient plus tard... les mariages de raison sont les meilleurs ! »

J'assemblai tout ce que j'avais de courage et, la première fois que je rencontrai M. Serpe chez les Vaufrenard, je lui dis :

— Monsieur, je suis très flattée de l'attention que vous avez bien voulu m'accorder, mais je vous dois un aveu : à la place du cœur, savez-vous ce que j'ai ?... un caillou !

Je croyais, par cette phrase apprise, et que j'avais martelée pendant des nuits, le faire fuir à trente pas. Point du tout. Ma franchise lui plaisait au contraire et, que je n'aie point de cœur, cela ne semblait pas l'effrayer le moins du monde. Il était tout prêt à s'en passer ; non qu'il en eût pour deux, lui, — oh ! ce n'était pas cela ! — mais que je n'eusse point de cœur, cela encore faisait son affaire. Comment ? pourquoi ?... Ce n'est pas encore à ce moment que je le sus... Par exemple cela me déplut, en lui, ferme. Et je fus avec lui d'un bourru !

Mademoiselle de Gouffier me dit :

— Vous êtes bien fière, Madeleine !...

Lui, il ne se rebutait point. C'était une « entreprise » qu'il avait adoptée : il s'y donnait malgré les difficultés, en homme d'affaires : il avait l'habitude ; n'ai-je pas appris plus tard tout ce qu'un architecte doit supporter de la part des clients à lubies ?... et M. Serpe disait déjà : « Quand nous construisons une maison sur la glaise, les travaux de fondations peuvent être retardés de plusieurs mois, jusqu'à ce que nous touchions le sable... Nous creusons des puits... » Il creusait des puits, il cherchait le sable... Mais il travaillait à cela, malheureusement, en architecte, non en homme tout simple, et ce n'est pas la bonne manière.

Avec tout cela, comme je n'avais pas pu m'opposer à ce que cet architecte me fît la cour, je me sentais, non sans effroi, prise dans une sorte d'engrenage. Cela n'avait eu l'air de rien tout d'abord, chacun s'était ingénié à me présenter comme tout à fait dénuée de signification cette simple condescendance de ma part ; mais c'est dans l'opinion, sinon entre l'architecte et moi, que la chose prenait consistance ; tout le monde en parlait ; pour tout le monde, avant six mois, je serais mariée à « l'architecte de Paris ! »

Et mon concert ?... Ah ! mon malheureux concert !... Il avait bien fallu que M. Vaufrenard fût à ce propos plus explicite que le premier jour. Il m'avait dit :

— J'ai écrit à Topfer, ne parlons pas de cela ; monsieur Serpe serait très péniblement affecté !... Non ! ne parlons pas de cela, en ce moment.

« Monsieur Serpe serait très péniblement affecté !... » Je dépendais déjà de M. Serpe !

M. Serpe ne souffrirait pas que sa femme jouât en public !... Eh ! mais... je ne tardai pas à m'apercevoir que, le dimanche, chez les Vaufrenard, on me priait moins souvent de m'asseoir au piano !... Tout d'abord j'avais trouvé cela ridicule : c'était afin que j'eusse plus de temps pour causer avec M. Serpe ! Mais peu à peu l'idée me vint que M. Serpe n'aimait pas beaucoup que je me fisse trop applaudir. M. Serpe était en cela de l'avis de ma grand'mère : un petit talent était bien suffisant !

Je lui dis un jour :

— Un petit talent, n'est-ce pas, comme dit ma grand'mère, est bien suffisant ?

— Oh! certainement! dit-il.

Il n'avait pas remarqué que je me moquais de lui. De tout ce qui m'éloignait de lui, voilà ce qui me repoussa le plus loin. Je lui eusse pardonné de n'aimer pas que l'on m'applaudisse, mais non de ne pas s'apercevoir que je me moquais de lui.

Il venait tous les dimanches chez les Vaufrenard ; puis il dut retourner à Paris et aller en Bretagne où il restaurait une aile du château de Plouhinec! Ah! le château de Plouhinec, en entendîmes-nous parler, quand M. Serpe fut de retour! Et du duc et de la duchesse, et du jeune prince de ceci et de la baronne de cela! On eût juré qu'il était à tu et à toi avec ce beau monde ; il en tirait grande vanité, et il avait raison, car, pour la plupart des esprits, cela le revêtait d'un prestige. Je crois que mon grand-père et moi fûmes les seuls à n'en être pas éblouis, moi pour des raisons personnelles sans doute, lui par un certain bon sens qui le tenait éloigné des snobismes. Comme on parlait un soir à table, entre nous, des chasses de Plouhinec, racontées par l'architecte, et de l'équipage et des pièces au tableau, mon grand-père ne put s'empêcher de dire :

— Mais, pendant ces chasses, lui, voyons! il était sur son échafaudage, au milieu des maçons !...

Ma grand'mère lui lança un regard foudroyant. Je n'osai pas rire.

Lorsque M. Serpe me parlait, c'était de sa clientèle, des châteaux qui semblaient son œuvre et des plaisirs de Paris. C'était par là qu'il pensait me conquérir. Il affectionnait une phrase qui, à son sens, je suppose, était d'un effet assuré : « Avant cinq ans, je le veux, ma femme aura sa voiture. » Il la plaçait en s'adressant à moi, en s'adressant à d'autres, à n'importe qui. Cette phrase, en effet, avait grand air. Mademoiselle de Gouffier en ouvrait la bouche, et ses beaux yeux semblaient suivre cette voiture au Bois, aux magasins, à l'Opéra... Mon Dieu ! je ne suis pas plus qu'une autre inaccessible aux avantages du bien-être, mais, d'abord, celui-ci était un peu problématique, et puis, à cet avantage, j'aurais préféré aimer mon mari.

Ah ! si, au lieu de parler des ducs, des princes, des chasses et de la voiture, il avait dit, une pauvre petite fois, un de ces mots, un rien, mais qui traverse l'imagination d'une femme ; s'il avait eu un geste, un sourire, une moue, une intonation de voix, un mouvement instinctif amusant, spontané, que sais-je ?... Il n'en faut pas plus pour nous gagner ! Mais rien de cela : c'était un architecte, très correct, qui avait une brillante clientèle et dont la femme « avant cinq ans aurait sa voiture ; ce n'était ni plus ni moins.

Je le connaissais depuis trois mois et je n'étais pas plus avancée qu'au premier jour. Il m'avait donné, dès la première entrevue, l'impression que dix entrevues avaient confirmée. Il ne me séduisait nullement, mais je continuais à être flattée, au milieu de notre petit monde, qu'un homme que presque tous, autour de moi, jugeaient supérieur, m'accordât une attention si particulière et persistât à me l'accorder. Le temps avait donc tout au moins mis en relief une vertu chez cet homme : la constance. Quant à mon cœur, je ne cachais pas à mon prétendant lui-même son état :

— Vous avez, là, lui disais-je, un silex, décidément !

Ah ! que j'aurais voulu qu'il sourît, au moins, qu'il plaisantât un peu, qu'il se moquât même de moi !... J'avais envie de lui dire : « Mais riez donc !... » Quelle misère c'est de n'avoir pas un grain de fantaisie dans l'esprit !

Les travaux de Bel-Ébat allaient être terminés ; je crois même qu'on les traînait en longueur. Je voyais approcher, avec terreur, le moment où il faudrait dire oui ou non. Dire non, c'était déjà à peu près impossible : ne l'aurais-je pas dû dire plus tôt ? Mais tant que « oui » n'est pas dit, « non » est comme un soleil qui n'est pas tout à fait couché encore.

Et mon gredin de frère qui se conduisait à présent comme un ange ! On n'entendait plus parler de lui ; on le trouvait à son bureau chez Bizienne. Une bonne vingtaine de mille francs de dettes, d'un coup, aurait peut-être ouvert à M. Achille Serpe une perspective alarmante !... Mais point. Paul semblait converti. Et M. Achille Serpe qui l'avait vu, disait : « Mais c'est un garçon à qui on ferait une jolie situation !... » Que j'épouse M. Achille Serpe, et son avenir était peut-être assuré, et mes grands-parents achevaient leur vieillesse, tranquilles...

Cependant je comptais toujours sur M. Topfer.

Moi, toute seule, une jeune fille qui n'avait presque rien vu, qui ne savait à peu près rien de la vie, résister à l'opinion publique exigeant d'elle le mariage à tout prix, ce n'était pas une tâche facile. Dédaigner, repousser l'état que tous, parents, amis, étrangers même m'imposaient d'un commun accord, pour suivre mon goût, c'est-à-dire la musique, une carrière de femme!... — une carrière de femme à cette époque-là! — quel risque c'était courir! Enfin, je me disais : « Nous allons bien voir monsieur Topfer!... C'est un homme qui ne me dira que ce qu'il pense. Même sermonné préalablement par son ami Vaufrenard, M. Topfer ne me dissimulera pas son jugement intime, et, si je m'aperçois qu'il donne tort à tous, quand je ne devrais m'appuyer que sur lui, je serai assez forte!... »

Il vint de bonne heure, cette année-là; il n'allait pas à Contrexéville. Jamais je ne l'avais abordé avec une pareille émotion. Je le trouvai, dès le matin qui suivit son arrivée, dans le Clos, et je lui dis, d'emblée, après les premières questions sur la santé :

— Vous savez tout, n'est-ce pas? Eh bien! dites-moi, vous, ce que je dois faire!

Il me répondit, sans hésiter :

— Il faut vous marier, mon enfant!

Je lui demandai aussitôt s'il voulait bien s'asseoir à côté de moi sur un banc.

Il vit combien sa réponse me troublait; il ajouta aussitôt :

— L'amour ?... je sais bien... Ah!... Mais c'est la singularité, c'est presque le miracle !

Je ne voulais pas parler de l'amour ; je dis :

— Mais, la musique ?... monsieur Topfer !

Il pensait que je n'abandonnerais pas, même mariée, la musique. Je lui dis que le goût de M. Serpe n'était point que sa femme fût applaudie. Il fit la grimace, une vilaine grimace, et son petit œil bleu, que je voyais de côté, sembla se perdre dans un songe. Ah ! enfin, sacrifier la musique le faisait réfléchir !...

Un rouge-gorge, familier, était tout près de nous, sautillant sur le sable ; je pensais : « Pourvu que monsieur Topfer ne se laisse pas distraire par ce rouge-gorge au lieu de réfléchir à ce que je viens de lui apprendre !... » En effet, il ne se pressait pas de me répondre. Je lui dis :

— Eh bien ! et si l'on exige que je renonce à la musique ?

— Eh bien! dit-il, il faut tout de même vous marier, mon enfant.

Ah! mon Dieu!... Moi qui avais attendu trois mois la réponse de M. Topfer, de mon meilleur ami, du seul homme de qui je fusse sûre qu'il m'aimait et qu'il aimait la musique !

Le mariage! le mariage!... même avec toutes

sortes d'inconvénients, même avec les plus grands inconvénients, même sans amour, le mariage!

Tous étaient d'accord là-dessus. C'était la réponse de madame du Cange, presque son testament, — dissimulé sous l'expression plus décente d' « obéissance parfaite aux volontés de la famille », — lorsqu'elle quittait le couvent où elle ne nous avait enseigné que l'amour de Dieu. C'était la réponse de M. Topfer, qui m'avait appris à ne voir d'exquis dans la vie que le plaisir sacré qui nous vient de l'art.

Contradiction étrange et que personne n'examine avec franchise! On nous met à genoux devant la beauté, le divin, l'absolu; puis l'on nous dit : « Tout doit céder devant la réalité. » On nourrit, on excite, on exalte nos rêves; et l'on nous donne pour avis : « N'écoutez pas les chimères. » Nous voyons bien que l'amour est au fond de la religion, de la littérature et de la musique dont on nous a imprégnées jusqu'aux moelles; et, quand le cœur et la chair sont mûrs, il n'y a qu'une voix pour nous crier : « Il ne s'agit pas d'amour; le mariage! »

La vocation religieuse, je l'ai bien vu, au couvent, c'était, à part quelques magnifiques exceptions, comme madame de Contebault, madame du

Cange, et telles autres de mes anciennes maîtresses dont je pourrais citer les noms, c'était la vocation de celles qui ne pouvaient pas se marier. La vocation artistique, M. Topfer et M. Vaufrenard ne l'avaient voulu voir en moi que parce qu'ils croyaient que je me marierais difficilement. Mais le mariage est préférable à tout.

Je laissai M. Topfer ; je le voyais tout attristé. Il était comme un homme qui plie devant une loi naturelle, inéluctable.

Je remarquai que son désir était de ne pas penser à la nécessité où il se trouvait de plier, et toutes les fois que je le revis, ce fut avec un entrain un peu artificiel que nous parlâmes d'autre chose.

XXIII

Alors, tout à coup, j'eus l'impression que j'étais amenée au mariage comme une bête de somme à l'abattoir. Je me souvins du temps où, toute petite, j'accompagnais Françoise chez le boucher; un jour, dans la cour, par derrière, j'avais vu le maillet énorme s'élever pour retomber entre les deux cornes du bœuf et l'assommer du coup. Je voyais un maillet pareil retomber sur ma tête pleine de songes et de féeries. Cinq ou six images repassaient devant mes yeux : les jardins du château, quand je m'y promenais, gamine émerveillée, mon jeune cœur rempli d'espoirs et de désirs imprécis, affolants; le violoncelle de M. Topfer, d'où m'était venue la première révélation de la musique; le salon du couvent, à Marmoutier; l'emprise du sentiment de l'ordre, de la netteté morale, souvenir singulier et qui ne s'effacera jamais; les couloirs de Marmoutier encore, où madame du Cange apparaissait et grandissait en venant à vous, si belle, — puis le jeune homme qui m'avait tourné les pages, et que j'avais aimé...; enfin la figure un peu convenue mais douce du fils du notaire qui m'avait demandée en mariage, mais à qui il fallait au moins cinquante mille francs!... Chacune de ces images était pour moi l'illustration d'un « paradis perdu » dont je feuilletais la dernière page en attendant le coup de maillet. C'est que chacune de ces images correspondait à un moment où j'avais énormément espéré. Il n'y a de vrai plaisir que dans l'espérance. C'était cette faculté qu'on m'allait briser. Ah! qu'est-ce donc que ç'aurait été de se faire religieuse, de renoncer au monde avec un peu de foi, au prix de ce que c'est que d'épouser un homme dont la vue, l'approche, le toucher de la main ne vous gonflent pas immédiatement, à en crever, de cette substance d'espérance qui nous soulève au-dessus de la terre?...

Mon Dieu! que je fus malheureuse!... En une quinzaine de jours, je me souviens que je changeai d'une façon si sensible que l'on s'en inquiéta et me fit examiner par le médecin. Je commençai, à ce moment-là, à perdre un peu de cette chevelure si fournie et si longue que je ne savais comment la coiffer; et je maigris à en devenir laide... Je comptai là-dessus pour écarter M. Serpe. Mais non! mais non! j'ai dit qu'il était constant!... Il se conduisit même très bien : combien d'autres, à sa place, en pareille circonstance, eussent hésité, temporisé, reculé indéfiniment toute conclusion! Lui, point. Il fut plein d'attentions pour mes parents alarmés et pour moi; il eut même des gentillesses!... lui à cause de qui je souffrais tant, il sut me toucher, gagner de ma part au moins quelque amitié!... Comme, à un compliment banal qu'il m'adressait, je lui objectais :

— Mais voyez donc ma figure!

Il me dit :

— C'est quelque chose de mieux que la beauté, que j'aime en vous.

Et, ma foi, ce fut là son aveu: il ne m'avait jamais dit jusque-là qu'il m'aimait. Et je lui sus gré de me l'avoir dit de cette façon.

Oui, mais cela ne pouvait pas atténuer beaucoup mon chagrin.

Ce qui l'aviva, c'est que je m'aperçus qu'avec

cette espèce de maladie pour laquelle tant de soins me furent prodigués, et en particulier par M. Serpe, le « oui » que je pensais ne jamais me résoudre à prononcer, il se trouvait que je l'avais à peu près prononcé, car, dans mon désarroi et ma faiblesse, et pour ne pas attrister davantage mes grands-parents si dévoués, j'avais accueilli de M. Serpe ses attentions, ses gentillesses et son aveu!...

Mon acceptation se trouva faite, presque sans moi, hors de moi. C'était un peu comme si je m'étais jetée à l'eau pour échapper à une poursuite redoutable, et si, après avoir été emportée par le courant, en syncope, asphyxiée à demi, je me retrouvais sauvée par ceux-là mêmes que j'avais voulu éviter, — moins avancée qu'avant mon acte désespéré, car je leur avais maintenant des obligations!

A partir du moment où je sentis que ma volonté, mon goût personnel, enfin tout ce qui était de moi, de moi-même, ne pouvait plus rien modifier à la marche des événements, j'éprouvai une sorte de soulagement. Il me semblait qu'une partie considérable de moi était morte; j'en avais du regret, mais c'était la partie de moi qui m'avait fait le plus souffrir, parce que c'était elle qui m'obligeait constamment à choisir, à prendre une détermination, à vouloir. Elle était morte ; je m'en trouvais tout endolorie ; mais du moins il ne me restait plus qu'à me laisser aller !

Oh ! que c'est triste !... Et dire que c'est presque agréable !...

Est-ce qu'il y a des femmes qui ont passé, comme moi, par cette épreuve ? Il faut le croire, car le mariage d'amour, dans notre monde, n'est pas le plus fréquent. Qu'elles me disent s'il y a quelque chose de comparable à ces mariages plats, où l'on va sans goût et même sans dégoût, où l'on va sans rien, même sans soi-même ! Une bonne révolte au fond du cœur, une sourde rage, une haine pour l'homme qu'on va épouser vaudraient mieux, car tout cela permet de méditer des vengeances et vous oblige à faire le vœu de briser la chaîne qui va être rivée. Mais l'état neutre, quasi amical, un peu reconnaissant, joint au deuil de votre propre personnalité, à l'impression de facilité que donne la perspective d'une vie toute faite, pareille à une voie ferrée en ligne droite, d'une vie faite par les autres, par vos parents, par vos amis, par la société tout entière, par l'histoire, par la coutume de votre pays, comme c'est triste !... Et dire que c'est presque agréable !... Ah ! non, il n'y a rien d'analogue à cela! Ne serait-ce pas là la « tiédeur » que vomit l'Écriture?

J'ai entendu bien souvent parler, depuis lors, des joyeux enterrements de la vie de garçon que fêtent, avant de nous épouser, messieurs nos maris. Ils les peuvent célébrer légèrement, parce que presque aucun d'eux, ce faisant, n'a le sentiment de renoncer définitivement à quoi que ce soit. Mais, nous autres femmes, nées honnêtes, élevées comme je l'ai été, qui n'avons joui de rien et qui renonçons sérieusement à tout, c'est pire qu'une vie que nous enterrons, c'est nos rêves. La vie vécue se laisse juger, on en sait la valeur relative et la médiocrité; mais le rêve, non. Que de félicités, puériles peut-être, mais intenses et illimitées, n'avons-nous pas imaginées autour de la figure du jeune homme qui tourna les pages, ou du fils du notaire, aux yeux tendres, aperçu sur le quai de la gare!...

XXIV

Dieu sait si mes grands-parents avaient favorisé ce mariage! Du jour où l'on fut autorisé de part et d'autre à le tenir pour assuré, et où l'on parla de fixer la date des fiançailles, voilà mes grands-parents tout défaits! Comment! n'était-ce pas leur plus sincère désir que ce mariage fût conclu? Si, si! Et ils ne cessaient de répéter : « Pour ton avenir, pour ton bien, ma chère enfant, on ne pouvait espérer une telle chance!... » Mais, à maintes petites réflexions, allusions entrecoupées ou suspendues tout à coup, il était apparent que cette aubaine pour moi était pour eux un sacrifice considérable. N'était-ce que de me perdre qu'ils redoutaient? En effet, si je les interrogeais là-dessus : « Crois-tu, ma fille, me disaient-ils, que cela n'est rien? »

— Mais monsieur Serpe voyage si facilement!... Pour un oui, pour un non, nous serons ici!

Ils soupiraient, hochaient la tête. Ils étaient dans une grande anxiété, il ne parlaient que de se réduire; de renvoyer le domestique mâle, de louer le jardin, voire une partie de la maison. J'avais déjà entendu cela lorsque mon frère faisait ses sottises; n'en avait-il pas commis quelque autre depuis le temps qu'il se tenait coi?

— Non, non! Paul se conduit très bien, faisait grand'mère, d'ailleurs je l'ai toujours dit : « Ce garçon-là est meilleur qu'on ne le croit. Il fallait bien qu'il jetât sa gourme!... »

— Mais, alors, pourquoi louer le jardin, une partie de la maison?

— Oh!... pour nous tout seuls, à présent, songe donc, mon enfant! que nous faut-il?

— Bientôt, quelques mètres carrés de terre, disait grand-père, nous serons amplement suffisants... à perpétuité, par exemple!

Et alors c'était entre eux « le duo de corbillard ». Impossible de les dérider.

Ils tinrent à faire visiter à M. Serpe les deux fermes qui leur restaient. On louait, quand on allait « à la campagne », une voiture à l'*Hôtel de la Lamproie;* c'était une guimbarde centenaire et des plus comiques. Les Vaufrenard nous accompagnaient. Mais personne ne riait, ce jour-là; M. Serpe, aussi, était tellement sérieux!... On fit le tour du vignoble, aux Épinettes et au Petit-Coudray, puis on visita les bâtiments, le pressoir où l'on cogna du doigt sur le flanc de la cuve vide, les étables; on présenta M. Serpe aux fermiers qui le dévisageaient d'un œil admiratif et méfiant, car il était très bien habillé, et, quoiqu'on ne leur eût rien dit, ils voyaient en lui mon futur mari. Et mes grands-parents parlaient de tout à l'imparfait : « Nous faisions ceci... nous venions là pour les vendanges, c'est ici que nous récoltions le petit vin que vous avez bu... »

— Mais, sacrebleu!... dit M. Vaufrenard, vous n'êtes pas morts!

Madame Vaufrenard, M. Serpe lui-même et moi, qui avions remarqué la façon de parler de mes grands-parents, nous mîmes à éclater de rire. Mais les grands-parents hochèrent mélancoliquement la tête; et ils continuèrent à parler comme s'ils partaient le soir même pour l'exil ou pour l'autre monde.

Le soir même, ils firent à M. Serpe l'aveu que

la petite dot dont ils lui avaient dit un mot, avait été aux trois quarts, exactement, absorbée par les « imprudences de jeune homme » de mon frère. Détacher une des deux dernières fermes de la propriété, et la vendre pour payer les créanciers de Paul, comme on y avait songé un moment, c'eût été subir une perte considérable; et, faute d'autre argent liquide, il avait bien fallu prendre sur les titres que maman mettait en réserve pour moi. Ils priaient M. Serpe d'accepter une des deux fermes du Petit-Coudray ou des Épinettes, à son choix.

M. Serpe laissa parler mon grand-père sans donner le moindre signe de surprise, d'opposition ni d'acquiescement. Je ne suis pas bien sûre qu'il écoutait; je crois, par ce qui s'ensuivit, qu'il se mit rapidement à penser à autre chose. Et mon infortuné grand-père était sur des épines et se croyait obligé de parler, de parler, d'étaler des papiers qu'il avait peine à lire : c'étaient des estimations des Épinettes et du Petit-Coudray, faites par Un tel et Un tel; et des livres de comptes, des factures, un fatras de paperasses. Ma grand'mère, elle, affaissée dans un fauteuil garni d'une housse jaune, — je la vois encore, — était comme un cadavre et ne pouvait pas parler; on eût juré que son mari, en avouant le vide de son portefeuille, était en train de confesser un crime ! On m'avait priée de demeurer là, sous le prétexte que je ne devais rien ignorer. Je ne me tourmentais pas outre mesure, parceque je savais que M. Serpe ne me prenait pas pour une misérable dot de quelques milliers de francs, et que, par conséquent, il lui devait être assez indifférent que cette obole consistât en titres de rentes ou bien en un pauvre toit nommé le Petit-Coudray ou les Épinettes !... Mais c'était de mes deux vieux parents, privés du revenu de cette terre, qu'il fallait s'inquiéter, et, s'il fallait les secourir à l'avenir, somme toute, « les imprudences de jeune homme » retombaient, quelque arrangement qui intervînt, toujours sur moi... et désormais sur M. Serpe...

Nous n'étions donc pas fiers, ni les uns ni les autres. M. Serpe, tout à coup, se mit à rire, ce dont nous fûmes ébahis, car il était d'une gravité imperturbable. Et il dit :

— Mais ce sont des enfantillages !... Tout est très bien, très bien !... Je ne sais pourquoi je vous laisse prendre tant de peine, cher monsieur Coëffeteau... Je voudrais seulement pouvoir vous dire : « Mademoiselle Madeleine a assez de qualités pour qu'elle puisse se passer de ces bouquets de fleurs rustiques dans sa corbeille de mariage !... » Oui, oui ! il dit cette belle phrase, qu'il avait, je crois, tournée pendant que mon grand-père parlait.

— Mais, ajouta-t-il, comme je ne me crois pas le droit de léser les intérêts de ma « future épouse », ainsi qu'on dit dans l'étude d'un notaire, j'accepterai pour elle, puisque vous me le proposez, la nue propriété des Épinettes ou du Petit-Coudray, à votre choix, je vous en prie !... et, d'accord avec elle, j'en suis sûr, nous vous en laisserons, votre vie durant, l'usufruit... dont nous nous passerons fort bien !

Il se tourna vers moi avec un geste de la main analogue à celui qu'on fait pour recueillir une pêche qui se détache de la tige. Je fis un beau sourire : c'était le fruit qu'il attendait ; il referma sa main et la rouvrit, dans l'attitude de l'offrande, cette fois, en la dirigeant vers mon grand-père qui avait laissé tomber ses lunettes, puis vers ma grand'mère, qui ressuscitait.

Ce fut magnifique. Je crus que nous allions tous nous embrasser. Mon grand-père tendit les mains à M. Serpe et le nomma pour la première fois son « futur gendre ». Ma grand'mère, elle, s'écria :

— Non, non !... c'est trop gracieux : nous ne pouvons pas accepter !

M. Serpe fut vraiment très bien. Il s'approcha de moi, me demanda de lui donner la main, et il dit :

— Madame, voudriez-vous contrarier le premier accord — et de si bon présage !... — entre votre petite-fille et moi ?

— Ah !... dit grand'mère, si vous y mettez d'aussi jolies formes, moi, je ne suis pas de taille à lutter !... Je vous dis mon sentiment tel qu'il est : je trouve cela trop beau ; voilà tout !

Ce n'en fut pas moins une chose convenue, et nous étions tous bien contents, quoique grand'-mère demeurât un peu songeuse et qu'il lui fallût du temps pour croire à un arrangement si avantageux. Je savais, quant à moi, un gré infini à M. Serpe qui s'était montré vraiment gentil ; et je lui pardonnais bien des choses qui ne me séduisaient pas en lui. Et, comme il se mêle toujours quelque puérilité aux affaires les plus graves, ce fut ce soir-là, chez nous, entre le retour de la campagne et le dîner, que je me convainquis que le prénom d'Achille était acceptable. Je ne me croyais pas capable, il est vrai, de dire : « Monsieur Achille » comme on m'inviterait à le faire, une fois fiancée à lui ; mais j'espérais pouvoir dire plus tard : « Achille » tout court. Oh ! Oh ! cela avait son importance !

Aussitôt terminé le chapitre de ma dot, M. Serpe se mit à nous parler de sa famille, avec détails, ce dont il n'avait point abusé jusqu'à présent, par discrétion, semblait-il. Mais à présent que nous attendions l'anneau de fiançailles, c'était bien la moindre des choses que je connusse un peu les figures de la famille où j'allais pénétrer.

M. Serpe avait encore sa « vieille mère », cela, tout le monde le savait ; il disait fréquemment : « Ma vieille mère », et, sans qu'il eût employé jamais aucune forme particulière d'affection ou de respect, ce « ma vieille mère » prononcé sur un certain ton, avait été par tous interprété comme une marque de piété filiale qui produisait le meilleur effet. Nous avions cru jusqu'alors qu'il habitait avec sa vieille « mère » ; il nous dit que non, et bien qu'ils fussent du même quartier. C'était tant mieux, en somme, puisqu'elle n'aurait point à se séparer de son fils après le mariage, ce qui laisse toujours, dans l'esprit de la femme âgée, qui a plus besoin de compagnie que jamais, et qu'on abandonne, une certaine animosité contre la jeune bru. Nous sûmes aussi que la « vieille mère » avait bien des manies ; qu'elle vivait au milieu d' « une ribambelle de petits toutous », — cela me plut à moi, mais fit froncer les sourcils à grand'mère. Je ne sais si M. Serpe le remarqua : je crois qu'il épiait assez méticuleusement l'impression produite par les détails domestiques qu'il donnait. Comme il se taisait, un moment, grand'mère l'interrogea.

— Y a-t-il longtemps que vous avez perdu monsieur votre père ?...

— Je ne l'ai point perdu, dit M. Serpe, mon père vit séparé de sa femme depuis plus de vingt ans.

Aïe ! Aïe !

Chacun dit son mot sur la division qui déchirait les familles. Grand'mère enrageait de savoir « de quel côté étaient les torts », du côté de la « vieille mère » aux toutous, ou bien du père, de qui M. Serpe ne parlait pas. Mais il n'y eut pas moyen de le savoir, tant M. Serpe était discret. Il dit qu'il voyait son père, de temps en temps. Ceci était au moins d'un bon fils.

La « vieille mère », que ses toutous avaient bien failli détruire dans l'esprit de ma famille, y gagna quelque sympathie, parce que, au jugé, ce fut elle qu'on déclara victime. Le père Serpe devait être un vieux sacripant. Heureusement, l'on sait que les fils tiennent le plus souvent de leur mère.

— Peuh ! dit grand-père, vois donc Paul, par exemple !

Le lendemain, pendant une promenade à Champigny, aux environs de Chinon, où M. Serpe nous accompagna, il nous jeta comme un détail sans importance, qu'il avait une sœur divorcée !... Le divorce, alors, était rare, et fort mal vu en province. Mes grands-parents s'arrêtèrent tous les deux instantanément, le temps de reprendre respiration. Nous allions entrer à la chapelle où l'on visite de très beaux vitraux ; et des touristes, non loin de nous, attendaient le gardien. Je pensai que mon mariage était flambé.

Personne n'ajouta rien au mot « divorcée » tombé négligemment des lèvres de M. Serpe. Nous visitâmes la chapelle, ce qui nous dispensa de parler ; et, à la sortie, M. Serpe, que le style du monument intéressait énormément, ne tarit pas en détails curieux sur l'architecture.

Grand'mère ne l'écoutait guère, mais elle trouvait qu'il parlait bien ; mon grand-père s'instruisait et, en rentrant à la maison, quand l'architecte nous eut quittés, il dit de lui :

— C'est un véritable savant !

Cette petite circonstance fortuite : une conférence improvisée sur l'art de la Renaissance, faisant suite immédiatement à la révélation de la seconde anicroche dans la famille Serpe, sauva mon mariage du plus grand danger qu'il ait couru avant d'être conclu. Un hasard de rien du tout l'emportait sur les principes les mieux établis. Certes, la double « tare » ne fut point si aisément ni si tôt digérée; mais sa révélation se trouvait liée en fait, d'une part à la générosité inespérée de M. Serpe, touchant la ferme, d'autre part à une manifestation d'érudition, ce qui, je l'ai remarqué souvent depuis, subjugue presque invariablement tout le monde.

Pour moi, ces histoires de séparation et de divorce ne me troublaient point. On ne divorçait pas dans notre monde, en province, mais j'étais toute disposée à croire qu'à Paris, les mœurs étaient totalement différentes. C'est même presque incroyable, qu'élevée comme je l'avais été, je pusse admettre si aisément que l'on brisât les règles reçues. Une vanité de grande gamine ne me poussait-elle pas à me flatter, même avant le mariage, de comprendre, moi, des hardiesses qui faisaient frémir nos pauvres provinciaux?... Je me souviens fort bien que j'avais formé le projet de dire à mademoiselle de Gouffier, par exemple : « Vous savez, j'ai une future belle-sœur divorcée!... »

Avant que l'occasion se présentât de me parer de cette supériorité étrange, je me dédommageai en prouvant à M. Serpe que je n'avais pas de préjugé contre le divorce. Et je lui parlai très naturellement de sa sœur. A mon grand étonnement, ce fut lui qui se montra sévère pour la divorcée. Il n'avait pas beaucoup parlé d'elle jusqu'à présent ; on l'avait entendu dire à plusieurs reprises : « Ma sœur... ma sœur qu'on prétend fort jolie... » et il lui laissait encore le nom de son mari. Il ne me cacha point qu'il était ennemi du divorce, et il saisit ce prétexte pour me faire un petit discours sur le rôle de la femme mariée, sur le rôle du mari, sur le mariage même, qui était, vraiment, digne des traités de morale les plus recommandables. J'en fus tout édifiée, et même stupéfaite, je l'avoue, à cause de cette qualité de « Parisien » qu'avait M. Serpe, et qui, selon moi, devait comporter toutes sortes d'audaces. Les principes de M. Serpe étaient, d'ailleurs, plutôt rassurants pour moi, car, personnellement, je n'avais pas l'intention d'user des audaces parisiennes et je préférais que mon mari s'en abstînt. Mais, enfin, cela me surprit.

M. Serpe me fit entendre qu'il ne tenait pas à me voir fréquenter beaucoup sa sœur.

— Mais, madame votre mère la voit, je suppose?...

— Elles habitent ensemble.

— Ah !

« Eh bien! me dis-je, voilà une belle-famille qui, du moins, ne me gênera guère!... »

Mais cette mère et cette sœur, vivant ensemble, et que M. Serpe entendait ne point trop laisser fréquenter à sa jeune femme, mirent au supplice l'esprit de grand'mère. Que n'avait-on su cela plus tôt? Ah! mais à qui le demander? On s'était informé de M. Serpe près de M. Segoing, le conseiller général, qui avait fait sa connaissance chez la comtesse de Grenaille-Montcontour, en Sologne. Si le conseiller général eût rencontré M. Serpe seulement chez une madame Dupont, on eût été chercher avec méthode les tenants et aboutissants; mais certains noms, d'un monde où notre bourgeoisie n'était pas admise, avaient sur elle un tel prestige qu'ils couvraient de leur panache tout ce qui en approchait de près ou de loin. Le château de Plouhinec, le duc, la duchesse, venant par là-dessus, allez donc après cela vous informer si un jeune et brillant architecte qui fréquente des maisons pareilles, a une sœur qui... ou une mère que! Quand grand-père, moins crédule, osait dire : « Ses chasses... ses chasses!... mais il est, pendant la chasse, sur son échafaudage au milieu des maçons... » ce seul doute blessait grand'mère dans le besoin qu'elle avait de croire au vernis de son futur gendre. J'ai remarqué aussi, non pas dans ce temps-là, mais en y réfléchissant depuis, que nos familles étaient un peu dupes de leurs exigences : elles voulaient être très dédaigneuses, très difficiles ; il leur plaisait de s'imaginer pareilles à ces « maisons » d'autrefois qu'une mésalliance troublait ; mais la nécessité faisait qu'il fallait bon gré mal gré tenir compte, de moins en moins, de la pureté du groupe auquel un épouseur appartient. En fait, si la famille ne vous agrée pas, quelle est la sanction? On le regrette : mais on se laisse épouser.

Mes grands-parents boudèrent ; encore ne l'osèrent-ils faire qu'à la maison, et presque en cachette : c'est qu'ils pensaient à la difficulté qu'a une fille pauvre à se marier convenablement ; et c'est qu'ils pensaient à l'usufruit de la ferme.

XXV

Ce fut le père de M. Serpe qui fit le voyage de Chinon pour demander ma main. Il n'était point mal du tout, ce vieillard; un peu cassé, tout blanc avec un teint rose; un air réservé et timide; il donnait l'impression d'une nature un peu féminine et tendre et qui avait dû beaucoup souffrir. Son fils n'avait rien de lui, mais rien de rien; était-ce pour cela qu'il parlait si peu de son père? Pourtant on les sentait unis par un lien d'amitié assez vif; ils avaient mêmes idées sur beaucoup de choses, mais le père mettait à les exprimer une manière... ah! comment dire cela?... une certaine bonhomie, une certaine grâce qui vous faisaient sourire sans qu'on cessât de l'écouter sérieusement... Mon Dieu! si son fils avait hérité de cela!... je l'aurais peut-être aimé!... Qu'il est donc vrai que ce n'est pas par l'intelligence que nous sommes le plus rapprochés les uns des autres, mais par une façon de sentir qui donne à nos idées leur forme, qui ne change point, elle, et qui peut si facilement faire changer les idées!...

Après que nous eûmes fait connaissance dans le salon, la conversation tomba tout à coup, et, comme personne ne la relevait, grand'mère me fit signe de m'éloigner : c'était l'heure de la demande officielle qui était venue. Je laissai les deux familles et m'en allai dans la salle à manger, ayant de grands battements de cœur : quoique tout fût convenu depuis longtemps, il n'y avait pas à dire, c'était en ce moment-ci que, là, tout près, de l'autre côté de la cloison, on liait mon sort en y mettant les formes.

Françoise entra, venant de l'office, et traversa la salle à manger. Elle comprit ce que je faisais là, ce qu'on faisait de l'autre côté, et se prit à sourire d'une façon singulière.

— Eh bien!... quoi?... tu es contente?

Elle était contente; toute la maison était contente; le mariage plaît à tous.

Mais moi, je crois que j'étais verte quand je

reparus dans le salon. Le papa Serpe me demanda la permission de m'embrasser. Puis son fils me passa au doigt un fort beau brillant : c'était mon anneau de fiançailles. Je n'étais pas fâchée d'avoir à moi un si beau brillant. Toutes sortes d'idées tournoyèrent en peu de temps dans ma cervelle; je vis des contes de fées, des carrosses, des robes de bal, des princes et des lumières en quantité; je me dis : « Le bonheur!... le bonheur!... » Et ces deux mots, répétés, m'apparurent véritablement, en caractères d'une belle flamme bleuâtre, mais d'une nuance plutôt triste. Puis, je voulus dire quelque chose, remercier, et je me reprochai de n'avoir pas prévu cette cérémonie et préparé ce que je devrais dire pour n'avoir pas l'air d'une cruche devant mon futur beau-père. Je ne sais ce que je dis. Ce qu'il y a de certain, c'est que je dus m'asseoir; j'eus un étourdissement, rapide, qui ne fut pris que pour une émotion, après tout, assez naturelle. Et mon fiancé me baisa la main. Je lui souris, d'une façon assez niaise, et n'eus plus qu'une idée : m'essuyer la main.

Je la frottai, derrière moi, contre ma robe de toile. Et je fus effrayée de m'être sentie obligée de faire cela; j'en demeurai toute stupide. En y songeant je regardais mon solitaire qui étincelait.

Ma grand'mère dit :

— Elle est hypnotisée!

Je dus paraître bien innocente, bien enfant. Pourtant, ce qui se passait en moi était d'une grande personne.

On alla, comme de juste, présenter le papa Serpe chez les Vaufrenard. Ce n'étaient pas les Vaufrenard qui avaient déniché les Serpe, ni fait, à proprement parler, le mariage; mais ils s'enorgueillissaient d'y avoir contribué de tout leur pouvoir; cette union était pour eux une fête de famille. Ils s'y prêtaient à tel point, qu'en l'honneur de M. Serpe qui n'aimait pas la musique, aussitôt notre entrée dans la maison, désormais, ils faisaient taire tout instrument. Un jour que nous les avions entendus jouer, du dehors, nous les vîmes fermer piano et harmonium à notre seul aspect; je me hasardai à dire :

— Mais, je suis toujours musicienne!...

Ils ne soutinrent pas le contraire, mais ils firent comme si je n'avais rien dit.

Je crois qu'ils essayaient de me faire oublier la musique!

Et, en effet, il était vrai que je ne touchais presque plus mon piano. Ne plus provoquer au bout de mes doigts ce langage qui m'avait entretenu, pendant des années, dans un état d'esprit élevé et poétique, cela m'avait manqué pendant quelques jours, quelques semaines peut-être; mais on avait eu tant à faire avec les robes, les chiffons, les voyages à Tours, — non plus pour aller chez madame de Testaucourt, par exemple! — que la privation s'était assez vite adoucie. Les préparatifs du mariage étaient tels, dans nos provinces où l'on faisait beaucoup de ses propres mains, qu'une jeune fille atteignait le jour de la cérémonie sans avoir pu, pour ainsi dire, penser au mariage. Pour moi, c'était avant l'instant des fiançailles que j'avais surtout souffert, mais depuis lors je n'en eus jamais le loisir.

Si, une seule fois, je faillis me ressaisir; ce fut précisément le jour où le papa Serpe recevait tous les salamalecs des Vaufrenard. Une envie m'avait prise d'aller encore une fois m'asseoir seule, à mon balcon, au-dessus de la citerne et de la vigne de Sablonneau. Je quittai le salon et courus à la terrasse. Sablonneau était là, au bas, qui crachait dans ses mains et allait reprendre sa pioche; il porta, en me voyant, sa main à sa casquette, et ses yeux pétillèrent; pour la première fois je le vis exhiber ses vieux chicots en souriant; il était content, lui aussi, de mon mariage. Mais à ma citerne et au fin paysage lointain étaient liées pour moi trop de rêveries pour que quelqu'une d'elles ne revînt pas voleter autour de ma cervelle. Je regardais l'eau profonde, un peu tarie pourtant cette année par la sécheresse, la taie verdâtre, les araignées, et puis, tout là-bas, le ruban d'argent de la Vienne où le falot de Gaulois le pêcheur semblait, le soir, un ver luisant. Elles revinrent, quelques-unes de mes rêveries mélancoliques et de mes sublimes espérances de jadis... Eh bien! j'étais pour elles déjà une étrangère, je les regardais presque de loin, sinon de haut, j'allais peut-être les traiter de chimères, lorsque M. Serpe, mon fiancé, qui me faisait sa cour impeccablement, vint me rejoindre et m'entretenir d'un sac de voyage en peau de truie, avec trousses, qu'il désirait m'offrir pour mon voyage de noces. Je n'avais, certes, aucun amour pour mon fiancé : eh bien! l'idée ne me vint pas de regretter qu'il eût interrompu mes plus chers souvenirs; mon esprit était déjà rompu à admettre que le choix d'un sac de voyage pouvait balancer les désirs d'ivresses infinies qu'une mélodie de Schumann ou une berceuse de Chopin m'inspiraient quand j'étais une jeune fille à marier!...

Chacun, à présent, me disait : « Tu vas être une

femme ! » Et cela signifiait : il est temps d'attacher du prix aux choses positives.

La conversation de mon fiancé avec moi roulait uniquement sur des détails d'installations ou d'accessoires de voyage. Il était architecte, n'est-ce pas? architecte excellent d'ailleurs, et rien que cela : la disposition pratique d'un appartement, le choix des meubles, la place de la baignoire dans le cabinet de toilette, étaient pour lui d'une importance capitale dans la vie. Jamais, à aucun instant, il ne manifesta qu'il voyait au delà. A part certains chapitres de morale, mais encore considérée d'un point de vue tout pratique et hygiénique, pourrait-on dire, il demeurait enfermé dans ce cercle de petits soucis qui concernent tous la plus grande commodité de la vie. Il excellait en moyens ingénieux de simplification pour les systèmes de locomotion : il refaisait l'horaire des chemins de fer, il retraçait les routes ; l'automobile n'était pas inventée dans ce temps-là, mais on eût dit qu'il en pressentait l'avènement prochain, et il émerveillait ces messieurs en leur prédisant les grandes modifications qui en résulteraient pour la vie de chacun. En général, tous étaient sensibles à la description de ces futurs « progrès », oui, tous, même mes grands-parents, qui, pourtant, n'étaient pas des gens à adopter les nouveaux modes de vie; mais c'était une chose curieuse à constater, que ce goût secret et fondamental pour la vie matérielle, chez des gens qui se piquaient d'en faire fi.

En vérité, j'avais été jusqu'alors nourrie, bourrée, gorgée d'idées morales, et l'on m'avait enseigné de si bonne heure le mépris de la vie physique, que je n'avais, je le jure, jamais pensé à un bien-être qui ne vînt de l'état de l'âme.

Ah! ma belle vallée, peuplée par moi de si nobles images!... ah! l'œil ironique et triste de ma citerne!... Il s'agissait à présent d'un sac de voyage en peau de truie et de trousses avec accessoires variés, dont le moindre, il faut l'avouer, captivait mon imagination!... Nous discutions, mon fiancé et moi, sur le manche d'une brosse à dents ou sur la forme de ciseaux à ongles! Et ce sujet m'intéressait!... J'avais vu à Tours, rue Royale, des nécessaires de voyage entr'ouverts, entre des cravates d'homme de la dernière élégance, qui étaient d'un irrésistible attrait. Je n'avais jamais espéré pouvoir en posséder un. Et mon fiancé me prouvait que ce que j'avais vu à Tours, en fait de nécessaires, n'approchait pas de ce qu'il avait commandé pour moi spécialement, et à mon chiffre, à Paris!...

C'était le sourd instinct égoïste, sous sa forme la plus vulgaire, qui venait à mon secours. Ce beau sac de voyage m'invitait à m'occuper d'un autre moi-même jusqu'ici négligé. Ah! je sais, à présent, ce qu'il y avait de veulerie et de sensualité inconsciente dans cet abandon à la douceur nouvelle !...

Lorsque ma famille, le papa Serpe et les Vaufrenard sortirent du salon et vinrent nous rejoindre sur la terrasse, j'écoutais si attentivement les détails fournis par mon fiancé, que je ne détournai seulement pas la tête, et je ne me serais peut-être pas aperçue que nous n'étions plus seuls, si je n'avais entendu madame Vaufrenard prononcer, à sa façon un peu commune : « Allons! allons! tout va bien : ne troublons pas les amoureux! » Elle ne doutait plus, ni elle, ni personne de ma famille, que M. Serpe n'eût enfin trouvé le secret de me plaire.

Mais je me relevai précipitamment, et, en rejoignant le groupe qui montait l'escalier du Clos, je fis, je m'en souviens, cette remarque sur moi-même, que, contrairement à ce qu'en pensait madame Vaufrenard, et quoique j'eusse écouté volontiers la description du sac de voyage, j'éprouvais un soulagement lorsque quelqu'un venait me fournir un prétexte à n'être plus seule vis-à-vis de M. Serpe.

Tondu était dans la vigne du Clos, toujours courbé vers la terre, entre les rangs de vigne. M. Vaufrenard, qui s'amusait fort du zèle infatigable de son closier, dit au papa Serpe qu'il y avait là un travailleur extraordinaire, mais que, malheureusement, il n'aurait pas l'avantage de le lui présenter, car Tondu ne se relevait jamais.

— Si, si, dis-je, il se redressait autrefois, quand vous chantiez!...

M. Vaufrenard ne chanta pas, et Tondu pourtant redressa l'échine au-dessus de la vigne : il le faisait toutes les fois qu'il apercevait mon fiancé, et il ôtait sa casquette d'un air béat; c'en était encore un qui se réjouissait de voir celui qui allait m'épouser!

Le tour du Clos étant fait, on se reposa un moment sur le banc de pierre de la salle de verdure près duquel, les soirées chaudes de l'été, je m'étais étendue sur l'herbe, il n'y avait pas si longtemps, en regardant les étoiles. Et je me souvins, là, d'avoir eu, un certain soir, la certitude qu'il était impossible que je ne fusse pas heureuse, un jour. Et je pensai : « Eh bien! c'est maintenant, voyons, que je suis heureuse, puisque tout le monde le dit!... » La persuasion que j'étais heureuse pénétrait en moi petit à petit et, parce que ce genre de bonheur-là ne ressemblait en rien à celui que j'avais imaginé, j'en concluais tout bonnement que j'avais été précédemment une sotte de rêver à des sornettes, et sur ce banc, où j'étais à présent assise comme une grande personne, je rougissais du temps où, sous l'influence du couvent ou bien sous celle de la voix de M. Vaufrenard, je me laissais aller à mes extases. La vie, c'est bien plus simple, bien plus prosaïque! Je me faisais maintenant une coquetterie d'en apprécier la saveur un peu fade : c'était le goût de la raison!

XXVI

Pour le mariage, le papa Serpe se trouva immobilisé à Paris par la goutte, et nous eûmes à Chinon la « vieille mère » comme représentant de la famille. La sœur divorcée était malade, elle aussi, ou du moins, prétendit l'être.

La « vieille mère » nous surprit beaucoup, — quoique grand'mère affirmât s'être attendue à tout de la part d'une femme qui vivait entourée de chiens... — Nous allâmes au-devant d'elle, avec la voiture de l'*Hôtel de la Lamproie ;* son fils était avec nous ; quand le train stoppa, il dit : « Voilà maman ! » Je dis, moi : « Où donc !... où çà ?... où çà ?... »

Je cherchais une dame à cheveux blancs. Je

vis mon fiancé tendre la main à une espèce de jeune femme blonde, fort élégamment mise, qui avait une taille, ma foi, très passable, sous un cache-poussière ajusté, et dont l'âge véritable n'apparut que lorsque nous fûmes nez à nez, et avant même qu'elle ne soulevât sa voilette : son visage était recouvert d'une couche de fard, ses lèvres rougies et ses sourcils renforcés; la fatigue des yeux et l'affaissement des traits étaient exaltés par ce masque, et, pour nos yeux de province inaccoutumés à ce genre d'artifice, cette jeune vieille dame produisait un effet déconcertant d'abord et presque d'épouvante. Il fallut que mon fiancé dît : « Ma mère... » pour que nous nous décidions à sourire, à prononcer je ne sais quels mots de bon accueil. Grand'mère n'était pas là; je pensai : « Heureusement qu'elle ne la verra, pour la première fois, qu'à la lumière!... »

Comme nous causions assez péniblement en attendant les bagages, quelque chose remua sous le bras de madame Serpe et nous reconnûmes que c'était un chien que l'on eût pris pour une poignée d'écheveaux de soie. Il était couleur tabac clair; on ne lui voyait ni les yeux ni le museau, sous ses longs poils tombants. Je le trouvai drôle et gentil, moi; j'aimais beaucoup les bêtes :

— C'est donc un de vos charmants petits chiens, madame?...

La glace était rompue : j'avais trouvé un point de contact avec ma future belle-mère. Je ne sais quoi, d'ailleurs, m'avertissait que je n'en trouverais jamais d'autres...

Pourtant, cette femme n'était pas détestable; elle faisait beaucoup de frais; elle parlait avec une grande facilité; elle s'émerveillait de tout, et d'une façon presque comique, car elle ne connaissait pas la province et elle la découvrait, mais comme un pays de Lilliput où tout lui paraissait extraordinaire par la petitesse. Nous autres, elle nous effrayait, comme si elle eût été, par exemple, Chinoise, et si c'eût été dans son pays que l'on allait m'emporter dans trois jours.

Elle nous parla surtout de sa fille, qu'elle adorait.

Elle la louait avec une exagération presque agressive : c'est qu'elle pensait à notre préjugé contre le divorce. Mais, de ce préjugé nous n'avions pas soufflé mot; nous ne pouvions pas non plus, sans la connaître en aucune façon, féliciter une femme d'être divorcée !... Pendant les quelques jours que la mère de mon fiancé demeura à la maison, il y eut, entre elle et nous, comme une guerre sourde, provoquée par la divorcée que nous n'avions jamais vue et sur laquelle personne de nous n'avait formulé tout haut une opinion.

Heureusement, je parvins à adoucir les chocs parce que j'étais, moi, assez bien disposée envers la « vieille mère » : c'était elle qui avait apporté de Paris le sac de voyage en peau de truie, et elle l'avait bondé entièrement de dentelles anciennes superbes, au milieu desquelles se dissimulait un petit paquet lourd et soigneusement fait ; c'était une bourse en or gonflée de pièces d'or. Je comptai cinquante louis. Je n'avais jamais vu une pareille somme.

J'avais passé une heure, seule, dans ma chambre de jeune fille, le premier soir où je fus en possession de mon sac, à l'ouvrir, à le fermer, à m'émerveiller du fonctionnement parfait de la serrure et du petit bruit si ferme et si franc qu'elle produisait, lorsqu'on pressait l'une contre l'autre les pièces de cuivre terni appliquées sur sa belle mâchoire !... et à retirer la garniture divisée en deux planches : l'une portant les brosses, peignes, ciseaux, etc., l'autre les flacons de cristal taillé, aux étincelantes facettes, rangés en si bel ordre et si gentiment coiffés de leur petit turban argenté !... et à replonger les deux parties de la garniture dans la grande gueule ouverte!... et à me demander quels parfums, quelles poudres et quelles pâtes empliraient ces récipients trop nombreux et dont l'ajustage, le poli, la sobriété, « l'air anglais » me fournissaient, à moi, l'image la plus frappante d'une civilisation raffinée. Oui, c'est par ce sac de voyage, plus que par aucun autre objet et plus que par aucune idée, que je me fis une représentation de Paris et que je pus juger combien le mot présomptueux de « moderne » contient de magie pour nos pauvres petites cervelles.

Sur la commode de ma chambre, à côté de la bourse d'or, il était là, ouvrant sa belle gueule écarlate, mon sac de voyage en peau de truie, frappé à froid de mes initiales nouvelles ; et près de lui, les deux parties de la trousse présentaient, inclinées légèrement, comme l'étalage des magasins, leurs flacons à facettes, leurs brosses à dos d'ivoire, leur ribambelle d'accessoires divers. Et la vue de cela me promettait une facilité de vie à laquelle je n'avais pas songé jusqu'alors... C'était encore une représentation un peu confuse; mais j'en sentais la complète nouveauté pour moi, en même temps qu'une sorte d'attrait, non de très bon aloi, peut-être, passablement terre à terre, sans doute, mais qui n'était pas moins un attrait.

Oh ! comme un élément qui peut nous modifier de fond en comble, tranquillement, imperceptiblement, s'insinue! C'était l'attrait de la vie matérielle aisée, attiédie et flattée par les mille ingéniosités de notre temps, qui m'était présentée et offerte sous les espèces de ce beau sac de voyage et de la bourse d'or...

Mon fiancé promettait d'aller faire notre voyage de noces à Venise.

Ma tête tournait un peu, je l'avoue.

Alors, comment expliquer l'étrange chose qui se passa en moi, deux jours avant la cérémonie?

Je savais que M. Topfer venait d'arriver d'Angers, plus tôt que de coutume, et uniquement pour assister à mon mariage. Afin de l'en remercier, je combinai, — je ne sais comment, car je n'avais vraiment pas un quart d'heure à moi, — je combinai d'aller trouver mon bon Topfer, le matin, chez les Vaufrenard, comme dans les temps anciens, une dernière fois. Françoise me conduisit jusqu'à la grille ; j'entrai à pas de loup dans la maison ; M. Topfer répétait le *Panis Angelicus* de Franck, qu'il avait promis d'exécuter à l'église, pendant la messe ; je m'arrêtai à la porte du salon, le cœur battant, jusqu'à ce qu'il eût fini ; puis j'entrai et lui sautai au cou. Il était un peu ému : étaient-ce les sons admirables qu'il venait de tirer de son violoncelle? Était-ce l'idée du mariage de sa petite amie, de son élève un peu? Je n'en sais rien. Toujours est-il qu'il ne me parla guère, et que, pour se donner une contenance, je crois, il reprit son archet et enfonça la pointe du violoncelle dans le parquet. Il était arrivé de la veille au soir : il oubliait la consigne nouvelle de la maison Vaufrenard, d'après laquelle on ne faisait plus de musique en ma présence!

J'en fus heureuse, oh! heureuse! J'ôtai vite mes gants et me mis au piano. M. Topfer me regarda en souriant, de son œil bleu d'enfant, et m'attendit : nous reprîmes ensemble le *Panis Angelicus*. M. Vaufrenard entra. Je croyais qu'il allait faire la grimace en me voyant au piano, et nous intimer l'ordre de nous taire; mais le plaisir musical l'emporta sur sa volonté même, ou bien lui fit oublier la consigne : il vint se placer derrière moi, et chanta.

Qu'est-ce qui me prend alors, à moi, tout à coup? Voilà que mes yeux se brouillent; je ne peux plus lire la musique; je sens une larme qui me chatouille la joue, et j'éclate en sanglots. Je quitte le piano, je me réfugie dans l'ombre, je m'assieds sur un pouf, les coudes sur les genoux, me tamponnant les yeux avec mon mouchoir, puis je saute sur mes gants et m'en vais. En donnant une poignée de main à M. Topfer, je regarde une dernière fois mon bon vieil ami et m'aperçois que ses petits yeux bleus sont tout trempés.

Et me voilà courant à la maison, montant à ma chambre : une crise de larmes, un désespoir complet. Quand maman pénètre dans ma chambre pour me dire que mon fiancé est en bas, je lui crie entre des hoquets une chose qui l'abasourdit; je lui crie :

— J'aurais dû épouser monsieur Topfer!... j'aurais très bien pu épouser monsieur Topfer!

Maman me dit :

— Tu es complètement folle, ma pauvre enfant!... Es-tu malade?... Surtout, ne va pas dire une chose pareille devant ta grand'mère !

Grand'mère qui a entendu crier, pleurer, arrive à son tour : et je lui répète ce que j'avais crié à maman :

— Oui, j'aurais très bien pu épouser monsieur Topfer!

Grand'mère ne s'indigne pas; elle me dit qu'il faut me coucher, et qu'il faut envoyer chercher le médecin. Je proteste : « Mais non, je ne suis pas malade! » Grand'mère insiste; elle me tâte le pouls qui, naturellement, doit être assez agité, et elle commence à me déshabiller. Soudain je pense : « Si j'étais malade et si mon mariage en pouvait être retardé!... » et je me laisse mettre au lit. Grand'mère elle-même descend avertir mon fiancé que je suis souffrante, et donner l'ordre qu'on envoie chercher le docteur.

Le docteur vient aussitôt, ayant même interrompu son déjeuner, — une jeune fille qui se marie après-demain, pensez donc ! — Je me demande : « Va-t-il me trouver une maladie ? car enfin, qu'est-ce que j'ai? Ne suis-je pas folle, en effet ? Jamais l'idée d'épouser ce pauvre monsieur Topfer ne m'était venue : un homme de soixante ans passés!... Grand'mère avait raison ; il fallait que je fusse malade. » Mais le docteur ne me trouve absolument rien d'anormal ; je n'ai pas la moindre fièvre : « Ce sont, dit-il, de ces petits tours que nous jouent les nerfs des jeunes filles... » Il sourit et ne veut pas que je reste couchée.

— Et déjeunez, je vous prie, mademoiselle ! Ce n'est pas le moment de nous mettre à la diète !

Alors une autre idée insensée me vient, moins grave, il est vrai, celle-là, mais telle que la façon dont j'avais été élevée ne me préparait guère à l'avoir : je veux bien déjeuner, mais là, dans ma chambre, et en regardant mon sac de voyage !

Grand'mère lève les bras au ciel ; mais le docteur prononce :

— C'est parfait! c'est parfait!... Allons, madame Coëffeteau, il ne sera pas dit que vous n'aurez pas une fois passé un caprice à votre petite-fille!

Et il lui souffle je ne sais quoi à l'oreille. La pauvre grand'mère, aussi bouleversée que si elle eût renié son *Credo*, commande qu'on me serve dans ma chambre. Mais alors, c'est moi qui, par égard pour la douleur qu'une telle fantaisie cause à grand'mère, déclare que je descendrai déjeuner à la salle à manger.

Pendant qu'on me servait, toute seule, après la famille, mon fiancé était venu prendre des nouvelles; il se tenait dans le salon avec mon frère arrivé du matin, et j'entendais qu'il s'informait beaucoup de lui et le faisait causer. Lorsque je les eus rejoints et que j'eus tranquillisé tout le monde sur ma santé, ce fut madame Serpe qui s'empara de mon frère. Elle le jugeait charmant, intelligent, exquis, et, confiait-elle à maman, « si joli garçon ! » M. Serpe le jugeait aussi intelligent et d'esprit très « moderne »; il était étonné, et indigné, que Paul gagnât si peu d'argent ; il répéta ce qu'il avait promis autrefois : « On pourrait faire à ce garçon-là une très jolie situation. »

C'est en entendant cela que je compris surtout combien j'avais été folle, ce matin, et combien, en toutes choses, grand'mère avait eu raison : est-ce que M. Topfer aurait procuré un très jolie situation à mon frère ? Et quel autre mari eût pu lui procurer cela ? J'étais folle!... Ah ! la raison!... la raison !...

Je dis à mon fiancé :

— Ne vous inquiétez pas trop : je suis folle; mais je vous jure que c'est la première fois que cela m'arrive; j'ai toujours été très raisonnable.

Il sourit; mon état ne l'inquiétait pas du tout. Il dit :

— Oh! oh! si vous connaissiez les femmes qui ont été élevées autrement que vous!...

Il avait coutume de désigner ainsi sa sœur et toutes les femmes que fréquentait sa sœur. Il en avait vu, sans doute, des caprices et des lubies, près desquels ma nervosité, à la veille du mariage, était vraiment négligeable! Aussi ne cessait-il de féliciter grand'mère de la façon dont elle m'avait élevée. Grand'mère adorait son futur petit-gendre.

Tout allait donc bien; il n'y avait pas à se tourmenter. Lorsque, pendant la messe de mariage, je me mis à pleurer comme une fontaine, je ne m'alarmai pas outre mesure ; je ne fis même pas d'efforts extraordinaires pour étouffer mes sanglots que mon mari entendait; je me disais : « Il comprend si bien tout cela! il a connu des femmes pires que moi!... » et je pleurais tranquillement sous mon voile. Je savais d'ailleurs que cela arrive quelquefois : même, les deux petites de la Vauguyon, qui avaient eu l'une et l'autre la chance d'épouser un jeune homme dont elles étaient entichées, pleuraient pendant la messe. Oh! quand M. Topfer joua!... quand la voix de M. Vaufrenard, plus belle que jamais, emplit la nef de notre vieille église!... quel ébranlement dans tout mon cœur!... L'idée ne me vint pas, alors, que j'aurais pu épouser M. Topfer, donc cela avait bien été un instant d'aberration tout à fait isolé; mais la musique et la présence de Dieu, les deux grandes causes d'exaltation de ma jeunesse, le souvenir de mes ivresses de couvent et de mon romanesque amour pour mes chers « génies »; l'idéal de ma jeunesse auquel se mêlait je ne sais quel espoir ou quel regret d'amour pour un homme unique et bien à moi ; le renoncement à tout cela; le sentiment de mon entrée définitive en un monde où rien de mon passé ne subsisterait; tout cela se mêlait pour moi en une sorte de douceur mortelle; je me sentais me quitter moi-même, sans douleur vive, mais avec une tristesse désolante qui s'épanchait par un flot continu de larmes...

Une seule chose m'empêcha de m'abandonner à cette espèce de mort et peut-être de m'affaisser sur mon prie-Dieu ; ce fut une idée bien pauvre en comparaison de ces grands mouvements de l'âme, mais il faut la dire parce que ce sont souvent de telles réalités qui nous sauvent : la peur de mouiller mon voile !

Il y eut, après la cérémonie, un déjeuner à la maison, non pas très nombreux, mais auquel assistèrent les Vaufrenard, M. Topfer, madame Serpe, ma belle-mère maintenant, qui était aux cent coups parce que son petit chien était malade, et les témoins de mon mari. L'un de ces messieurs, un vieil ami, s'était chargé de réaccompagner la maman Serpe à Paris par un train du soir ; nous autres, les mariés, devions « filer » tous les deux, seuls, subrepticement, dès quatre heures et demie.

Ces derniers moments à la maison, que j'aurais voulu prolonger encore et encore, si pénibles qu'ils fussent, me parurent pourtant effroyablement longs. Il faisait très chaud, je me souviens ; le grand-père s'était retiré dans sa chambre pour faire la sieste ; ma belle-mère, qui commençait à exaspérer toute ma famille, était à la cuisine où elle employait tous les domestiques aux soins de son chien malade ; les Vaufrenard et M. Topfer m'avaient fait leurs adieux ; maman, cependant bien fascinée par son gendre et si patiente d'ordinaire, grommelait déjà contre lui parce qu'elle jugeait « inhumain » qu'on fît monter une pauvre jeune femme en chemin de fer par un temps pareil ; quant à grand'mère, dont cette journée était le triomphe, c'était elle qui, avec moi, avait le plus pleuré, et l'idée de mon départ la mettait sens dessus dessous ; elle errait dans toute la maison, comme une âme en peine, cachant de son mieux ses yeux rouges, qu'un arrière-fonds de sensibilité, toujours contenu par des principes, avait submergés aujourd'hui. Maman et moi étions restées longtemps, avec mon mari et ses témoins, dans le salon, parce qu'elle n'osait sortir sans me faire signe de l'accompagner pour me donner les conseils d'usage, et elle reculait, pâle, tremblante, jusqu'à la dernière limite, ce douloureux moment. La voiture de l'*Hôtel de la Lamproie* devait venir nous prendre à quatre heures ; quand maman entendit le petit « toc » qui précède de quelques secondes la sonnerie de la pendule, elle se leva et me fit le signe.

Nous passâmes dans le corridor, puis dans la salle à manger, quoiqu'il y eût une porte communiquant directement d'une pièce à l'autre ; mais je crois bien que maman ne savait pas trop où elle me menait ; dans la salle à manger nous trouvâmes la pauvre grand'mère qui rangeait la verrerie sur le dressoir tout en s'épongeant d'une main les yeux ; elle disait :

— Les domestiques, ce n'est pas la peine de compter sur eux : ce n'est pas trop d'eux tous pour un sale avorton de chien !

Maman sourit et dit à sa mère qu'elle avait été obligée de laisser un instant seuls ces messieurs parce qu'elle avait un mot à me dire. Grand'mère comprit, et par un sentiment délicat, à l'idée des choses que maman allait devoir me confier à voix basse, elle se dirigea, en retenant le bruit de ses pas, vers la porte du salon d'où nous venait la voix de ces messieurs. Avant de poser la main sur le bouton, elle voulut pourtant me faire, elle aussi, une dernière recommandation ; tout bas, elle me dit :

— N'oublie jamais, mon enfant, que ton mari t'a choisie parce que tu étais une jeune fille bien élevée !

Elle poussa doucement la porte du salon, et une

brutale parole lui apporta la confirmation de ce qu'elle venait d'exprimer. Mon mari, répondant, sans doute, aux compliments que lui adressaient de moi ses témoins, disait :

— Moi, ce que j'ai cherché surtout dans un mariage de ce genre, c'est la garantie de n'être pas...

La porte aussitôt refermée nous épargna le mot, hélas! facile à suppléer, et que les circonstances rendaient tragique à nos oreilles. Grand'-mère n'entra pas au salon ; glacée et blanche comme un marbre, elle repassa par la salle à manger sans souffler mot, et laissa à maman le temps de m'apprendre que j'appartenais désormais à mon mari, corps et âme.

FIN

CET OUVRAGE
A ÉTÉ REPRODUIT
ET ACHEVÉ D'IMPRIMER
PAR L'IMPRIMERIE FLOCH À MAYENNE
LE 27 AVRIL 1987
(25380)
POUR LE COMPTE DES
ÉDITIONS CALMANN-LÉVY, 3, RUE AUBER
PARIS-9e – N° 11271/01
DÉPÔT LÉGAL : MAI 1987